T0160929

LA CAZA DEL CARNERO SALVAJE

colección andanzas

Obras de Haruki Murakami en Tusquets Editores

HARUKI MURAKAMI
LA CAZA DEL CARNERO SALVAJE

Traducción del japonés
de Gabriel Álvarez Martínez

TUSQUETS
EDITORES

Obra editada en colaboración con Editorial Planeta – España

Título original: 羊をめぐる冒険 *(Hitsuji wo meguru bōken)*

Ilustración de portada: Ilustración de Adrià Fruitós especialmente creada para
este libro. © Adrià Fruitós.
Fotografía del autor: © Ivan Giménez / Tusquets Editores
Diseño de la colección: Guillemot-Navares

© 1982, Haruki Murakami
© 2016, Traducción: Gabriel Álvarez Martínez

© 2016, Tusquets Editores, S.A. – Barcelona, España

Derechos reservados

© 2016, Editorial Planeta Mexicana, S.A. de C.V.
Bajo el sello editorial TUSQUETS M.R.
Avenida Presidente Masarik núm. 111,
Piso 2, Polanco V Sección, Miguel Hidalgo
C.P. 11560, Ciudad de México
www.planetadelibros.com.mx

1.ª edición en Andanzas en Tusquets Editores España: octubre de 2016
1.ª edición en Andanzas en Tusquets Editores México: octubre de 2016
4.ª reimpresión en Andanzas en México: septiembre de 2023
ISBN: 978-607-421-873-2

Impreso en los talleres de Litográfica Ingramex, S.A. de C.V.
Centeno núm. 162-1, colonia Granjas Esmeralda, Ciudad de México
Impreso en México – *Printed in Mexico*

Índice

Capítulo primero
25 de noviembre de 1970

El pícnic de los miércoles por la tarde

Un amigo mío se enteró por casualidad mientras hojeaba el periódico y me llamó para comunicarme que ella había muerto. Me leyó despacio y en voz alta la noticia, de un solo párrafo, que aparecía en la edición matutina. Un artículo mediocre. Parecía el ejercicio de un periodista recién graduado, sin experiencia.

El día tal, del mes tal, un camión conducido por fulano atropella a mengana en una esquina del barrio tal. Zutano está investigando el caso, pero parece que ha sido un homicidio por imprudencia temeraria.

Aquello sonaba como esos breves poemas que aparecen en las primeras páginas de las revistas.

—¿Dónde se celebrará el funeral? —le pregunté.

—No tengo ni idea —me contestó—. Para empezar, ni siquiera sé si tenía familia.

Claro que tenía familia.

Ese mismo día llamé a la policía y pregunté si me podían facilitar su dirección y número de teléfono; luego marqué el número y pregunté cuándo se celebraría el funeral. Como dijo alguien una vez: con esfuerzo, todo se sabe en esta vida.

La vivienda se hallaba en el área de Shitamachi. Desplegué el mapa de Tokio y marqué con bolígrafo rojo el número de su casa. Era el típico barrio antiguo tokiota. Las líneas del metro, del tren y del autobús urbano se enmarañaban y superponían como en una telaraña que ha perdido el equilibrio, varios canales de desagüe discurrían por un laberinto de calles que surcaba el suelo igual que las estrías de un melón.

El día del funeral tomé un tranvía en Waseda. Me apeé en una estación próxima a la terminal y consulté el mapa que llevaba conmigo, pero me sirvió de bien poco, igual que si hubiera consultado un globo terráqueo. Al final acabé comprando varios paquetes de tabaco y preguntando varias veces la dirección hasta dar con la vivienda.

Era una vieja casa de madera rodeada por una valla marrón. Al atravesar la puerta, a mano izquierda había un pequeño jardín, que, por sus dimensiones, no se sabía qué utilidad tendría. En un viejo brasero de cerámica, ya inservible y tirado en un rincón del jardín, se acumulaban quince centímetros de agua de lluvia. La tierra estaba húmeda y oscura.

El funeral fue discreto, solo acudieron los más allegados, debido en parte a que ella se había fugado de casa a los dieciséis años y jamás había vuelto. Casi todos los presentes eran familiares de edad avanzada, y presidía la ceremonia el que debía de ser su hermano o su cuñado, que apenas pasaba de los treinta.

Su padre era un hombre de baja estatura, de unos cincuenta y cinco años, que llevaba un brazalete de luto sobre el traje negro y permanecía prácticamente inmóvil junto a la puerta. Su figura me recordó una carretera asfaltada tras el paso de una riada.

En el momento de irme, agaché la cabeza en silencio y él hizo lo mismo.

૧

La conocí en el otoño de 1969; yo tenía veinte años y ella, diecisiete. Cerca de la universidad había una pequeña cafetería en la que solía quedar con mis amigos. No tenía nada especial, pero podías escuchar rock duro mientras tomabas un café infame.

Ella siempre estaba sentada en el mismo sitio y se entregaba a la lectura con los codos sobre la mesa. Tenía las manos huesudas y llevaba unas gafas que me recordaban un aparato de ortodoncia, pero había algo en su aspecto que la hacía parecer afable. Su café siempre estaba frío; y el cenicero, lleno de colillas. Lo único que variaba era el título del libro. Un día leía a Mickey Spillane, otro día a Kenzaburō Ōe y, en otra ocasión, una antología poética de Ginsberg. En resumidas cuentas, cualquier cosa le valía con tal de que fuese un libro. Los estudiantes que frecuentaban la cafetería le prestaban libros y ella los devoraba de cabo a rabo, igual que si royera mazorcas de maíz. Como por entonces había mucha gente que se prestaba libros, supongo que nunca le faltó lectura.

Aquella era también la época de los Doors, los Stones, los Birds, Deep Purple y los Moody Blues. Se palpaba la intensidad del ambiente y parecía que con una sola patada fuera a desplomarse todo como un castillo de naipes.

Nosotros nos pasábamos el día bebiendo whisky barato, practicando sexo rutinario, entablando debates inconclusos, prestándonos libros. Y así, dando chasquidos, iba bajando el telón de la desmañada década de los sesenta.

He olvidado cómo se llamaba.

Podría coger el recorte de la esquela para recordarlo, pero ahora mismo el nombre es lo de menos. He olvidado cómo se llamaba. Eso es todo.

A veces quedo con viejos amigos y, por azar, acabamos hablando de ella. Ellos tampoco recuerdan su nombre. «Oye, ¿os acordáis de aquella chica que se acostaba con todo el mundo? ¿Cómo se llamaba? Lo he olvidado por completo. Yo también me acosté con ella varias veces, pero... ¿Cómo le irá? ¿Os imagináis que de repente os la encontráis por la calle?»

Érase una vez una chica que se acostaba con todo el mundo.

Ese era su nombre.

Si somos justos, no se acostaba con todo el mundo, por supuesto. Debía de tener sus criterios.

Aunque, si nos atenemos a la realidad, se acostaba con cualquier hombre *en general*.

En una ocasión le pregunté por pura curiosidad cuáles eran esos criterios.

—Pues... —Estuvo meditando unos treinta segundos—. No me acuesto con cualquiera, evidentemente. A veces pienso: «Con este, ni hablar». Pero ¿sabes qué?, creo que, al fin y al cabo, lo que deseo es conocer gente. O tal vez sea esa mi forma de entender mi propio mundo.

—¿Acostándote con ellos?

—Sí.

Esta vez fui yo el que tuvo que pararse a meditar.

—Y ¿qué?... ¿Has aprendido algo?

—Alguna cosa —dijo ella.

Del invierno de 1969 al verano de 1970 apenas nos vimos. La universidad fue clausurada en numerosas ocasiones y sufrió continuos encierros estudiantiles, y yo estaba metido en mis propios problemas, al margen de todo aquello.

En el otoño de 1970, cuando me dejé caer por la cafetería, la clientela había cambiado por completo y ella era la única cara familiar. Aunque seguían poniendo rock duro, en el ambiente ya no había la misma intensidad. Solo persistían ella y el café infame. Me senté frente a ella y, mientras nos tomábamos un café, charlamos sobre viejos conocidos.

La mayoría había dejado la carrera. Uno se había suicidado y otro había desaparecido sin dejar rastro. Estuvimos hablando de cosas así.

—¿Qué has hecho durante el último año? —me preguntó ella.

—De todo —contesté.

—¿Te has vuelto un poco más listo?

—Un poco, sí.

Y esa noche me acosté con ella por primera vez.

No sé mucho sobre su pasado. Me parece que alguien me contó algo, pero quizá fue ella misma mientras estábamos en la cama. El caso es que, durante el verano del primer año que estudiaba en el instituto, tuvo una bronca descomunal con su padre y huyó de casa (y, de paso, del instituto). Nadie sabía dónde vivía o cómo se ganaba la vida.

Se pasaba el día sentada en la cafetería donde ponían rock tomando café, fumando constantemente y hojeando libros a la espera de que alguien le pagase el café y el tabaco (una cantidad de dinero que, para nosotros, en aquel entonces, no era baladí); alguien con quien, por lo general, acababa acostándose.

He ahí todo lo que sé sobre ella.

Desde el otoño de ese año hasta la primavera del año siguiente, ella se pasaba por mi piso, en las afueras de Mitaka, una vez por semana, los martes por la noche. Comía la sencilla cena que le preparaba, llenaba el cenicero de colillas y hacíamos el amor mientras escuchábamos a todo volumen un programa de rock de la FEN.* Los miércoles por la mañana dábamos un paseo a través de una arboleda hasta el campus de la ICU, la Universidad Católica Internacional, luego nos acercábamos al comedor y almorzábamos. Por la tarde, nos tomábamos un café poco cargado en la sala de estudiantes y, si hacía buen tiempo, nos tumbábamos en el césped y mirábamos al cielo.

Ella lo llamaba «el pícnic de los miércoles».

—Cada vez que venimos aquí, tengo la impresión de que vamos a hacer un pícnic de verdad.

—¿Un pícnic de verdad?

—Sí, el sitio es amplio, está todo cubierto de césped, la gente se ve feliz...

Ella se sentó en el césped y, tras malgastar varias cerillas, consiguió encender un cigarrillo.

—El sol alcanza su cénit y comienza a bajar, la gente va y viene, el tiempo fluye como el aire. ¿A ti no te parece que es como un pícnic?

Entonces yo tenía veintiún años y faltaban unas semanas para que cumpliera los veintidós. En ese momento había perdido la esperanza de poder graduarme, pero no tenía ningún motivo especial para dejar la universidad. Me pasé varios meses atrapado en una desesperante sen-

* La FEN o Far East Network era una emisora de radio y televisión dirigida a los militares estadounidenses de las bases japonesas, Okinawa, Filipinas y Guam. *(N. del T.)*

sación de aturdimiento, sin lograr dar un solo paso hacia delante.

Tenía la impresión de que el mundo se movía y de que yo era el único que se había quedado plantado en el mismo sitio. En el otoño de 1970, mis ojos lo teñían todo de melancolía; era como si todo estuviera marchitándose a marchas forzadas. La luz del sol, el olor de la hierba, e incluso el rumor de la lluvia, todo me ponía de mal humor.

Soñaba a menudo con trenes nocturnos. Siempre era el mismo sueño: un vagón que apestaba a tabaco, a retrete y a humanidad. Iba tan lleno que apenas quedaba sitio donde poner los pies, y en los asientos había viejas manchas de vómito. Incapaz de soportarlo más, me levantaba y me apeaba en una estación. Era un descampado yermo, sin una sola casa habitada. Ni siquiera había empleados de estación. Ni reloj, ni horarios, nada de nada —así era el sueño.

Creo que, durante esa época, tuvimos varias disputas. Ahora no consigo recordar cómo ocurrió. Quizá simplemente me enfrentara a mí mismo. A ella no le gustó nada, aunque (dicho con exageración) puede que hallase cierto placer en ello. No entiendo por qué. Al final, no debía de ser ternura lo que ella me pedía. Ahora, cada vez que lo pienso, me siento raro. Me entristezco, como si de pronto hubiera tocado un muro invisible suspendido en el aire.

9

Todavía hoy recuerdo perfectamente aquella extraña tarde del 25 de noviembre de 1970. Las hojas de los ginkgos, abatidas por una fuerte lluvia, teñían de amarillo el sendero que discurría por entre la arboleda, como el lecho seco de un río. Ella y yo paseábamos con las manos hundidas en los bolsillos del abrigo. No se oía nada más que el ruido de nuestros pasos sobre las hojas muertas y los agudos trinos de los pájaros.

—¿En qué estás pensando? —me preguntó ella de repente.

—En nada del otro mundo —dije yo.

Ella tomó la delantera, se sentó al borde del camino y se fumó un cigarrillo. Yo me senté a su lado.

—¿Siempre tienes pesadillas?

—A menudo. Suelo soñar que las máquinas expendedoras no me devuelven el cambio.

Ella se rió, colocó la palma de su mano sobre mi rodilla y luego la apartó.

—Me parece que no tienes muchas ganas de hablar, ¿no?

—Es que no sé cómo expresarlo.

Tiró el cigarrillo a medio fumar al suelo y lo aplastó cuidadosamente con la zapatilla de deporte.

—Eso es porque las cosas que uno realmente quiere contar siempre son difíciles de expresar, ¿no crees?

—No sé —dije yo.

Dos pájaros alzaron el vuelo con un aleteo y desaparecieron tragados por el cielo despejado. Nosotros nos los quedamos observando en silencio durante un rato hasta que dejamos de verlos. Luego, ella dibujó con una ramita seca unas figuras indescifrables en el suelo.

—A veces, cuando duermo contigo, me pongo muy triste.

—Pues lo siento —dije yo.

—No es culpa tuya. Ni de que pienses en otra cuando hacemos el amor. Eso es lo de menos. Yo... —En ese instante dejó de hablar y, lentamente, trazó tres líneas paralelas en la tierra—. No lo entiendo.

—No quiero cerrar mi corazón —dije yo tras un breve silencio—. Pero es que no consigo entender qué me pasa.

20

Hay cosas que me gustaría comprender en su justa medida. Tampoco quiero exagerar, ni fingir que no pasa nada. Necesito tiempo.

—¿Cuánto tiempo?

Yo sacudí la cabeza.

—No lo sé. Quizás un año o quizá diez.

Ella tiró la ramita al suelo, se levantó y se sacudió las briznas pegadas al abrigo.

—Dime, ¿diez años no te parecen una eternidad?

—La verdad es que sí —contesté.

Atravesamos el bosque hasta llegar al campus de la ICU y, como siempre, nos sentamos en la sala de estudiantes a tomar un perrito caliente. Eran las dos de la tarde y la televisión no dejaba de transmitir, una y otra vez, imágenes de Yukio Mishima. El volumen debía de estar estropeado porque apenas se oía, pero, en todo caso, a los dos nos traía sin cuidado. Al terminarnos el perrito caliente nos bebimos otro café. Un estudiante subido a una silla estuvo manoseando el mando del volumen durante un rato hasta que se cansó, se bajó y desapareció.

—Quiero acostarme contigo —dije yo.

—De acuerdo —contestó, y sonrió.

Con las manos metidas en los bolsillos del abrigo, caminamos sin prisa hacia mi piso.

Cuando de pronto me desperté, ella lloraba calladamente. Sus hombros menudos se sacudían bajo la manta. Encendí la estufa y miré el reloj: las dos de la madrugada. Una luna blanquísima pendía en el cielo.

Esperé a que dejase de llorar, puse agua a hervir, metí unas bolsitas de té y nos lo bebimos juntos. Té negro caliente, sin azúcar, ni limón ni leche. A continuación encendí dos cigarrillos y le ofrecí uno. Ella aspiró el humo y lo expulsó; a la tercera calada, le entró un ataque de tos.

—Dime, ¿alguna vez has querido matarme? —me preguntó.

—¿A ti?

—Sí.

—¿Por qué me lo preguntas?

Ella se frotó los párpados con la punta de los dedos mientras sujetaba el cigarrillo con los labios.

—Porque sí.

—Pues no —dije yo.

—¿En serio?

—En serio. ¿Por qué querría matarte?

—Ya —asintió ella, con desgana—. Simplemente se me ocurrió que no estaría mal que alguien me matara. Mientras duermo plácidamente.

—Yo no voy por ahí matando a la gente.

—¿Ah, no?

—Eso creo.

Ella se rió y aplastó el cigarrillo en el cenicero, bebió de un trago lo que quedaba de té y, después, encendió otro cigarrillo.

—Voy a vivir hasta los veinticinco —dijo ella—. Luego me moriré.

♀

Se murió en julio de 1978, a los veintiséis años.

Capítulo segundo
Julio de 1978

1
Sobre cómo avanzar dieciséis pasos

Esperé a que sonase a mis espaldas ese ruido de compresión, *sssh*, que indicaba que la puerta del ascensor se había cerrado, entonces cerré tranquilamente los ojos. Y, reuniendo los pedazos sueltos de mi conciencia, avancé dieciséis pasos por el pasillo en dirección a la puerta. Dieciséis pasos justos con los ojos cerrados, ni uno más, ni uno menos. Por culpa del whisky, tenía la cabeza abotargada como un tornillo desgastado y la boca me olía al alquitrán del tabaco.

Con todo, fui capaz de dar, en tal estado, los dieciséis pasos con los ojos cerrados, recto como si trazase una línea con una regla. Aquello era fruto de un absurdo entrenamiento personal cultivado durante años. Cada vez que me emborrachaba, estiraba la espalda, erguía el cuello y, con decisión, aspiraba el aire fresco de la mañana y aquel olor a cemento del pasillo. Luego cerraba los ojos y avanzaba recto dieciséis pasos a través de la bruma del whisky.

En el mundo de los dieciséis pasos, yo había sido investido con el título de «el borracho más educado». Era fácil. Bastaba con aceptar como algo real el hecho de estar borracho.

No había peros, ni sin embargos, ni no obstantes, ni aun así que valiesen. Estaba simple y llanamente borracho.

Así fue como me convertí en el borracho más educado.

En el estornino más madrugador y en el vagón que cruza el puente de hierro en último lugar.

Cinco, seis, siete...

Al octavo paso me paré, abrí los ojos y tomé aire. Sentí un ligero acúfeno. Un zumbido como si la brisa marina atravesara una alambrada oxidada. Me acordé de que hacía tiempo que no veía el mar.

Día 24 de julio, 6.30 de la mañana. La época y la hora ideales para ver el mar. Nadie ha ensuciado todavía la playa. Las huellas de las aves marinas se esparcen por la orilla como acículas sacudidas por el viento.

Así que el mar, ¿eh?

Empecé a andar de nuevo. Era mejor que me olvidase del mar. Hacía ya mucho tiempo que había desaparecido.

Me detuve al decimosexto paso y, al abrir los ojos, me hallaba justo delante del pomo de la puerta, como siempre. Saqué del buzón la prensa de los dos últimos días y un par de cartas y me lo puse todo bajo el brazo. Luego saqué el llavero de mi bolsillo, que parecía un laberinto, y, con él en la mano, apoyé la frente en la helada puerta metálica y esperé un rato. Me pareció oír un leve tintineo detrás de la oreja. Me sentía como si fuera un pedazo de algodón empapado en alcohol. Aunque no había perdido por completo la conciencia.

Madre mía.

Entreabrí la puerta un tercio, me colé por el hueco y la cerré. En el recibidor reinaba el silencio. Más silencio que de costumbre.

Luego me fijé en que había unos zapatos de salón rojos a mis pies. Me resultaban familiares. Estaban entre unas zapatillas de deporte llenas de barro y unas chancletas baratas de playa, como un regalo de Navidad a destiempo. Sobre ellos flotaba un silencio semejante a un polvillo fino.

Ella estaba reclinada sobre la mesa de la cocina. Tenía la cabeza apoyada de lado en los brazos, y el cabello, liso y negro, le ocultaba el rostro. Bajo el pelo se entreveía su cuello blanco, nada bronceado. También se atisbaban los finos tirantes del sujetador en los hombros, bajo un vestido estampado que no recordaba.

Mientras me quitaba la chaqueta, me aflojaba la corbata negra y me desprendía del reloj, ella no hizo un solo movimiento. Al mirar su espalda, recordé cosas del pasado. De cuando todavía no la conocía.

—Hola —dije, pero mi voz no sonaba como de costumbre, parecía que viniese de un lugar lejano. No obtuve respuesta, como era de esperar.

Parecía dormida, pero también que estuviera llorando, o que estuviera muerta.

Me senté al otro lado de la mesa y me tapé los ojos con los dedos. La intensa luz del sol dividía el mueble en dos. Yo estaba dentro de la luz; y ella, en la penumbra. Era una sombra incolora. Sobre la mesa, una maceta con un geranio marchito. Al otro lado de la ventana, alguien regaba la calle. Se oía cómo el agua golpeaba el pavimento y olía a asfalto mojado.

—¿Te apetece un café?

Tampoco obtuve respuesta.

Tras cerciorarme de que no iba a contestar, me levanté, molí café para dos y encendí la radio. Cuando acabé de moler los granos de café, me di cuenta de que lo que realmente me apetecía era un té con hielo. Suelo acordarme de las cosas demasiado tarde.

La radio emitía inocuas canciones pop, apropiadas para

aquella hora del día. Al escucharlas, sentí que el mundo no había cambiado nada en los últimos diez años. Lo único que variaba eran los intérpretes y el título de las canciones. Y que yo había envejecido diez años, claro.

Comprobé que el agua hervía, apagué el fuego, dejé que se enfriara treinta segundos y la eché sobre el café molido. Cuando el café absorbió el agua y empezó a hincharse, un cálido aroma se extendió por toda la cocina. Fuera, varias cigarras ya habían empezado a cantar.

—¿Estás aquí desde anoche? —le pregunté con el hervidor en la mano.

Sobre la mesa, su cabello se movió ligeramente cuando asintió.

—Entonces me has estado esperando todo el rato.

A eso no contestó.

Entre el vapor y los rayos de sol, hacía mucho calor en la cocina. Cerré la ventana que había sobre el fregadero, encendí el aire acondicionado y coloqué las dos tazas de café sobre la mesa.

—Bebe, anda —le dije. Mi voz volvía a ser la de siempre.

—...

—Deberías beber un poco.

Pasados treinta largos segundos, levantó la cabeza de la mesa con un movimiento lento y uniforme y, absorta, se quedó mirando la maceta del geranio marchito. Tenía varios pelos pegados a las mejillas mojadas. Una tenue humedad flotaba a su alrededor, semejante a un aura.

—No te preocupes —dijo ella—. No he venido con intención de echarme a llorar.

Al ofrecerle la caja de pañuelos de papel se sonó la nariz sin hacer ruido y se apartó, molesta, los pelos de las mejillas.

—Pensaba marcharme antes de que llegaras. No quería verte.

—Pero cambiaste de opinión.

—No, no es eso. Simplemente no tenía ganas de ir a ningún sitio... De todos modos, ya me marcho, así que no te inquietes.

—Como quieras, pero tómate el café.

Mientras escuchaba la información del tráfico por la radio, di sorbos al café y abrí las dos cartas con unas tijeras. La primera era un anuncio de una tienda de muebles: durante un periodo limitado, todos los muebles iban a estar a mitad de precio. La otra era una carta que no me apetecía leer de alguien a quien no me apetecía recordar. Hice una bola con las dos, las lancé a la papelera que tenía a mis pies y mordisqueé los *crackers* de queso que me quedaban. Ella me observaba fijamente mientras agarraba la taza de café entre las manos como si quisiera protegerse del frío, con el borde ligeramente apoyado en los labios.

—Hay ensalada en la nevera.

—¿Ensalada? —Levanté la cara y la miré.

—De tomate y judías verdes. Es que era lo único que tenías. El pepino lo tiré porque estaba pocho.

Saqué de la nevera el plato hondo de cristal azul de Okinawa que contenía la ensalada y le eché los cinco mililitros de aliño que quedaban en la botella hasta vaciarla. El tomate y las judías estaban fríos, como si fueran sombras. E insípidos. Los *crackers* y el café tampoco sabían a nada. Seguramente era por culpa de la luz matinal, que siempre lo descompone todo. Acabé dejando el café a medias; saqué un cigarrillo todo arrugado del bolsillo y lo encendí con unas cerillas que no me sonaban de nada. El extremo del cigarrillo crepitó ligeramente, y el humo de color morado dibujó unas figuras geométricas a la luz de la mañana.

—Es que tuve que ir a un funeral. Al terminar, me fui a Shinjuku y estuve bebiendo solo.

El gato apareció de la nada y, tras dar un largo bostezo, saltó ágilmente a sus rodillas. Ella lo acarició varias veces detrás de las orejas.

—No hace falta que me des explicaciones —replicó—. Ya no tienes ninguna relación conmigo.

—No te estoy dando explicaciones. Simplemente hablo contigo.

Ella se encogió un poco de hombros y se metió los tirantes del sujetador bajo el vestido. Tenía la cara totalmente inexpresiva. Eso hizo que me acordara de una ciudad sumergida en el fondo del océano que había visto en alguna fotografía.

—Era una persona con la que tuve cierta relación hace tiempo. Pero tú no la conoces.

—¿Ah, no?

El gato extendió las patas todo lo que pudo sobre su regazo y dio un suspiro.

Yo me quedé callado, mirando la punta encendida del cigarrillo.

—¿De qué se murió?

—En un accidente de tráfico. Se rompió trece costillas.

—¿Una chica?

—Sí.

El noticiario de las siete y la información del tráfico finalizaron y la radio volvió a dar paso a un rock suave. Ella dejó la taza de café en su plato y me miró a la cara.

—Oye, cuando yo me muera, ¿vas a beber de esa manera?

—Lo de beber no tiene ninguna relación con el funeral. Tan solo la primera o la segunda copa.

Fuera despuntaba un nuevo día. Un nuevo y caluroso día. Desde la ventana que había encima del fregadero se veía un grupo de rascacielos. Resplandecían más de lo habitual.

—¿Te apetece algo fresco?

Ella negó con la cabeza.

Saqué una lata de Coca-Cola bien fría de la nevera y me la bebí de un tirón, directamente de la lata.

—Era una chica que se acostaba con todo el mundo —dije. Sonó a discurso fúnebre. «La difunta, que en paz descanse, se acostaba con todo el mundo.»

—¿Por qué me cuentas esto? —preguntó ella.

No supe por qué.

—Da igual. Así que se acostaba con todos, ¿no?

—Sí.

—Pero *contigo* fue diferente. ¿Me equivoco?

Había un tono especial en su voz. Levanté la vista del plato de ensalada y la miré a la cara a través del geranio marchito.

—¿Eso crees tú?

—Lo intuyo —respondió en voz baja—. Es que tú eres de esos.

—¿De esos?

—Tienes algo especial. Como cuando a un reloj de arena se le acaba la arena, siempre viene alguien como tú a darle la vuelta.

—¿Tú crees?

Esbozó una ligera sonrisa y luego volvió a relajar los labios.

—He venido a recoger todo lo que me dejé. Los abrigos de invierno, los sombreros y esas cosas. Lo he metido en cajas de cartón. ¿Te importaría llevarlas a un servicio de mensajería cuando tengas un rato libre?

—Te las llevaré a casa.

Ella sacudió la cabeza en silencio.

—No. No quiero que vengas. Ya deberías saberlo, ¿no?

Efectivamente, tenía razón. A menudo meto la pata al hablar.

—Te acuerdas de la dirección, ¿no?

—Sí, me acuerdo.

—Eso es todo lo que quería. Siento haberme quedado tanto rato.

—¿Ya está todo el papeleo?

—Sí, ya está todo.

—Ha sido bastante sencillo. Pensaba que había que pasar por más cosas.

—Toda la gente que no sabe cómo es piensa lo mismo. Pero resulta muy sencillo. Una vez que terminas, claro —dijo, y volvió a rascarle la cabeza al gato—. Y cuando te divorcias dos veces, ya pasas a ser veterana.

El gato cerró los ojos, se estiró y apoyó suavemente el cuello contra el brazo de ella. Yo dejé las tazas y el plato de ensalada en el fregadero y, usando una factura a modo de escobilla, hice un montoncito con las migas de *cracker*. La luz del sol me produjo un dolor punzante en el fondo de los ojos.

—Te he dejado una nota encima del escritorio con todo apuntado: los lugares donde se gestionan ciertos documentos, los días de recogida de la basura, etcétera. Si tienes alguna duda, llámame.

—Gracias.

—¿Querías tener hijos?

—No —contesté—. Para nada.

—Pues yo le he dado muchas vueltas. Pero en vista de la situación, ha sido mejor así, ¿no crees? ¿O piensas que si los hubiéramos tenido no habríamos acabado así?

—Hay muchas parejas que se divorcian aun teniendo hijos.

—Es cierto —dijo ella, y se puso a juguetear con el mechero—. Todavía te quiero. Pero no creo que ese sea el problema. Ya lo sabes.

2
La desaparición de ella, de las fotografías, de la combinación

En cuanto ella se marchó, yo me tomé otra Coca-Cola, me di una ducha caliente y me afeité. Empezaban a escasear el jabón, el champú, la espuma de afeitar y más cosas.

Al salir de la ducha me peiné, me eché loción y me limpié los oídos. Luego fui a la cocina y calenté lo que quedaba de café. Ya no había nadie sentado al otro lado de la mesa. Mientras miraba fijamente la silla vacía, me sentí como un niño pequeño abandonado en una ciudad rara y desconocida, típica de un cuadro de De Chirico. Pero yo ya no era un niño, por supuesto. Sorbí el café sin pensar en nada más, me lo bebí con calma y me quedé absorto durante un rato, luego encendí un cigarrillo.

Era raro que no tuviese sueño después de haberme pasado veinticuatro horas en vela. Tenía el cuerpo embotado, pero la cabeza no paraba de darme vueltas absurdamente por las intrincadas corrientes de la conciencia, como un diestro animal acuático.

Al contemplar la silla vacía, recordé una novela estadounidense que había leído hacía tiempo. Narraba la historia de un hombre abandonado por su esposa que, durante meses, dejó colgada la combinación de ella en la silla de enfrente en la mesa del comedor. Al cabo de un rato, empecé a pensar que no era mala idea. No creía que fuera a ayudarme, pero al menos era de mejor gusto que aquella maceta con un geranio marchito. El gato quizá también estaría un poco más tranquilo si había algo de ella.

Abrí, uno por uno, los cajones del dormitorio, pero estaban vacíos. Tan solo quedaban una vieja bufanda apolillada, tres perchas y algunas bolsitas de naftalina. Se lo había llevado todo: los botes de maquillaje esparcidos por el lavabo, los rulos, el cepillo de dientes, el secador de pelo, medicinas enigmáticas, productos de higiene femenina; todos los zapatos, incluidas botas, sandalias y zapatillas; las cajas de sombreros, un cajón lleno de accesorios, los bolsos, la bandolera, las maletas, las pulseras, los calcetines y la ropa interior que siempre tenía ordenados, las cartas y cualquier cosa que oliera a ella. Me pregunté si habría borrado también las huellas dactilares. Un tercio de la biblioteca y de la estantería de los discos se había esfumado. Los libros y los discos que ella se había comprado o que yo le había regalado.

Cuando abrí los álbumes de fotos, vi que había arrancado todas las fotos en que aparecía ella. En las que estábamos los dos juntos había recortado su figura y me había dejado solo. Quedaban fotos en las que aparecía solamente yo, algunos paisajes y fotos de animales. Los tres álbumes contenían un pasado perfectamente enmendado. Yo siempre estaba solo, en medio de otras fotos de montañas, de ríos, de ciervos y de gatos. Tuve la sensación de que había nacido solo, de que siempre había estado solo y seguiría solo. Cerré los álbumes y me fumé un par de cigarrillos.

Me dije que ojalá hubiera dejado al menos una combinación, pero eso era asunto suyo, obviamente, y yo ahí no tenía nada que hacer. Había decidido no dejar nada. No me quedaba más remedio que aceptarlo o meterme en la cabeza, como ella pretendía, que aquella mujer nunca había existido. Y si ella no existía, la combinación tampoco.

Eché agua en el cenicero, apagué el aire acondicionado y la radio y, después de volver a pensar en su combinación, me di por vencido y me metí en la cama.

Había pasado ya un mes desde que accedí al divorcio y ella se marchó del piso. Un periodo de tiempo prácticamente insignificante. Un mes difuso e insustancial como la gelatina tibia. Era altamente improbable que algo hubiese cambiado y, de hecho, nada había cambiado.

Me levantaba a las siete, bebía café, me hacía tostadas, iba al trabajo, cenaba fuera, me tomaba dos o tres copas, al volver a casa leía una hora en la cama, apagaba la luz y dormía. Los sábados y los domingos, como no tenía que trabajar, iba al cine por la mañana para matar el tiempo. Y, como siempre, cenaba, bebía, leía libros y dormía solo. Así viví durante un mes: igual que la gente que se limita a ir tachando los números del calendario.

Me daba la impresión de que, en cierto sentido, su desaparición había sido algo irremediable. Lo ocurrido, ocurrido está. Ya no importaba lo bien que nos hubiéramos llevado los últimos cuatro años. Como tampoco que hubiese arrancado las fotos del álbum.

Tampoco importaba ya el hecho de que se hubiera acostado regularmente con un amigo mío durante bastante tiempo y, un buen día, se hubiera instalado en su casa. Son cosas que pueden suceder y que de vez en cuando suceden, y a mí no me parecía tan grave. Al fin y al cabo, era asunto suyo.

—Al fin y al cabo, es asunto tuyo —le dije.

Sucedió un domingo por la tarde del mes de junio. Yo estaba jugueteando con el dedo metido en la anilla de una lata de cerveza y ella me confesó que quería divorciarse.

—¿Quieres decir que te da igual? —preguntó ella. Hablaba muy despacio.

—No me da igual —dije yo—. Solamente te digo que es asunto tuyo.

—En realidad no quiero separarme de ti —dijo ella al cabo de un rato.

—Pues no te separes —repliqué yo.

—Es que, aunque me quede contigo, ya no vamos a ninguna parte.

No dijo nada más, pero me pareció haber entendido lo que quería decirme. En unos meses yo iba a cumplir treinta años. Ella, veintiséis. Y lo que habíamos construido juntos era realmente ínfimo comparado con lo que estaba por venir. Casi nulo. Los últimos cuatro años los habíamos pasado dilapidando todos nuestros ahorros.

Había sido, sobre todo, culpa mía. Seguramente no debería haberme casado con nadie. Al menos, ella no debería haberse casado conmigo.

Al principio, ella pensaba de sí misma que era una inadaptada social y que yo, por el contrario, me desenvolvía bien en sociedad. Y los dos desempeñamos relativamente bien nuestros roles. Sin embargo, cuando creíamos que todo seguiría por el buen camino, algo se rompió. Fue algo casi imperceptible, pero irreparable. Nos hallábamos en un callejón sin salida, sereno y largo. Ese fue nuestro fin.

Para ella, yo ya era un caso perdido. El que me siguiera amando era otro tema. Y es que nos habíamos acostumbrado demasiado al papel del otro. Yo ya no podía ofrecerle nada. Ella lo intuía y yo lo sabía por experiencia. No había ninguna esperanza.

Así fue como desaparecieron de mi vista para siempre ella y sus combinaciones. Hay cosas de las que uno se olvida, otras desaparecen y otras mueren. Y no hay prácticamente nada de trágico en ello.

24 de julio, 08.25.

Tras comprobar las cuatro cifras del reloj digital, cerré los ojos y me dormí.

Capítulo tercero
Septiembre de 1978

1
El pene de ballena / La chica de los tres trabajos

Acostarse con una mujer puede considerarse algo importantísimo o, por el contrario, algo trivial. Es decir, hay veces en que el sexo es un acto de terapia y otras en que es un pasatiempo.

Hay polvos que empiezan y acaban siendo un acto terapéutico y polvos que empiezan y acaban siendo un pasatiempo. En ocasiones empiezan siendo terapéuticos y terminan siendo un pasatiempo, y viceversa. ¿Cómo explicarlo? Nuestra vida sexual es radicalmente diferente a la vida sexual de una ballena.

No somos ballenas; he ahí la máxima más importante de mi vida sexual.

Cuando era niño, había un acuario a media hora en bicicleta de mi casa. En él reinaba ese gélido silencio típico de los acuarios; solo se oía, de vez en cuando, algún chapoteo. Uno tenía la sensación de que, en algún rincón de aquellos pasillos en penumbra, se ocultaba un hombre pez aguantando la respiración.

Un banco de atunes daba vueltas dentro de un tanque enorme, los esturiones remontaban un estrecho canal, las pirañas pellizcaban trozos de carne con sus afilados dientes y las anguilas eléctricas hacían chispear unas cutres bombillas en miniatura.

En el acuario había infinidad de peces. Tenían nombres distintos, escamas distintas y agallas distintas. Yo no tenía ni idea de por qué había tantos tipos de peces diferentes en la Tierra.

Naturalmente, en el acuario no había ballenas. Es un animal demasiado grande y, aunque hubieran derribado el acuario y hubieran hecho un tanque para una sola, no habrían podido cuidarla. En lugar de eso, habían puesto un pene de ballena. Como sustitutivo, por así decirlo. Y por eso yo, durante mi infancia, cuando se es fácilmente impresionable, en lugar de ver una ballena de verdad pude contemplar un pene de ballena. Cuando me cansaba de pasear por los gélidos pasillos del acuario, me sentaba en el sofá de una sala de techo alto sumida en un silencio sepulcral y me pasaba las horas absorto ante el pene de ballena.

Unas veces me parecía un pequeño cocotero reseco; y otras, una gigantesca mazorca de maíz. Si no fuera por el letrero que indicaba APARATO REPRODUCTOR DE UNA BALLENA MACHO, seguramente nadie se daría cuenta de que era un pene de ballena. Más que algo del océano Glacial Antártico tenía un aire de reliquia desenterrada de un desierto de Asia Central. No se parecía a mi pene ni a ningún otro pene que hubiera visto jamás. Y transmitía esa especie de tristeza difícil de explicar de los penes cercenados.

La primera vez que tuve relaciones sexuales con una chica, también me acordé de aquel pene gigantesco de ballena. Al preguntarme qué le habría deparado el destino, bajo qué circunstancias había llegado a aquella sala vacía del acuario, sentí un dolor en el pecho. Tuve la impresión de que no había esperanza. Sin embargo, yo todavía tenía diecisiete años y era, claramente, demasiado joven para desesperarme. Y así fue como, desde entonces, siempre pienso: «No somos ballenas».

Mientras acariciaba con los dedos el cabello de mi nueva chica metidos en la cama, no dejaba de pensar en las ballenas.

En mis recuerdos, siempre era finales de otoño. Los cristales de los tanques estaban fríos como el hielo y yo vestía un jersey grueso. El mar que se veía desde los grandes ventanales de la sala era de un color plomizo oscuro y las numerosas olas blancas me recordaban los cuellos de encaje blanco de los vestidos que llevaban las chicas.

—¿En qué piensas? —me preguntó ella.

—Cosas del pasado —dije yo.

Ella tenía veintiún años, un cuerpo escultural y unas orejas tan perfectas que te hechizaban. Trabajaba de correctora a tiempo parcial para una pequeña editorial, era modelo de publicidad especializada en orejas y también chica de compañía de un modesto club formado por un selecto círculo de clientes. Yo desconocía cuál de los tres era su trabajo principal. Ella también.

No obstante, si tuviera que determinar cuál de ellos se correspondía con su verdadera personalidad, diría que el de modelo especializada en orejas era su talento más natural. Eso pensaba yo y ella también. Las oportunidades de trabajo de una modelo de publicidad especializada en orejas son, en todo caso, muy limitadas; y tanto su estatus de modelo como su caché, tremendamente bajos. La mayoría de los publicistas, de los fotógrafos, de los maquilladores y de los reporteros la trataban como a una mera «dueña de unas orejas». Desechaban y desdeñaban su intelecto y el resto de su cuerpo.

—Pero están equivocados —decía ella—. Mis orejas son yo, y yo soy mis orejas.

Cuando trabajaba como correctora y como chica de compañía nunca mostraba sus orejas a los demás, ni por un instante.

—Porque en verdad yo no soy así —me explicaba.

La oficina del club de *call girls* al que pertenecía (registrado oficialmente como «agencia cazatalentos») estaba en Akasaka, y su directora, a quien todos llamaban Mrs. X, era inglesa de pelo cano. Hacía ya treinta años que vivía en Japón, hablaba en japonés con fluidez y sabía leer los *kanji* básicos.

Mrs. X tenía una academia de inglés para mujeres a menos de quinientos metros de la oficina y allí era donde reclutaba a chicas con aptitudes para el negocio del club. Al mismo tiempo, varias de las *call girls* asistían a las clases de inglés en la academia. Como es natural, tenían descuento en la matrícula.

Mrs. X se dirigía a las chicas con la palabra *dear*. Que sonaba tan suave como una tarde de primavera.

«Por favor, *dear*, ponte la lencería fina de encaje, ¿eh? Ni se te ocurra utilizar pantis» o «Tú tomas el té con leche, ¿no, *dear*?», por ejemplo. La clientela estaba muy bien acotada y se componía, en su mayor parte, de acaudalados hombres de negocios entre los cuarenta y los sesenta años. Dos tercios eran extranjeros, el resto japoneses. Mrs. X detestaba a los políticos, a los ancianos, a los pervertidos y a los pobres.

Mi nueva novia era, de entre la docena de bellezas que formaba el grupo de *call girls*, la menos despampanante y más normalita. De hecho, cuando se tapaba las orejas, era una más del montón. Desconozco por qué Mrs. X se fijó en ella y la reclutó. Quizás había captado una luz especial en medio de aquella mediocridad o simplemente había pensado que estaría bien contar con una chica normalita. Sea como sea, Mrs. X acertó con aquella idea y a mi novia le surgieron varios clientes fijos. Vestía ropa normal, llevaba maquillaje y lencería normales, olía a jabón corriente, iba al Hilton o al Okura o al Prince, se acostaba con uno o dos clientes por semana y ganaba lo suficiente para comer durante un mes.

El resto de las noches, la mitad se acostaba gratis conmigo. Desconozco cómo pasaba la otra mitad.

Su vida como correctora a tiempo parcial era todavía más anodina. Tres días a la semana iba a la editorial, que estaba en la segunda planta de un pequeño edificio en Kanda; de nueve de la mañana a cinco de la tarde corregía galeradas, servía té o bajaba a la calle por las escaleras (porque no había ascensor) e iba a comprar gomas de borrar. Ella era la única chica joven soltera, pero nadie le tiraba los tejos. Sabía desplegar o atenuar su fulgor en función del lugar y de las circunstancias, igual que un camaleón.

Me topé con ella (o con sus orejas) a principios de agosto, justo después de separarme de mi mujer. Yo trabajaba subcontratado escribiendo publicidad para una empresa de *software* para ordenadores, y fue allí donde tuve mi primer encuentro con sus orejas.

El director de la agencia de publicidad me dejó un resumen del proyecto y varias fotos en blanco y negro de gran tamaño encima del escritorio, y me pidió que preparase en una semana tres eslóganes diferentes para las fotografías. En las tres había unas orejas descomunales.

¿Orejas?

—¿Por qué hay orejas? —le pregunté.

—¡Y yo qué sé! Porque sí. Tú ponte a pensar en orejas durante esta semana y ya está.

Así que me pasé una semana contemplando aquellas orejas. Pegué las fotografías con celo en la pared frente a mi escritorio y las observaba mientras fumaba, mientras tomaba café, mientras me comía un sándwich o me cortaba las uñas.

Conseguí acabar el trabajo en una semana, pero dejé las fotografías pegadas en la pared. Por una parte, me daba pereza quitarlas, y por otra, contemplarlas se había convertido ya en algo cotidiano. Sin embargo, el verdadero motivo para no despegarlas y meterlas en el fondo de un cajón era que aquellas orejas me cautivaron en todos los sentidos. Tenían una forma de ensueño. Se podría decir que eran las orejas perfectas. Nunca me había sentido tan atraído, con tanta intensidad, por la imagen ampliada de una parte del cuerpo (genitales incluidos). Me sentía como atrapado en una especie de inexorable torbellino gigante.

Ciertas curvas atravesaban el encuadre con una audacia que superaba lo imaginable; otras, creaban pequeñas zonas de sombra con una meticulosidad enigmática; y otras dibujaban una infinitud de leyendas, como los frescos de la Antigüedad. Pero la suavidad de los lóbulos superaba todas aquellas curvas, y el tierno grosor de su carne sobrepasaba cualquier forma de vida.

Varios días más tarde decidí llamar por teléfono al fotógrafo que había hecho las fotos y pedirle el nombre y el número de teléfono del dueño de aquellas orejas.

—¿Por qué? —me preguntó el fotógrafo.

—Me pica la curiosidad. Son unas orejas extraordinarias.

—Bueno, es cierto que las orejas lo son —masculló el

fotógrafo—. Pero la persona en cuestión es una chica de lo más normal. Si lo que quieres es tener una cita con una chica joven, te puedo presentar a una modelo de bañadores que fotografié el otro día.

—Muchas gracias —le dije, y colgué el teléfono.

§

La llamé a las dos, a las seis y a las diez, pero no contestó nadie. Debía de llevar una vida bastante ajetreada.

A las diez de la mañana del día siguiente, por fin di con ella. Tras presentarme brevemente, le dije que me gustaría hablar con ella un rato acerca de aquel proyecto publicitario y le pregunté si le apetecía cenar conmigo.

—Pero si me han dicho que el proyecto ya está terminado... —comentó ella.

—Sí, lo está —dije yo.

Parecía un poco desconcertada, pero no hizo más preguntas. Acordamos vernos en una cafetería de la avenida Aoyama al día siguiente.

Llamé al restaurante francés más lujoso al que jamás había ido y reservé una mesa. Estrené camisa, me tomé mi tiempo para elegir la corbata y me puse una americana que tan solo había llevado un par de veces.

Era una chica de lo más normal, tal como me había advertido el fotógrafo. Tanto sus rasgos como su manera de vestir eran corrientes; parecía la típica chica que canta en el coro de una universidad femenina de segunda categoría. Pero a mí no me importaba en absoluto. Lo que me decepcionó fue que llevase las orejas tapadas bajo el pelo liso.

—Vaya, llevas las orejas tapadas —comenté yo como si nada.

—Sí —dijo ella también como si nada.

Habíamos llegado un poco antes de lo previsto y éramos los primeros clientes de la noche. Habían atenuado la iluminación y un camarero iba de mesa en mesa encendiendo velas rojas con una cerilla larga, y el *maître*, con mirada de arenque, inspeccionaba el orden de las servilletas, los platos y la cubertería hasta en el más mínimo detalle. El parqué de roble con un patrón de espina de pez brillaba y las suelas de los camareros sonaban con un agradable *toc*. Sus zapatos parecían mucho más caros que los míos. Las flores de los jarrones eran frescas y en las blancas paredes habían colgado cuadros de arte moderno originales, no reproducciones, eso saltaba a la vista.

Le eché un vistazo a la carta de vinos, me decidí por un vino blanco lo más ligero posible y, como entrantes, elegí paté de pato, terrina de besugo e hígado de rape en crema agria. Ella, tras estudiar concienzudamente el menú, pidió sopa de tortuga marina, ensalada verde y *mousse* de lenguado; yo, sopa de erizo de mar, ternera asada al perejil y ensalada de tomate. Mi presupuesto para la comida de medio mes estaba a punto de volatilizarse.

—¡Qué pasada de restaurante! —dijo ella—. ¿Vienes a menudo?

—Solo a veces, por reuniones de trabajo. No es por nada, pero es que, cuando estoy solo, en vez de ir a restaurantes me va más comer cualquier cosa en un bar, mientras me tomo unas copas. Me resulta más cómodo. No tengo que devanarme los sesos, ¿sabes?

—¿Qué sueles tomar en los bares?

—Muchas cosas, pero, sobre todo, tortilla francesa y sándwiches.

—Tortilla francesa y sándwiches —repitió ella—. ¿Comes tortilla y sándwiches todos los días?

—Todos los días, no. Cada tres días cocino yo en casa.

—Pero, entonces, dos de cada tres días cenas tortilla francesa y sándwiches en un bar, ¿no?

—Sí —respondí.

—¿Y por qué tortilla francesa y sándwiches?

—Porque, si el bar es bueno, los preparan bien.

—¡Hm! —dijo ella—. ¡Eres un hombre muy raro!

—En absoluto —dije yo.

Como no sabía cómo demonios entrar en materia, me quedé callado un rato, contemplando las colillas del cenicero que había sobre la mesa.

—Querías hablarme de trabajo, ¿no? —Fue ella quien encauzó la conversación.

—Como te dije ayer, el proyecto ya está totalmente terminado. No hay ningún problema. Así que no tengo nada de que hablar.

Ella sacó un cigarrillo mentolado del bolso, lo encendió con una cerilla del restaurante y me miró con cara de: «¿Y ahora qué?».

Cuando me disponía a hablar, el *maître* se acercó a nuestra mesa haciendo resonar con determinación sus zapatos. Con una amplia sonrisa en la cara, me mostró la etiqueta del vino como si me estuviera enseñando la fotografía de su único hijo; cuando asentí con la cabeza, descorchó la botella con un ruido exquisito y me sirvió un poco en la copa para catarlo. Me supo a concentrado de dinero destinado a alimentarme.

En el mismo instante en que el *maître* se retiraba, aparecieron dos camareros y colocaron sobre la mesa tres platos grandes y dos pequeños para que nos sirviéramos. Cuando se marcharon, nos quedamos otra vez a solas.

—Es que quería ver tus orejas costara lo que costase —me sinceré yo.

Ella se sirvió paté e hígado de rape y bebió un poco de vino sin decir nada.

—Espero no haberte molestado...

Ella sonrió levemente.

—¿Cómo iba a molestarme que me inviten a comida francesa tan buena?

—Quizá te molesta que hablen de tus orejas.

—No necesariamente. Depende del ángulo desde el que se hable.

—Pues hablemos desde el ángulo que tú quieras.

Ella movió la cabeza hacia un lado y hacia el otro mientras se llevaba el tenedor a la boca.

—Sé sincero: ese es el ángulo que más me gusta.

Durante un rato, bebimos vino y comimos en silencio.

—Doblo una esquina —dije yo—, y la persona que camina delante de mí dobla la esquina siguiente. No consigo ver quién es. Lo único que vislumbro por un instante es el dobladillo blanco de su pantalón. Pero el blanco de ese dobladillo se me queda grabado en la retina y no consigo deshacerme de él. ¿Entiendes ese sentimiento?

—Creo que sí.

—Pues así me siento yo con tus orejas.

Comimos de nuevo en silencio. Yo serví vino en su copa y en la mía.

—No es la escena lo que te viene a la cabeza, sino que lo *sientes*, ¿verdad? —preguntó ella.

—Sí.

—¿Alguna vez habías sentido algo parecido?

Tras pensármelo, negué con la cabeza.

—Pues no.

—¿Y eso quiere decir que es culpa de mis orejas?

—No estoy seguro del todo. Porque no hay manera de estar seguro del todo. Tampoco he oído nunca que la forma de unas orejas pueda emocionar a alguien de esta manera.

—Yo conozco a una persona que estornuda cada vez que ve la nariz de Farrah Fawcett. Los estornudos están asociados a un importante factor psicológico. Es muy difícil deshacer el vínculo existente entre una causa y su efecto.

—Desconozco cómo es la nariz de Farrah Fawcett —comenté, y bebí vino. Luego me olvidé de lo que iba a decir.

—Lo que tú me cuentas es un poco distinto, ¿no? —dijo ella.

—Sí, un poco —admití—. Lo que yo siento es tremendamente vago y, sin embargo, sólido. —Separé las manos un metro más o menos la una de la otra y luego volví a juntarlas hasta dejarlas a cinco centímetros de distancia—. No sabría cómo explicarlo.

—Un fenómeno concentrado basado en un motivo indefinido.

—Exactamente —dije yo—. Eres siete veces más lista que yo.

—Es que estudié a distancia.

—¿Estudiaste a distancia?

—Sí, hice un curso de psicología por correspondencia.

Nos repartimos lo que quedaba de paté. Yo volví a olvidarme de lo que quería decir.

—Tú todavía no has conseguido comprender qué relación hay entre mis orejas y tus sentimientos, ¿no es así?

—Sí —contesté—. Es decir, que no sé si son tus orejas las que me atraen o si hay algo más que me atrae por mediación de tus orejas.

Ella movió ligeramente los hombros, con ambas manos colocadas sobre la mesa.

—Lo que sientes ¿es de naturaleza positiva o negativa?

—Ni de una naturaleza ni de la otra. O quizá de ambas. No lo sé.

Ella cogió la copa de vino con las dos manos y se quedó mirándome.

—Oye, creo que deberías aprender a expresar tus sentimientos un poco mejor.

—Me falta capacidad descriptiva —le dije.

Ella sonrió.

—Bueno, no pasa nada. Creo que te he entendido más o menos.

—¿Y qué debería hacer?

Ella se quedó callada un momento. Parecía que estaba pensando en alguna otra cosa. Sobre la mesa yacían cinco platos vacíos. Tenían el aspecto de una constelación de planetas extinguidos.

—Escucha. —Tras un largo silencio, ella abrió la boca—. Creo que deberíamos hacernos amigos. Si a ti te parece bien, claro.

—Claro que sí —contesté.

—Pero amigos muy pero que muy íntimos —dijo ella.

Yo asentí.

Así fue como nos hicimos amigos muy pero que muy íntimos. No había pasado ni media hora desde que nos habíamos conocido.

◊

—Hay algo que me gustaría preguntarte en calidad de amigo íntimo —le dije.

—Adelante.

—En primer lugar, por qué no te destapas las orejas. Y, en segundo lugar, si tus orejas han ejercido ese *influjo especial* en alguien más, aparte de mí.

Al principio no dijo nada y se quedó con la mirada fija en sus manos, apoyadas sobre la mesa.

—Existen varios motivos —contestó con tranquilidad.

—¿Varios?

—Sí. Pero, principalmente, es porque me siento más a gusto conmigo misma cuando las llevo tapadas.

—¿Quieres decir que eres distinta cuando tienes las orejas descubiertas de cuando las tienes tapadas?

—Sí, eso mismo.

Los dos camareros nos retiraron los platos y nos trajeron la sopa.

—¿Podrías hablarme de ti cuando dejas que se te vean las orejas?

—Hace tanto tiempo que no lo hago que no sabría qué contarte. En verdad, no he vuelto a llevarlas al descubierto desde los doce años.

—Pero cuando trabajas de modelo las enseñas, ¿no?

—Sí —dijo ella—. Pero no son las de verdad.

—¿Cómo que no son las de verdad?

—Es que son unas orejas bloqueadas.

Me tomé dos cucharadas de sopa, levanté la cabeza y la miré a la cara.

—¿Puedes explicarme exactamente qué es eso de las orejas bloqueadas?

—Las orejas bloqueadas son orejas muertas. Yo misma las mato. Es decir, que corto el conducto de forma consciente... ¿Lo entiendes?

No lo entendía.

—Tú pregunta —dijo ella.

—Con «matar las orejas», ¿quieres decir que no oyes nada?

—Oigo perfectamente. Pero las orejas están muertas. Tú también deberías ser capaz de hacerlo.

Colocó la cuchara sopera sobre la mesa, enderezó la espalda, alzó los hombros cinco centímetros, contrajo el mentón todo lo que pudo y, después de mantener la posición diez segundos, dejó caer los hombros de golpe.

—Con esto, las orejas se quedan muertas. Intenta hacerlo.

Aunque repetí los mismos movimientos hasta tres veces, no tuve la sensación de que se hubiera muerto nada. Solo conseguí que el vino se me subiera a la cabeza un poco más rápido.

—Me parece que mis orejas no consiguen morirse —dije, desilusionado.

Ella hizo un gesto negativo.

—Está bien. Si realmente no tienes necesidad de que se mueran, no pasa nada por no conseguirlo.

—¿Puedo hacerte más preguntas?

—Claro.

—Sintetizando todo lo que me has contado, la historia vendría a ser la siguiente: hasta los doce años, llevabas las orejas descubiertas. Y un buen día te las tapaste. Y desde entonces hasta hoy no has vuelto a enseñarlas nunca. Cuando no te queda otro remedio, bloqueas el conducto que comunica tus orejas con tu mente. ¿Es eso?

Ella sonrió de oreja a oreja.

—Eso mismo.

—¿Les pasó algo a tus orejas cuando tenías doce años?

—¡No corras tanto! —exclamó, luego extendió la mano derecha sobre la mesa y me tocó suavemente los dedos de la mano izquierda—. Por favor.

Serví lo que quedaba de vino y, lentamente, apuré mi copa.

—Antes me gustaría saber más de ti.

—¿Qué quieres saber?

—Todo. Dónde te criaste, cuántos años tienes, a qué te dedicas... Esas cosas.

—No hay mucho que contar. Mi vida es tan normal que seguro que te entra sueño al escucharme.

—Me gustan las historias normales y corrientes.

—Pero mi vida es una historia normal y corriente de las que no le gustan a nadie.

—Da igual. Tú habla durante diez minutos.

—Nací el veinticuatro de diciembre de 1948, víspera de Navidad. Lo de haber nacido ese día no me hace mucha gracia porque los regalos de cumpleaños y de Navidad siempre caen juntos. Todos intentan no gastar demasiado. Soy capricornio, del grupo sanguíneo A, y, por lo tanto, apto para ser empleado de banco o funcionario del ayuntamiento. Eso también supone que no congenio con los sagitario, los libra y los acuario. ¿No te parece una vida aburrida?

—Es muy interesante.

—Me crié en una ciudad normal y corriente y fui a un colegio normal y corriente. De pequeño era un niño callado, y, cuando crecí, me convertí en un niño aburrido. Conocí a una niña normal y corriente y viví un primer amor normal y corriente. Con dieciocho años me marché a Tokio para estudiar en la universidad. Cuando me gradué, monté con dos amigos una pequeña agencia de traducción, que es la que me ha dado de comer hasta ahora. Hace tres años ampliamos nuestra área de trabajo y hacemos cosas relacionadas con folletos de promoción empresarial y publicidad, y la verdad es que nos va muy bien. Empecé a salir con una chica que trabajaba en la empresa y nos casamos hace cuatro años, pero nos divorciamos hace dos meses. Es una historia muy larga. Tengo un gato viejo. Fumo cuarenta cigarrillos al día. Soy incapaz de dejarlo.

Tengo tres trajes, seis corbatas y quinientos vinilos pasados de moda. Me sé de memoria el nombre de los asesinos de todas las novelas de Ellery Queen. Tengo todos los volúmenes de *En busca del tiempo perdido* de Proust, pero solo he leído la mitad. En verano bebo cerveza, y en invierno, whisky.

—Y dos de cada tres días comes tortilla francesa y sándwiches, ¿no?

—Sí —dije yo.

—¡Vaya vida más interesante!

—Ha sido siempre una vida aburrida y lo seguirá siendo. Pero con ello no estoy diciendo que me disguste. Es así y punto.

Miré el reloj. Habían pasado nueve minutos y veinte segundos.

—Seguro que hay muchas más cosas que se pueden contar sobre ti.

Yo me quedé observando durante un rato mis manos sobre la mesa.

—Claro que hay más cosas. Por muy aburrida que sea mi vida, si me pusiera a contarlo todo, no acabaría nunca.

—¿Te puedo dar mi opinión?

—Sí, por favor.

—Es que siempre que conozco a alguien por primera vez le pido que hable durante diez minutos. Luego procuro hacerme una idea de esa persona partiendo del punto de vista contrario a lo que me haya contado. ¿Crees que me equivoco?

—No —dije negando con la cabeza—. Supongo que tu método es correcto.

Vino un camarero y colocó platos limpios sobre la mesa; luego, otro nos sirvió la comida y el encargado de las salsas hizo lo propio. En plan: del *shortstop* al segunda base y del segunda base al primera base.

—Aplicándote mi método, llego a la siguiente conclusión —dijo, mientras introducía el cuchillo en la *mousse* de lenguado—: no se trata de que tu vida sea aburrida en sí, sino que eres tú el que buscas una vida aburrida. ¿Me equivoco?

—Puede que tengas razón. Quizá mi vida no sea aburrida, sino que soy yo el que quiere una vida aburrida. Pero el resultado es el mismo. Sea como sea, ya lo he conseguido. Todos intentan huir del tedio, pero yo procuro sumergirme en él, como si fuera a contracorriente en hora punta. Por eso no me quejo de que mi vida sea aburrida, que lo es, hasta tal punto que mi mujer se ha largado.

—¿Os habéis separado por ese motivo?

—Como te he dicho, es una historia muy larga. Pero, citando a Nietzsche, «los dioses mismos luchan en vano contra el tedio».

Los dos comíamos despacio. Ella repitió sopa y yo me hinché a comer pan. Hasta que terminamos el plato principal, cada uno estuvo pensando en sus cosas. Nos retiraron los platos, tomamos un sorbete de arándanos y, cuando nos sirvieron los *espressos,* encendí un cigarrillo. El humo, tras vagar un momento por el aire, fue absorbido por unos silenciosos ventiladores. Había varias mesas ocupadas. Por los altavoces del techo sonaba un concierto de Mozart.

—Me gustaría preguntarte algo más sobre tus orejas —le dije.

—Me quieres preguntar si tienen poderes especiales o no, ¿verdad?

Asentí.

—Eso quiero que lo compruebes por ti mismo —dijo ella—. Lo que te pueda explicar yo resultará tan limitado que no creo que te sirva de nada.

Volví a asentir.

—Si quieres, te enseño las orejas —dijo tras apurar el café—. Pero, realmente, no sé si te va a ayudar. Puede incluso que te arrepientas.

—¿Por qué?

—Me refiero a que, a lo mejor, tu aburrimiento no es tan inquebrantable como crees.

—¡Qué se le va a hacer! —exclamé.

Ella extendió las manos sobre la mesa y cubrió las mías.

—Una cosa más: no te apartes de mi lado durante algún tiempo..., los próximos meses. ¿De acuerdo?

—De acuerdo.

Sacó del bolso una cinta para el pelo de color negro, la sujetó con la boca mientras se echaba el pelo hacia atrás con ambas manos y, rápidamente, se lo recogió.

—¿Qué?

Yo tragué saliva y me quedé mirándola anonadado. Se me secó la boca, no me salía la voz. Por un momento, me pareció que las paredes de yeso blanco ondeaban. El rumor de las conversaciones y el roce de los platos y la cubertería en el comedor quedaron suspendidos como una nube pálida y difusa, para reanudarse poco después. Me pareció oír cómo batían las olas y me llegó el olor de un añorado atardecer. Pero eso no fue más que una pequeña parte de lo que sentí durante una mísera centésima de segundo.

—Impresionante —dije exprimiendo un hilo de voz—. Pareces otra persona.

—Exacto —dijo ella.

De la liberación de las orejas

—Exacto —dijo ella.

Era tan bella que parecía irreal. De una belleza que jamás había visto o hubiera podido imaginarme. Se expandía como el universo y, al mismo tiempo, era compacta como un denso glaciar. Era excesiva, hasta resultar arrogante, y pura esencia a la vez. Superaba todos los conceptos que yo conociese. Ella y sus orejas eran un solo ente que se deslizaba como un antiguo rayo de luz por una pendiente temporal.

—Eres impresionante —alcancé finalmente a decir, tras tomar aliento.

—Lo sé —dijo ella—. Esta soy yo cuando libero mis orejas.

Varios clientes se dieron la vuelta y se quedaron pasmados mirando hacia nuestra mesa. El camarero que vino a ofrecernos más café fue incapaz de servirlo correctamente. Nadie dijo una sola palabra. Lo único que no dejó de moverse, a ritmo lento, fueron los carretes del magnetófono.

Ella sacó un cigarrillo mentolado del bolso y se lo llevó a los labios. Yo me apresuré a encendérselo con mi mechero.

—Quiero acostarme contigo —me dijo.

Y nos acostamos juntos.

3

De la liberación de las orejas (continuación)

Pero todavía no había alcanzado su época de máximo esplendor. Expuso las orejas a ratos durante dos o tres días y, de nuevo, ocultó bajo el pelo aquellas maravillas de la creación para volver a convertirse en una chica del montón. Como quien prueba a quitarse el abrigo un rato a principios de marzo.

—Todavía no es época de exponer las orejas al aire —dijo ella—. Aún no he logrado comprender el alcance de mis propios poderes.

—No importa, mujer —dije yo. Con las orejas tapadas tampoco estaba nada mal.

۹

A veces me las enseñaba, pero casi siempre por motivos sexuales. Resultaba extraño hacer el amor con ella con las orejas al descubierto. Si llovía, sentía perfectamente el olor a mojado. Si los pájaros trinaban, oía perfectamente sus gorjeos. No sé cómo explicarlo, pero eso es lo que, en resumidas cuentas, pasaba.

—Cuando te acuestas con otros, ¿no les enseñas las orejas? —le pregunté un día.

—Claro que no —respondió ella—. De hecho, creo que ni se dan cuenta de que tengo orejas.

—¿Cómo son las relaciones sexuales cuando te tapas las orejas?

—Muy por compromiso. No siento nada, como si estuviera comiéndome una hoja de periódico. Pero no me importa. Cumplir un compromiso tampoco está mal, en cierto modo.

—Pero ¿no es mucho mejor cuando lo haces enseñando las orejas?

—Sí, claro.

—Pues, entonces, no te las tapes —dije yo—. ¿Qué necesidad hay de aburrirse?

Ella me clavó la mirada y soltó un suspiro.

—Tú es que no te enteras de nada.

Ciertamente había muchas cosas de las que no me enteraba.

Para empezar, no sabía por qué me trataba de modo diferente a los demás. Porque estaba claro que, comparado con los otros, yo no era superior ni especial.

Cuando se lo dije, ella se rió.

—Muy sencillo —me dijo—. Porque tú me deseas. Esa es la razón principal.

—¿Y si alguien más te deseara?

—El caso es que en estos momentos eres tú el que me desea. Además, vales mucho más de lo que crees.

—¿Por qué crees que me infravaloro? —pregunté.

—Porque solo vives en una de tus mitades —afirmó ella—. Tu otra mitad permanece intacta en alguna parte.

—¡Hm! —dije yo.

—En ese sentido, nos parecemos un poco. Yo me tapo las orejas y tú solo vives en una mitad de tu ser. ¿No crees?

—Aunque fuera así, a mi otra mitad le falta el esplendor de tus orejas.

—Quizás. —Ella sonrió—. En serio, es que no te enteras de nada, ¿eh?

Con la sonrisa todavía en los labios, se apartó el pelo y se desabotonó la blusa.

◊

En septiembre, con el verano aproximándose a su fin, yo me había tomado un día libre en el trabajo, estábamos en la cama a primera hora de la tarde, y yo jugueteaba con su pelo, mientras pensaba todo el rato en el pene de ballena. El mar se veía de color plomizo oscuro y el viento golpeaba arisco la ventana. El techo era alto y en la sala del acuario no había ni un alma. A la ballena le habían arrancado el pene para siempre y este había perdido todo su sentido como pene.

Luego volví a pensar en la combinación de mi mujer. Pero ni siquiera recordaba si ella tenía combinaciones. Simplemente no podía quitarme de la cabeza la escena difusa y carente de sentido de una combinación colgada en el respaldo de la silla de la cocina. Tampoco recordaba qué demonios significaba. Me sentí como si durante mucho tiempo hubiese vivido la vida de otro.

—Oye, ¿tú no te pones combinaciones? —le pregunté a mi novia, sin ningún propósito en particular.

Ella levantó la cara de mi hombro y me miró perpleja.

—No, no tengo ninguna.

—Ah —dije yo.

—Pero si crees que va a ser mejor si me pongo una...

—No, no era por eso —me apresuré a decir—. No lo decía con esa intención.

—En serio, tú no te cortes. Estoy acostumbradísima a esas cosas por el trabajo; no me da ninguna vergüenza.

—No necesito nada —dije yo—. Me basta contigo y tus orejas. Nada más.

Ella sacudió la cabeza a ambos lados y enterró la cara en mi hombro. Pero tan solo quince segundos después volvió a levantarla.

—¿Sabes qué? En diez minutos va a haber una llamada importante.

—¿Una llamada? —pregunté al tiempo que miraba el teléfono negro que había al lado de la cama.

—Sí, va a sonar el teléfono.

—¿Cómo lo sabes?

—Porque lo sé.

Se fumó un cigarrillo mentolado con la cabeza apoyada sobre mi pecho desnudo. Poco después me cayó ceniza al lado del ombligo, y ella, frunciendo los labios, la echó fuera de la cama de un soplido. Yo tomé su oreja entre mis dedos. Era una sensación fantástica. Sentí cómo brotaban y desaparecían en mi cabeza todo tipo de imágenes amorfas.

—Tiene que ver con unas ovejas —dijo ella—. Con muchas ovejas y con una en particular.

—¿Ovejas?

—Sí —dijo, y me pasó el cigarrillo, que se había fumado hasta la mitad. Yo le di una calada y lo apagué en el cenicero—. La aventura comienza ya.

Poco después sonó el teléfono junto a la cama. Yo la miré, pero yacía completamente dormida sobre mi pecho. Dejé sonar el aparato cuatro veces y atendí la llamada.

—¿Podrías venir cuanto antes? —me preguntó mi socio. En su voz se notaba tensión—. Es por algo muy importante.

—¿Hasta qué punto es importante?

—Lo sabrás cuando vengas —contestó él.

—Me vas a hablar de ovejas, ¿no? —dije, por probar. No debería haberlo dicho. El auricular se volvió frío como un glaciar.

—¿Cómo lo sabes? —preguntó.

En fin, así empezó la caza del carnero.

Capítulo cuarto
La caza del carnero I

1
Preludio al asunto del hombre extraño

Existen muchos motivos para que una persona tome por costumbre beber alcohol en grandes cantidades. Los motivos son diversos, pero, por regla general, el resultado es el mismo.

En 1973 mi codirector era un borracho alegre. En 1976 se había convertido en un borracho de carácter un poco agrio, y en el verano de 1978 se estaba asomando a las puertas del alcoholismo. Como suele ocurrir con los bebedores habituales, cuando estaba sobrio, era un tipo normal y simpático, aunque no puede decirse que demasiado inteligente. Todos pensaban de él que era una persona normal y simpática, aunque no demasiado inteligente. Incluso él lo pensaba. Por eso bebía. Porque tenía la sensación de que, si se metía alcohol en el cuerpo, sería capaz de asimilar la idea de que era un tipo normal y simpático.

Al principio funcionó. Pero a medida que las cantidades de alcohol aumentaban, se abrió una pequeña brecha que acabó convirtiéndose en un profundo abismo. Su normalidad y simpatía iban por delante de él y no fue capaz de seguirles el ritmo. Ocurre a menudo. Pero la gente nunca cree que vaya a sucederles a ellos. Si, además, la persona no es inteligente, peor todavía. Empezó a deambular por una niebla etílica aún más espesa a fin de recuperar lo que había perdido. Y la situación se agravó.

Sin embargo, al menos de momento, conseguía llevar una vida normal hasta que anochecía. Como hacía años que yo procuraba no verme con él después del anochecer, en lo que a mí respecta, era un tipo normal. Pero yo sabía perfectamente que, en cuanto se hacía de noche, dejaba de comportarse como alguien normal, y él también lo sabía. Nunca sacamos el tema, pero ambos lo sabíamos. No nos llevábamos mal, pero ya no éramos tan amigos como antaño.

Aunque no nos entendiésemos al cien por cien (yo creo que seguramente ni al setenta por ciento), él era mi único amigo de cuando iba a la universidad, y me dolía mucho ser testigo de cómo una persona así iba perdiendo el juicio. Pero, al fin y al cabo, en eso consiste hacerse mayor.

Cuando llegué a la oficina, él ya estaba tomándose una copa de whisky. Mientras solo fuese una, no había problema, si bien eso no cambiaba el hecho de que bebiera. En cualquier momento las copas podían pasar a ser dos. En ese caso, yo me marcharía de la empresa y empezaría a buscar otro trabajo.

Me coloqué frente al aparato del aire acondicionado y, mientras se me secaba el sudor, me bebí el té de cebada frío que me había traído la chica. Él no dijo nada y yo tampoco. El sol candente de la tarde se precipitaba contra el suelo de linóleo en forma de rocío mágico. Bajo mis ojos se extendía el verde del parque, salpicado de pequeñas figuras de gente que tomaba el sol relajadamente, tumbada en el césped. Mi socio golpeaba la punta del bolígrafo contra la palma de su mano izquierda.

—He oído que te has divorciado —dijo.

—Ya hace dos meses —contesté sin dejar de mirar por

la ventana. Al quitarme las gafas de sol, sentí molestia en los ojos.

—¿Y por qué te has divorciado?

—Es un asunto personal.

—Eso ya lo sé —dijo él con paciencia—. Jamás he oído hablar de ningún divorcio que no sea personal.

Yo me quedé callado. Desde hacía muchos años existía un acuerdo tácito entre los dos de no hablar sobre cuestiones privadas.

—No es mi intención someterte a un interrogatorio —se excusó él—. Yo también era amigo de ella y, simplemente, me sorprende un poco. Además, yo siempre había creído que os llevabais muy bien.

—Es que nos llevábamos muy bien. No nos hemos separado porque discutiésemos.

Él guardó silencio, con gesto preocupado, y siguió golpeando la punta del bolígrafo contra la palma de la mano. Vestía una camisa nueva de color azul oscuro y una corbata negra e iba bien peinado. Olía a colonia y a loción para después del afeitado. Yo llevaba una camiseta de Snoopy agarrando una tabla de surf, unos viejos Levi's blanquísimos de tanto lavarlos y unas zapatillas de deporte llenas de barro. Saltaba a la vista que era él quien parecía normal.

—¿Te acuerdas de cuando trabajábamos los tres juntos, con ella?

—Perfectamente —contesté.

—Fue una época divertida —dijo mi socio.

Me aparté del aire acondicionado y, tras sentarme en el mullido sofá azul cielo fabricado en Suecia que había en el centro de la sala, saqué un Pall Mall con filtro de la cigarrera que usábamos para ofrecer a los clientes y lo encendí con un pesado mechero de mesa.

—¿Y?

—Creo que, al final, todo esto se nos está quedando un poco grande.

—¿Te refieres a lo de la publicidad y las revistas?

Él asintió. Me dio un poco de pena pensar que, sin duda, había estado sufriendo antes de atreverse a contármelo. Tras tantear el peso del mechero de mesa, giré la llave para regular el tamaño de la llama.

—Ya te entiendo —dije, y devolví el mechero a su sitio—, pero acuérdate bien: no fui yo quien empezó a aceptar esos proyectos, ni fui yo quien propuso hacerlos. Fuiste tú quien los aceptó y quien propuso hacerlos. ¿O no?

—Era una oferta imposible de rechazar y, además, justo en ese momento estaba desocupado...

—También nos ha dado dinero.

—Sí que nos ha dado dinero. Gracias a ello, hemos podido mudarnos a una oficina más grande y hemos contratado a más personal. He cambiado de coche, me he comprado un piso y he podido permitirme matricular a mis dos hijos en un colegio privado que cuesta lo suyo. Creo que, para tener treinta años, no está nada mal.

—Te lo has ganado tú solito. No hay nada de lo que avergonzarse.

—Y no me avergüenzo —dijo mi socio. A continuación, cogió el bolígrafo que había tirado sobre el escritorio y se punzó suavemente en la palma de la mano varias veces—. Pero ¿sabes qué? Cuando pienso en el pasado, me parece mentira. Me refiero a cuando estábamos endeudados, conseguíamos trabajos de traducción y nos los pasábamos, y repartíamos folletos delante de la estación.

—Si te apetece, podemos seguir repartiéndolos.

Él levantó la cara y me miró.

—Oye, que no estoy bromeando.

—Yo tampoco —dije.

Guardamos silencio un rato.

—Han cambiado muchas cosas —dijo él—. Por ejemplo, nuestro ritmo de vida y nuestra manera de pensar. Para empezar, ni siquiera somos conscientes de lo que ganamos realmente. El contable viene, redacta esos documentos ininteligibles y hace sus desgravaciones, amortizaciones y estrategias para reducir impuestos.

—Como en todas partes.

—Lo sé. Sé que es necesario hacerlo y, de hecho, lo estamos haciendo. Pero creo que antes era más divertido.

—«Al medrar, crecen en torno a nos las sombras del presidio» —murmuré un verso de un antiguo poema.

—¿Qué narices quiere decir eso?

—No tiene importancia —contesté—. ¿Y qué más?

—En estos momentos me siento explotado.

—¿Explotado? —Levanté la cabeza sorprendido. Entre nosotros había casi dos metros de distancia y, dada la altura de la silla, su cabeza estaba veinte centímetros por encima de la mía. A su espalda había una litografía. Era una litografía nueva, que todavía no había visto, y que representaba un pez alado. El animal no parecía muy contento de tener alas en la espalda. Quizá no sabía cómo usarlas—. ¿Explotado? —Volví a preguntarle.

—Sí, explotado.

—¿Por quién?

—Un poco por distintas partes.

Sentado en el sofá azul cielo, crucé las piernas y me quedé mirando su mano, justo a la altura de mis ojos, y el movimiento del bolígrafo.

—¿A ti no te parece que hemos cambiado? —me preguntó.

—Todo sigue igual. Nadie ni nada ha cambiado.

—¿Lo crees en serio?

—Sí. No hay ningún tipo de explotación. Eso no son más que cuentos de hadas. ¿O acaso crees tú también que las trompetas del Ejército de Salvación redimirán el mundo? Les das demasiadas vueltas a las cosas.

—Bueno, olvídalo, supongo que les doy demasiadas vueltas —dijo mi socio—. La semana pasada hiciste, qué digo, hicimos un anuncio para una marca de margarina. La verdad es que no estuvo nada mal. Las críticas también fueron buenas. Pero, en los últimos años, ¿has comido alguna vez margarina?

—No. Odio la margarina.

—Yo también. A eso es a lo que me refiero. Antes, al menos, hacíamos trabajos en los que nos sentíamos seguros de nosotros mismos, de los que estábamos orgullosos. Ahora ya no. Ahora nos dedicamos a escupir palabras insustanciales.

—La margarina es buena para la salud. Se hace con grasa vegetal, con poco colesterol. Dificulta la aparición de enfermedades y, últimamente, el sabor ha mejorado. Es barata y tarda en caducar.

—Pues que te aproveche.

Yo me arrellané en el sofá y, con calma, estiré los brazos y las piernas.

—Es lo mismo. Comamos margarina o no, al final va a ser lo mismo. Tanto si nos limitamos a hacer traducciones como si realizamos publicidad engañosa para marcas de margarina, en el fondo todo es lo mismo. En efecto, escupimos palabras insustanciales. Pero ¿dónde están las palabras sustanciales? ¿Te das cuenta? ¡No existe el trabajo honrado! Del mismo modo que no existe una respiración honrada o un pis honrado.

—Tú antes eras más naíf.

—Puede ser —admití, y aplasté el cigarrillo en el cenicero—. Seguramente hay un pueblo naíf en alguna parte, con su carnicería naíf donde cortan jamón cocido naíf. Si te parece naíf beber whisky por la mañana temprano, bebe todo lo que te apetezca.

Durante un buen rato, solo se oyó el *tac-tac* del bolígrafo contra la mesa.

—Lo siento —me disculpé yo—. No pretendía hablarte de ese modo.

—No pasa nada —dijo mi socio—. Si seguramente tienes razón...

El termostato del aire acondicionado hizo un ruido de repente. Era una tarde tremendamente tranquila.

—Ten un poco más de confianza en ti mismo —le dije—. ¿Acaso no nos hemos valido de nuestros propios medios hasta ahora? No le debemos nada a nadie. Nosotros no somos como esos que se dan aires de grandeza, porque cuentan con el respaldo de alguien o con prestigio social.

—Antes, nosotros éramos amigos —dijo él.

—Lo seguimos siendo —dije yo—. Hemos llegado hasta aquí gracias a haber aunado fuerzas.

—No quería que os divorciarais.

—Lo sé —dije—. Pero, venga, ya va siendo hora de que me hables de lo de las ovejas.

Él asintió, devolvió el bolígrafo a su bandeja y se frotó los párpados con la yema de los dedos.

—El hombre apareció por aquí esta mañana a las once —dijo mi socio.

2
El asunto del hombre extraño

Aquel hombre apareció a las once de la mañana. En una empresa pequeña como la nuestra, hay dos clases de once de la mañana: o muy atareadas o muy ociosas. Sin término medio. Así que a las once de la mañana, o trabajábamos a cien por hora y no pensábamos en nada más, o, abstraídos, retomábamos sueños que habíamos dejado a medias y no pensábamos en nada más. Los trabajos menores (si es que había esa clase de trabajos) los dejábamos para la tarde.

Aquel hombre apareció a las once de una mañana del segundo tipo. Eran las once de una mañana memorablemente ociosa. Tras una primera mitad de septiembre frenética laboralmente, de golpe había dejado de entrar trabajo. Otras dos personas y yo nos tomamos las vacaciones de verano con un mes de retraso, pero los que se quedaron no tenían trabajo ni para afilar un lápiz. Mi socio había ido al banco a ingresar un cheque, otro empleado mataba las horas escuchando discos recién editados en un salón de exposiciones de equipos de audio que había en el barrio y la chica que se quedaba sola en la agencia llamaba por teléfono mientras hojeaba la revista *Peinados Otoñales*.

El hombre abrió y cerró la puerta de la oficina sin hacer ruido. Pero no lo hizo a propósito. Todo era rutinario y habitual. Tan rutinario y habitual que la chica ni siquiera percibió que el hombre había entrado. Cuando se dio cuenta, él estaba frente a su mesa, mirándola desde arriba.

—Quisiera hablar con el responsable —dijo el hombre. Hablaba como si estuviera limpiando el polvo de la mesa con un guante.

La chica no tenía ni idea de qué había podido ocurrir. Levantó la cara y observó al hombre. Su mirada era demasiado penetrante para ser un cliente, iba demasiado bien vestido para ser un funcionario de Hacienda y parecía demasiado intelectual para ser agente de policía. No se le ocurrió ningún otro oficio. El hombre había aparecido de pronto y se le había plantado delante como una refinada pero funesta noticia.

—Ahora mismo está fuera —dijo la chica cerrando rápidamente la revista—. Volverá en media hora...

—Lo esperaré —dijo el hombre sin vacilar. Como si lo hubiera sabido desde el principio.

Ella dudó en preguntarle el nombre, pero desistió y lo condujo a la sala de espera. El hombre se sentó en el sofá azul cielo, cruzó las piernas y se quedó inmóvil, con la vista clavada en el reloj eléctrico que había en la pared de enfrente. Ni un solo movimiento en balde. Permaneció en la misma posición incluso cuando la chica le trajo té.

—Se sentó en el mismo lugar en el que estás sentado tú ahora —me dijo mi socio—. Estuvo ahí media hora, mirando el reloj, siempre en la misma postura.

Observé la depresión que mi cuerpo hacía en el sofá y, luego, dirigí la mirada hacia el reloj eléctrico de pared. Acto seguido, volví a mirar a mi socio.

A pesar del calor nada frecuente a esas alturas de septiembre, el hombre iba bien trajeado. Por las bocamangas del traje, gris y de buena confección, asomaba exactamente un centímetro y medio de camisa blanca; la corbata de rayas de tonos delicados había sido cuidadosamente colocada para que produjera una mínima asimetría y los zapatos negros de cordobán relucían.

El hombre andaría entre los treinta y cinco y los cuarenta años, medía más de un metro setenta y cinco y no le sobraba un solo gramo. Tenía las manos finas, sin ninguna arruga, y los dedos largos y delgados, que recordaban un grupo de animales que, aun habiendo vivido sometidos durante muchos años, no habían olvidado su estado primitivo. Llevaba las uñas cuidadosamente limadas, de tal modo que los extremos de los dedos dibujaban diez espléndidos óvalos. Eran unas manos bonitas y, sin embargo, un poco extrañas. Dejaban entrever un alto grado de especialización en un área extremadamente específica, pero nadie sabría decir de qué área se trataba.

El rostro del hombre no revelaba tantas cosas como las manos. Era un rostro proporcionado, pero monótono e inexpresivo. Tanto el tabique nasal como los ojos parecían líneas rectas trazadas *a posteriori* con un cúter, y sus labios eran finos y enjutos. En general, el hombre estaba ligeramente moreno, pero se veía a primera vista que no se había bronceado de modo casual, en alguna playa o cancha de tenis. Ese color tostado solo podía ser producto de un sol desconocido, que brillaba en el cielo de un lugar desconocido a su vez.

El tiempo transcurrió con una lentitud sorprendente. Treinta gélidos y sólidos minutos semejantes a un perno de un gigantesco instrumento irguiéndose lentamente hacia el cielo. Cuando mi socio regresó del banco, la atmósfera de la oficina se había vuelto muy pesada. La sensación, para que se entienda, era como si hubieran clavado al suelo todo lo que allí había.

—Por supuesto, solo fue una sensación —dijo mi socio.
—Por supuesto —dije yo.

La chica, que había estado sola hablando por teléfono, se sentía exhausta a causa de los nervios. Mi socio entró en la salita de espera sin saber bien qué ocurría y, al presentarse como director de la empresa, el hombre cambió de postura por primera vez, sacó del bolsillo del pecho un fino cigarrillo, lo encendió y expulsó el humo con aire molesto. A su alrededor, el ambiente apenas se distendió.

—No tengo demasiado tiempo, así que vayamos al grano —dijo con tranquilidad. Acto seguido, sacó una tarjeta de presentación rígida y novísima y la puso sobre el escritorio. Estaba hecha de un papel especial semejante al plástico, era de un blanco poco natural y en ella solo se podía leer un nombre escrito con pequeños caracteres negros. Ni título, ni afiliación, ni dirección ni número de teléfono. Únicamente un nombre compuesto por cuatro *kanji*. Solo de mirarla, molestaba a la vista. Mi socio le dio la vuelta y, tras comprobar que estaba en blanco, le echó otro vistazo al anverso y luego miró al hombre a la cara.

—Conoce el nombre de esa persona, ¿verdad? —dijo el hombre.

—Sí, lo conozco.

El hombre apenas movió el mentón unos milímetros en un breve gesto de afirmación. Su mirada, en cambio, no se movió ni un ápice.

—Quémela.

—¿Que la queme? —Mi socio, anonadado, se quedó mirando a su interlocutor a los ojos.

—Haga el favor de quemar esa tarjeta ahora mismo —dijo el hombre haciendo hincapié en cada palabra.

Mi socio se apresuró a coger el mechero de mesa y encendió una punta de la tarjeta blanca. Luego, cuando ya se había quemado la mitad, agarrándola por un extremo, la echó en un gran cenicero de cristal y los dos, el uno frente al otro, observaron cómo ardía y se convertía en ceniza blanca. Una vez calcinada del todo, reinó en la sala un pesado silencio, como el que solía suceder a una masacre.

—Esa persona me ha cedido todos sus poderes y he venido aquí en nombre de ella —informó poco después el individuo—. O sea, quiero que comprenda que todo lo que estoy a punto de decirle responde a la voluntad y a los deseos de esa persona.

—Deseos... —repitió mi socio.

—«Deseo» es una palabra hermosa que expresa una postura básica en lo relativo a un objetivo específico. Por supuesto —dijo el hombre—, también existen otros recursos expresivos. Usted ya me entiende, ¿no?

Mentalmente, mi socio intentó traducir a un japonés llano lo que aquel hombre acababa de decir.

—Sí, lo entiendo.

—En cualquier caso, no he venido a hablar de temas conceptuales o políticos, sino por puro *business*. —Pronunció la palabra *business* en un inglés correctísimo. Debía de ser un japonés residente en el extranjero de segunda generación—. Usted es un hombre de negocios y yo también. No creo que haya, en términos reales, otra cosa de la que podamos hablar. Lo irreal, dejémoselo a otros. ¿No le parece?

—Así es —contestó mi socio.

—Nuestro papel es convertir esos factores irreales en algo sofisticado e incorporarlo en el terreno de la realidad. De vez en cuando, la gente recurre a la irrealidad, y eso —dijo, y con las yemas de la mano derecha jugueteó con un anillo de piedra verde que llevaba en el dedo corazón de la mano izquierda— se debe a que, de ese modo, todo parece más sencillo. Además, hay casos en los que uno tiene la impresión de que lo irreal sobrepasa a la realidad. En el mundo irreal no existen los negocios. O sea, nosotros somos una raza que siempre mira hacia la adversidad. Así pues, aunque —se interrumpió en medio de la frase y se puso otra vez a jugar con el anillo—..., aunque lo que voy a decirle le suponga alguna faena o decisión complicada, me gustaría que lo entendiera.

Mi socio asintió en silencio sin acabar de comprenderlo.

—En ese caso, le hablaré del deseo en cuestión. En primer lugar, quiero que detenga *ipso facto* la publicación de la revista promocional *Vida P.*

—Pero...

—En segundo lugar —el hombre interrumpió a mi socio—, quiero hablar directamente con el encargado de esas páginas.

El hombre cogió un sobre blanco de un bolsillo interior de su traje, sacó un papel doblado en cuatro partes y se lo pasó a mi socio. Este lo cogió, lo desplegó y lo observó. Era una copia de la portada de la revista promocional de una compañía de seguros de vida que hacíamos en nuestra agencia. Una fotografía de un paisaje normal y corriente de Hokkaidō: nubes, montañas, ovejas, pastos y un poema bucólico sin demasiado encanto que se había tomado prestado de alguna parte. Eso era todo.

—He aquí nuestros dos deseos. En cuanto al primero, más que un deseo es un hecho ya consumado. Para ser exactos, ya se han tomado medidas al respecto. Si tiene dudas sobre algún punto, llame por teléfono al jefe de la sección de publicidad.

—Ajá —dijo mi socio.

—Pero resulta fácil imaginarse que tal embrollo supondrá un daño tremendo para una empresa del tamaño de la suya. Por fortuna, nosotros, como usted bien sabe, disponemos de no poca influencia en este sector. Así que si pudiera concedernos el segundo deseo y proporcionarnos información satisfactoria sobre ese encargado, nosotros nos ocuparemos de compensarles lo suficiente por los daños percibidos. Seguramente será algo más que una compensación.

El silencio se impuso en la sala.

—Si resultara que no nos concede esos deseos —continuó diciendo el hombre—, ustedes se quedarían *fuera* de todo. A partir de ahora, ya no habrá cabida para ustedes en este mundo.

Y otro silencio.

—¿Tiene alguna pregunta?

—O sea, que el problema es esta fotografía, ¿no? —preguntó con reparo mi socio.

—Sí —contestó el hombre. Y, cuidadosamente, eligió las palabras como si las estuviera cogiendo de la palma de su mano—. Exacto. Pero no puedo explicarle nada más. No estoy autorizado para hacerlo.

—Llamaré al encargado por teléfono. Estará aquí a las tres —dijo mi socio.

—Estupendo —dijo el hombre, y miró su reloj—. Entonces le enviaré el coche a las cuatro. Por cierto, es importante que no le cuente ni una palabra de esto a nadie. Ha quedado claro, ¿no?

Y los dos se despidieron a lo *businessman*.

3
El «maestro»

—Y eso es todo —dijo mi socio.

—Me parece absurdo —repliqué, con un cigarrillo apagado en la boca—. En primer lugar, no sé quién narices puede ser el personaje de la tarjeta. Además, no entiendo por qué le molesta una foto de unas ovejas. Y, por último, no sé cómo ese individuo podría suspender nuestra publicación.

—El personaje de la tarjeta es un pez gordo de la ultraderecha. No es muy conocido entre la gente, porque su nombre y su cara apenas salen a la palestra pública, pero no hay nadie en este mundillo que no lo conozca. Debes de ser el único.

—Es que ando un poco desconectado de todo —me justifiqué yo.

—Aunque haya dicho ultraderecha, no es lo que se suele llamar ultraderecha. De hecho, ni siquiera es ultraderecha.

—Cada vez te entiendo menos.

—La verdad es que nadie sabe cómo piensa. No ha publicado nada ni da discursos en público. Tampoco permite que le hagan entrevistas o publiquen fotos de él. Hasta el punto de que ni siquiera se sabe si está vivo o muerto. Hace cinco años, un periodista de una revista mensual empezó a sacar a la luz un caso de financiación ilegal en el que este individuo estaba implicado, pero lo quitaron de en medio enseguida.

—Estás muy bien informado.

—Porque yo tenía una conexión indirecta con ese periodista.

Encendí con el mechero el cigarrillo que sujetaba en la boca.

—¿A qué se dedica ahora ese periodista?

—Lo cambiaron al departamento de ventas y se pasa todo el día ordenando facturas. El mundo de los medios de comunicación es más pequeño de lo que parece y ese tipo de escarmiento sirve de aviso para que otra gente no se inmiscuya. Como las calaveras que adornan la entrada de ciertos poblados africanos.

—Ajá —dije yo.

—Lo que sí conozco, hasta cierto punto, es su vida antes de la guerra. Nació en 1913 en Hokkaidō, al acabar la escuela primaria se marchó a Tokio y, después de ir dando tumbos de trabajo en trabajo, se metió en la ultra-derecha. Estuvo en la cárcel una vez, y al salir, emigró a Manchuria, donde hizo buenas migas con los oficiales del Estado Mayor del Ejército de Kwantung y creó una orga-nización encargada de conspirar. No sé cuáles eran exac-tamente las funciones de esa organización. A partir de ese momento, se vuelve de pronto un personaje misterioso. Se rumorea que traficaba con droga, y seguramente era verdad. Después de causar estragos por toda la China continental, se embarcó en un destructor dos semanas antes de que la Unión Soviética interviniera en la guerra y regresó a Japón, cargado con una fortuna en metales preciosos.

—¡Pues sí que calculó bien los tiempos!

—De hecho, a este personaje se le da muy bien hacer las cosas en el momento justo. Sabe cuándo ir a por todas y cuándo retirarse. Además, tiene muy buen ojo. Las Fuerzas Aliadas lo detuvieron y lo acusaron de crímenes de guerra de clase A, pero la investigación se suspendió y se sobreseyó la causa. El motivo fue que estaba enfermo, pero todo es bastante confuso. Seguramente llegó a algún trato con miem-bros del ejército estadounidense, porque el general MacAr-thur tenía los ojos puestos en la China continental.

Mi socio volvió a coger el bolígrafo de la bandeja y se puso a darle vueltas entre los dedos.

—Al salir de la prisión de Sugamo, dividió en dos par-tes la riqueza que tenía escondida: con una mitad compró toda una facción del partido conservador; y con la otra, toda la industria publicitaria. En aquella época el mundo de la publicidad se limitaba a los prospectos y los folletos.

—A eso se le llama tener visión de futuro. Pero ¿no hubo nadie que denunciara ese patrimonio oculto?

—¡Qué va! ¿No ves que compró toda una facción del partido conservador?

—Tienes razón —dije yo.

—El caso es que con ese dinero presionó a los sectores político y publicitario, y todavía lo sigue haciendo. Si no se expone al público, es porque no lo necesita. Cuando uno tiene al mundo de la publicidad y a los partidos políticos bien agarrados, puede hacer lo que le venga en gana. ¿Te das cuenta de lo que supone ejercer presión en la publicidad?

—No.

—Supone tener bajo control a prácticamente todas las editoriales y medios de comunicación. Sin publicidad, los medios de comunicación no existirían. Como un acuario sin agua. El noventa y cinco por ciento de la información que te llega ha sido comprada y ha pasado una criba.

—Sigo sin entenderlo —dije yo—. He seguido el hilo hasta el momento en el que el individuo se hace con la industria de la información. Pero ¿cómo es capaz de ejercer su influencia incluso sobre una revista promocional de una compañía de seguros de vida? ¿No se supone que el contrato es directo, que no media ninguna agencia publicitaria grande?

Mi socio carraspeó y se bebió lo que quedaba del té de cebada, que ya estaba completamente tibio.

—Por medio de acciones. Su fuente de ingresos son las acciones. Especula con ellas, monopoliza, absorbe y esas cosas. Para ello cuenta con su propio órgano de inteligencia, que se encarga de recabar la información que él selecciona. De ella, una pequeña parte la anuncia en los medios y el resto se la guarda para sí. También recurre a la extorsión, aunque no de forma directa, claro. Cuando la extorsión no basta, les pasa información a los políticos. Él se lo guisa y él se lo come.

—Eso significa que cualquier empresa es vulnerable.

—Claro, porque ninguna empresa quiere que se saquen a relucir trapos sucios en plena junta general de accionistas. Por lo general, todo el mundo escucha lo que él dice. O sea, que el maestro está sentado en la cúspide, sobre esa trinidad formada por políticos, la industria de la información y el mercado bursátil. Ahora ya sabrás que, para él, destruir una revista promocional y ponernos a todos de patitas en la calle es más fácil que pelar un huevo cocido.

—¡Hm! —gruñí yo—. Pero ¿por qué le preocupa tanto a un magnate como él una simple fotografía de un paisaje en Hokkaidō?

—Buena pregunta —dijo mi socio, no demasiado impresionado—. Eso mismo iba a preguntarte yo a ti.

Yo guardé silencio.

—Por cierto, ¿cómo has sabido lo de las ovejas? —me preguntó mi socio—. ¿Ha pasado alguna cosa que yo desconozca?

—Es que, entre bastidores, hay unos enanitos sin nombre que hacen girar la rueca.

—¿No puedes hablar un poco más claro?

—Es mi sexto sentido.

—Genial... —Mi socio soltó un suspiro—. Dejemos el tema de lado; me acaban de llegar dos noticias. He llamado por teléfono al periodista de la revista que te dije antes. La primera noticia es que el maestro ha sufrido un derrame cerebral, o algo por el estilo, que lo ha dejado inútil, aunque todavía no se ha confirmado de manera oficial. La segunda es sobre el hombre que vino a la oficina. Es el secretario personal del maestro y, de hecho, el encargado de administrar la organización; o sea, el número dos. Es hijo de emigrantes japoneses, se ha licenciado en Stanford y trabaja para el maestro desde hace doce años. Es un tipo raro, pero, al parecer, inteligentísimo. Esto es todo lo que he podido averiguar.

—Gracias —dije yo.

—De nada —dijo mi socio sin mirarme a la cara.

Cuando no bebía demasiado, era un tipo más normal que yo, sin lugar a dudas. Tenía una manera de pensar mucho más considerada, naíf y correcta que la mía. Pero, tarde o temprano, acababa emborrachándose. Me dolía pensar que era así. Muchas personas decentes acaban malográndose antes que yo.

Después de que mi socio abandonara la sala, encontré whisky en un cajón y me lo bebí a solas.

4
Contando ovejas

Podría decirse que deambulamos sin rumbo fijo por el gran continente de la casualidad. Del mismo modo que las semillas aladas de ciertas plantas son transportadas por una caprichosa ráfaga de viento.

No obstante, también podría decirse que la casualidad nunca ha existido. Lo que ha ocurrido, ha ocurrido de manera inequívoca, y lo que todavía no ha ocurrido, no ha ocurrido también de manera inequívoca. Es decir, que somos seres efímeros atrapados entre el «todo» a nuestras espaldas y el «nada» ante nuestros ojos, y ahí no hay lugar a casualidades o probabilidades.

No obstante, en realidad, apenas existen diferencias entre esos dos puntos de vista. Es como un mismo plato con dos nombres distintos (como suele ocurrir con la mayoría de las opiniones antagónicas).

Esto es una metáfora.

Visto desde la perspectiva (a), el hecho de que yo haya puesto una fotografía de unas ovejas en la portada de la revista promocional es una casualidad; visto desde la perspectiva (b), no es una casualidad.

(a) Yo buscaba una foto apropiada para la portada de la revista. En el cajón de mi escritorio había, *por casualidad*, una foto de un rebaño de ovejas. Y la usé. Una casualidad inocente en un mundo inocente.

(b) La fotografía de las ovejas me estuvo esperando todo el tiempo dentro del cajón. Aunque no la hubiera usado para esa revista, en algún momento acabaría utilizándola para otra cosa.

Bien pensado, esta fórmula podría aplicarse a todas las etapas de mi vida hasta ahora. Con suficiente práctica, quizás hubiera podido encauzar una vida al estilo (a) con mi mano derecha y una vida al estilo (b) con mi mano izquierda. Pero, en fin, no tiene la menor importancia. Es como el agujero de los dónuts: el que se interprete como un espacio vacío o como una entidad es una mera cuestión metafísica que no influye para nada en el sabor del dónut.

Mi socio salió a atender algún asunto y, de pronto, la sala se quedó desierta. Solo se movían las manecillas del reloj, girando en silencio. Todavía había tiempo hasta las cuatro, hora en que el coche vendría a recogerme, y yo no tenía trabajo. El despacho de al lado también estaba sumido en el silencio.

Sentado en el sofá azul cielo me puse a beber whisky contemplando las manecillas del reloj, mientras recibía la agradable brisa del aire acondicionado, como si fuera una liviana semilla de diente de león. Mientras observase el reloj, el mundo seguiría moviéndose. Y aunque ese mundo no fuese ninguna maravilla, lo importante era que no paraba de moverse. Y yo existiría mientras fuera consciente de que el mundo seguía moviéndose. Mi existencia no era ninguna maravilla, pero al menos existía. Resulta extraño que alguien solo pueda reafirmar su existencia mediante las manecillas de un reloj. Tenía que haber otro método distinto. Y sin embargo, por más que pensé, no se me ocurrió nada útil.

Me di por vencido y tomé otro trago de whisky. Una sensación de calor me bajó por la garganta, se desplazó por la pared del esófago y descendió hábilmente hasta el fondo del estómago. Al otro lado de la ventana se extendía un azulísimo cielo estival con nubes blancas. Era bello, pero, en cierto modo, parecía un producto deteriorado de segunda mano. Era un cielo de segunda mano que daba el pego, porque lo habían pulido con alcohol antes de sacarlo a subasta. Yo me tomé otro trago a la salud de esa clase de cielos, los cielos de verano que un día fueron nuevos. Era un whisky escocés bastante digno. Y el cielo, en cuanto te acostumbrabas a él, tampoco estaba mal. Un Boeing 747 voló lentamente de izquierda a derecha enmarcado por la ventana. Parecía un insecto con un duro caparazón resplandeciente.

Después del segundo whisky, me asaltó una duda: «¿Qué narices hago aquí?».

¿En qué demonios estaba pensando?

Las ovejas.

Me levanté del sofá, fui por la fotocopia de la portada de la revista que estaba sobre el escritorio de mi socio y volví a sentarme. Mientras chupaba los cubitos de hielo, que conservaban el sabor a whisky, me quedé mirando fijamente la fotografía durante veinte segundos y, pacientemente, pensé qué significado podía tener.

En ella se veía un rebaño de ovejas y un prado. Donde terminaba el prado, se extendía un bosque de abedules. Abedules inmensos, típicos de Hokkaidō. No de esos abedules de pacotilla que flanquean la entrada del dentista del barrio y que parece que hayan crecido por arte de magia. Eran abedules tan macizos que cuatro osos podrían afilar simultáneamente sus garras en cada uno de ellos. Por la densidad del follaje, debía de ser primavera. Todavía quedaban restos de nieve en las cumbres de las montañas del fondo, así como en el valle que formaban sus laderas. Sería abril o mayo. La época en que el suelo se vuelve fangoso debido a la acción del deshielo. El cielo era azul (seguramente era azul, no estaba seguro del todo, ya que la foto era en blanco y negro; a lo mejor era de color salmón) y las nubes blancas dejaban su estela sobre las montañas. Por más vueltas que se le diese, un rebaño de ovejas solo era un rebaño de ovejas; unos abedules, solo unos abedules, y unas nubes blancas, solo unas nubes blancas. Eso es todo. No hay más.

Tiré la fotografía sobre la mesa, me fumé un cigarrillo y bostecé. Luego volví a coger la foto y, esta vez, conté las reses. Pero el prado era tan grande y las ovejas estaban tan desperdigadas, como si estuvieran de pícnic, que cuanto más hacia el fondo se miraba, más dejaba de estar claro si eran ovejas o simples puntos blancos, y después ya no quedaba claro si eran puntos blancos o ilusiones ópticas y, al final, ya ni se sabía si era una ilusión óptica o un vacío. No me quedó más remedio que ir contando, ayudándome de la punta del bolígrafo, solo aquellos elementos de los que tenía la certeza de que eran ovejas. Conté treinta y dos en total. Treinta y dos ovejas. El paisaje no tenía nada de especial. Ni una composición determinada, ni un encanto particular.

Sin embargo, intuía algo. Olía problemas. Lo había sentido la primera vez que vi la foto, y no había dejado de sentirlo durante esos tres meses.

A continuación, me tumbé en el sofá, sujetando la foto ante mi cabeza, y volví a contar las ovejas. Treinta y tres.

¿Treinta y tres?

Cerré los ojos, sacudí la cabeza y dejé la mente en blanco. ¡Bah! ¡Qué más da!, pensé. Ocurra lo que ocurra, todavía no ha ocurrido nada. Y suponiendo que haya ocurrido algo, ya ha pasado.

Acostado en el sofá, decidí contar una vez más las ovejas. Pero me sumergí en un profundo sueño inducido por aquellos dos whiskies. Antes de quedarme dormido, pensé un momento en las orejas de mi nueva chica.

5
El coche y el chófer (I)

El coche llegó a las cuatro, tal como estaba anunciado. Fue tan puntual como un reloj de cuco. La chica de la oficina me sacó del profundo agujero del sueño. Me lavé la cara deprisa en el lavabo, pero la modorra no se me iba. Me metí en el ascensor y, hasta llegar abajo, bostecé tres veces. Lo hice como si estuviera reprochándole algo a alguien, pero tanto quien reprochaba como el reprochado era yo mismo.

El coche, enorme, flotaba sobre el pavimento frente a la entrada del edificio, igual que un submarino. Era tan grande que una familia no numerosa podría vivir dentro. Las lunas estaban tintadas de color azul y no se podía ver el interior desde fuera. La carrocería era de un negro realmente espectacular y el vehículo entero, del parachoques a los tapacubos, estaba inmaculado.

Un chófer de mediana edad, vestido con una camisa blanca impoluta y una corbata naranja, se había plantado tieso junto al coche. Era un chófer de verdad. Al acercarme, me abrió la puerta sin decir nada y, en cuanto me acomodé en el asiento, la cerró. Luego se sentó al volante y cerró la puerta. Apenas hizo ruido, como cuando les das la vuelta, una por una, a las cartas de una baraja recién estrenada. Comparado con el Volkswagen escarabajo de quince años que un amigo mío me había vendido barato, aquel coche era más silencioso que sentarse en el fondo de un lago con tapones en los oídos.

El interior también era de lujo. Como ocurre con los accesorios de la mayoría de los coches, no se podía decir que fueran de buen gusto, pero había que admitir que eran impresionantes. En medio de los espaciosos asientos traseros había empotrado un teléfono de botones con un elegante diseño y, al lado, un mechero, un cenicero y una cigarrera de plata, todo a juego. La parte de atrás del asiento del conductor incluía una mesa plegable y un pequeño mueble para escribir o tomarse un tentempié. El aire acondicionado era silencioso y natural, y la moqueta del suelo, mullida.

Antes de que me diera cuenta, el coche ya estaba en marcha. Me sentí como si me hubiera subido a un barreño metálico y estuviera deslizándome por la superficie de un lago de mercurio. Intenté hacerme una idea de cuánto dinero habían invertido en ese coche, pero fue en vano: sobrepasaba los límites de mi imaginación.

—¿Desea escuchar algo de música? —preguntó el chófer.

—Si pudiera ser, algo que me diera sueño —contesté.

—Entendido.

El chófer sacó a tientas un casete de debajo del asiento y pulsó un botón en el salpicadero. De unos altavoces ingeniosamente escondidos empezó a sonar una apacible sonata para violonchelo sin acompañamiento. Tanto la música como el sonido eran intachables.

—¿Siempre usan este coche para llevar y traer invitados? —le pregunté.

—Sí —respondió atentamente el chófer—. Últimamente, siempre.

—Vaya —dije yo.

—Antes era el vehículo particular del maestro —comentó el chófer poco después. Era mucho más sociable de lo que parecía a primera vista—. Pero desde que se puso peor esta primavera, ya no ha vuelto a salir y sería una pena tener el coche guardado sin usar. Además, como sabrá, los coches, si no se utilizan con regularidad, luego rinden menos.

—Ya —repuse yo.

De modo que lo del estado de salud del maestro no era un secreto. Cogí un cigarrillo de la cigarrera y lo examiné. Era un cigarrillo sin filtro liado a mano, sin marca; al acercármelo a la nariz, me pareció que olía a tabaco ruso. Tras dudar por un instante entre fumármelo o metérmelo en el bolsillo, cambié de opinión y lo dejé en su sitio. Un sofisticado emblema figuraba en el centro del mechero y de la cigarrera. Era el emblema de un carnero.

¿Un carnero?

Me dio la impresión de que intentar entender aquello no me serviría de nada, así que sacudí la cabeza y cerré los ojos. Parecía que, desde que había visto las fotografías de las orejas, varias cosas empezaban a escapárseme de las manos.

—¿Cuánto falta hasta el destino? —pregunté.

—Treinta o cuarenta minutos, dependiendo de cómo esté el tráfico.

—Pues, si no le importa bajar un poco el aire acondicionado... Es que me gustaría retomar la siesta.

—A su servicio.

Tras regular el aire acondicionado, el chófer pulsó un botón del salpicadero. Un grueso cristal empezó a ascender y se interpuso entre los asientos de delante y de detrás. Dentro del habitáculo se hizo un silencio casi total, a excepción de la música de Bach. Pero, a esas alturas, ya nada me sorprendía. Apoyé la mejilla en el asiento y eché una cabezada.

En sueños, se me apareció una vaca lechera. Era una vaca pulcra, aunque se veía que también había sufrido lo suyo. Nos cruzamos en un ancho puente. Hacía una agradable tarde de primavera. A la vaca le colgaba de una pata un ventilador viejo y me dijo que me lo dejaba a buen precio. «No tengo dinero», le dije. Era verdad, no tenía.

«Entonces te lo cambio, aunque sea por unas tenazas», dijo la vaca. No era un mal negocio. La vaca me acompañó a casa y me puse a buscar unas tenazas por todas partes. Pero no encontré ningunas.

—¡Qué raro! —exclamé—. Pero si hasta ayer estaban aquí.

Justo cuando estaba cogiendo una silla, dispuesto a subirme a ella para mirar en los estantes de arriba, el chófer me despertó con un golpecito en el hombro.

—Hemos llegado —dijo escuetamente.

La puerta se abrió y el sol estival del atardecer me iluminó la cara. Miles de cigarras cantaban como si diesen cuerda a un reloj. Olía a tierra.

Al bajarme del coche me desperecé y respiré hondo. Y rogué para mis adentros que en aquel sueño no hubiera habido ningún simbolismo.

6
¿Qué es un universo *tubifex?*

Hay sueños simbólicos y realidades simbolizadas por ese tipo de sueños. O hay realidades simbólicas y sueños simbolizados por esas realidades. El símbolo es, por así decirlo, el alcalde honorario del universo *tubifex*. En ese universo no hay nada de raro en que una vaca lechera pida unas tenazas. Un buen día la vaca acabará encontrando sus tenazas. Ese es un problema que a mí no me atañe.

Sin embargo, la situación cambiaría radicalmente si la vaca lechera estuviera intentando utilizarme para conseguir las tenazas. En ese caso, significaría que me habrían arrojado a un universo que seguía una lógica distinta. Lo peor de que te arrojen a un universo con una lógica distinta es que las conversaciones se eternizan. Si le pregunto a la vaca: «¿Por qué quieres unas tenazas?», ella me responde: «Porque tengo mucha hambre». Si yo le pregunto: «¿Para qué necesitas unas tenazas si lo que tienes es hambre?», ella me responde: «Para atar las ramas de los melocotoneros». Yo le pregunto: «¿Por qué de los melocotoneros?», y ella responde: «Pero ¿no ves que me he deshecho del ventilador?». Es un no acabar. Y, en medio de ese diálogo de besugos, yo empiezo a cogerle tirria a la vaca y la vaca a mí. Así es el universo *tubifex*. La única forma de escapar de ese universo es volver a tener otro sueño simbólico.

Aquella tarde de septiembre de 1978, aquel automóvil enorme me condujo precisamente al corazón de uno de esos universos *tubifex*. En otras palabras: mi ruego había sido denegado.

Miré a mi alrededor y no pude evitar soltar un suspiro. Realmente había motivos para suspirar.

El coche se había parado en medio de una colina bastante alta. A nuestras espaldas, el camino de gravilla por el que había subido el coche proseguía de un modo tan sinuoso que parecía hecho adrede hasta llegar a un portalón que se avistaba a lo lejos. A ambos lados del camino discurrían a intervalos regulares, como si fueran portalápices, cipreses y farolas de mercurio. Si se caminaba despacio, llegar hasta el portalón llevaría unos quince minutos. Un sinfín de cigarras chirriaban agarradas a los troncos de los cipreses, como si el mundo hubiera empezado a rodar hacia su fin.

Al otro lado de las hileras de cipreses había una pendiente de césped bien cuidado, a lo largo de la cual crecían algunas plantas dispersas sin ton ni son, había ericáceas, hortensias y otras plantas cuyos nombres desconocía. Una bandada de estorninos se desplazaba sobre el césped de derecha a izquierda igual que unas caprichosas arenas movedizas.

A ambos lados de la colina había unas angostas escaleras de piedra: la de la derecha conducía a un jardín de estilo japonés con estanque y farolas de piedra; la de la izquierda llevaba a un pequeño campo de golf. Al lado del campo de golf había una glorieta que, por cómo estaba pintada, recordaba al helado de ron con pasas; a continuación, estatuas de piedra inspiradas en la mitología griega y, más allá de las estatuas, un garaje enorme donde otro chófer lavaba con una manguera otro coche. No sabía de qué marca, pero estaba claro que no era un Volkswagen de segunda mano.

Con los brazos cruzados, volví a echar un vistazo a todo el jardín. Al jardín no se le podía reprochar nada, pero me dolía un poco la cabeza.

—¿Dónde está el buzón? —pregunté yo por si acaso. A alguien le tocaría ir hasta el portalón a recoger la prensa por la mañana y al anochecer.

—El buzón está en la entrada de atrás —dijo el chófer. Natural. Evidentemente, había una puerta trasera.

Al terminar de inspeccionar el jardín me situé frente a la fachada y alcé la mirada hacia el edificio que allí se erguía.

Era un edificio, ¿cómo decirlo?, espantosamente solitario. Pongamos, por ejemplo, que hay un concepto. Y que tiene, cómo no, una pequeña excepción. Pero a medida que pasa el tiempo, esa excepción se expande como una mancha y, al final, acaba transformándose en otro concepto distinto. Y de ella nace otra pequeña excepción; así era, en pocas palabras, el edificio. También parecía una criatura vetusta que había evolucionado a ciegas, sin saber cuál era su destino.

Al principio debía de haber tenido la estructura típica de las mansiones de gusto europeo de la época Meiji. Con una entrada clásica de techo alto y el edificio de color crema de dos pisos que la envolvía. Las ventanas, altas y de guillotina, a la antigua, habían sido pintadas varias veces. El tejado estaba recubierto de planchas de cobre y los canalones eran tan recios como acueductos romanos. El edificio no estaba tan mal. Desde luego, emanaba esa especie de elegancia de los buenos viejos tiempos.

Sin embargo, a mano derecha del edificio principal, algún arquitecto chistoso había añadido un ala de la misma tendencia y el mismo color con la intención de que encajaran. La idea en sí no era mala, pero los dos bloques no se parecían en nada. Era como servir juntos sorbete y brócoli en una bandeja de plata. Transcurridos varios lustros de desidia, habían levantado al lado una especie de torre de piedra. Y en lo alto de la torre habían instalado un pararrayos a modo de adorno. He ahí el origen del equívoco. Un rayo debería haberlo quemado todo.

De la torre salía un pasadizo con un solemne tejadillo que comunicaba en línea recta con otro anexo. Esto también era una extravagancia, pero al menos se percibía una temática coherente, que podríamos llamar «reciprocidad de pensamiento». Despedía la misma clase de tristeza que un asno al que se le hubiera dejado a izquierda y derecha la misma cantidad de forraje y, por no decidirse por cuál empezar a comer, estuviese agonizando por inanición.

Creando un gran contraste, a la izquierda del edificio principal se extendía una larga casa de estilo japonés de una sola planta. Había un seto, pinos bien cuidados y una elegante galería que se prolongaba recta como la pista de una bolera.

En cualquier caso, la estampa de aquel edificio levantado en lo alto de la colina, y semejante a una triple sesión de cine con anuncios incluidos, era digna de ver. Si se trataba de un proyecto ejecutado durante años para conseguir quitarle el sueño y la borrachera a quien lo mirase, podía decirse que el plan había sido un éxito rotundo. Pero, evidentemente, no era así. Ese tipo de estampas son fruto de la unión de grandes sumas de dinero y talentos de segunda categoría nacidos a lo largo de varias generaciones.

Sin duda, me pasé un buen rato contemplando el jardín y la mansión. Cuando me di cuenta, el chófer estaba de pie a mi lado, mirando el reloj de pulsera. Era un gesto un tanto rutinario. Seguro que todos los invitados a los que había llevado en coche se quedaban de piedra en el mismo sitio, contemplando embobados el paisaje a su alrededor, igual que yo.

—Tómese su tiempo para mirar —dijo él—. Todavía faltan ocho minutos.

—Sí que es grande, ¿eh? —comenté yo. No se me ocurrió mejor manera de expresarlo.

—Tiene diez mil setecientos cuarenta y cuatro metros cuadrados.

—Seguro que le quedaría bien hasta un volcán en activo —dije en broma. Pero al chófer no le hizo gracia, claro. En esos sitios, la gente no bromea.

Y así pasaron los ocho minutos.

ꝗ

Me condujeron a una sala de estilo europeo de unos catorce metros cuadrados que se encontraba justo a mano derecha del recibidor. El techo era excesivamente alto, y a lo largo de la línea de unión entre las paredes y el techo corría una cornisa tallada. Había un acogedor sofá y una mesa, ambos de época, y en la pared colgaba una naturaleza muerta que era el no va más del realismo. Manzana, florero y abrecartas. Quizá, después de partir la manzana con el florero, la pelaban con el abrecartas. Las pepitas y el corazón se podrían meter en el florero. En las ventanas había una cortina de tela gruesa y otra de encaje, ambas sujetas a un lado con sendos cordones a juego. Por entre las cortinas se veía una parte bastante bonita del jardín. El suelo era de parqué de roble y brillaba con un bello color. La mitad estaba tapada por una alfombra que, a pesar de los tonos envejecidos, conservaba las hebras en buen estado.

No estaba mal aquella sala. Nada mal.

Una sirvienta entrada en años, ataviada con ropa tradicional japonesa, entró en la sala, depositó un vaso de zumo de uva sobre la mesa y se marchó sin decir nada. La puerta hizo un pequeño ruido a sus espaldas. Y todo se quedó en silencio.

Sobre la mesa había un mechero, una cigarrera y un cenicero plateados iguales a los que había visto en el interior del coche. Y en todos estaba grabado el emblema del carnero, como en los otros. Cogí un cigarrillo con filtro que llevaba en el bolsillo, lo encendí con el mechero plateado y expulsé una bocanada de humo hacia el alto techo. Luego bebí zumo de uva.

Diez minutos más tarde, la puerta volvió a abrirse y entró un hombre alto en traje negro. No dijo «Bienvenido» ni «Le estaba esperando». Yo tampoco abrí la boca. Se sentó en silencio frente a mí y, ladeando un poco la cabeza, observó mi cara durante un rato, como si estuviera evaluándola. Era cierto lo que había dicho mi socio de que aquel hombre carecía de expresión.

Pasamos un buen rato así.

Capítulo quinto
Las cartas del Rata y la crónica posterior

1
Primera carta del Rata
(sellada a 21 de diciembre de 1977)

¿Cómo te va?

Tengo la sensación de que hace una eternidad que no te veo. ¿Cuántos años habrán pasado ya?

¿Cuántos?

Cada vez me falla más la percepción del tiempo. Es como si tuviera encima de la cabeza un pájaro negro y plano batiendo las alas y fuera incapaz de contar más de tres años seguidos. Anda, hazme el favor de contar tú por mí.

Me imagino que cuando me marché de la ciudad sin decir nada a nadie, a ti también te dejé bastante preocupado. Quizá te molestó que me marchara sin haberme despedido de ti tampoco. Pensé muchas veces en pedirte disculpas, pero no fui capaz. He escrito un montón de cartas que luego he roto. Sin embargo, es natural ser incapaz de explicarles a los demás lo que uno no consigue explicarse a sí mismo.

Podría ser, ¿no crees?

Nunca se me ha dado bien escribir cartas. Acabo yendo al revés del orden establecido, me equivoco y uso palabras contrarias a lo que quiero decir. Además, escribiendo cartas solo consigo sentirme más confuso. Y dado que, encima, carezco de sentido del humor, al escribir acabo aborreciéndome a mí mismo.

99

Pero a quien se le dé bien escribir cartas no debería tener necesidad de escribirlas. Después de todo, se trata de alguien capaz de vivir de modo coherente consigo mismo. Esto es tan solo una opinión personal, claro. A lo mejor resulta que para alguien así es imposible vivir de modo coherente.

En este momento hace un frío espantoso, se me entumecen las manos. Es como si no fueran mis manos. Lo mismo me ocurre con los sesos: no son los míos. Ahora está nevando. La nieve se parece a los sesos de otra persona. Y se acumula a toda velocidad, como los sesos de otra persona. (Este párrafo no tiene sentido.)

Aparte de lo del frío, vivo bien. ¿Y a ti qué tal te va? No te voy a dar mi dirección, pero no te preocupes. No pretendo ocultarte nada. Quiero que esto te quede claro. Se trata de una cuestión delicada. Tengo la impresión de que, en cuanto te diera mi dirección, algo cambiaría dentro de mí. No sé cómo explicarlo.

Siento que tú siempre comprendes lo que yo no sé explicar. Pero es como si cuanto más me entendieras, menos supiera explicarme yo. Seguramente es un defecto congénito.

Todos tenemos defectos, por supuesto.

Mi mayor defecto es que mis defectos han ido creciendo a medida que pasaban los años. O sea, como si criase una gallina dentro de mi cuerpo. La gallina pone un huevo, del huevo sale otra gallina y esa gallina pone otro huevo. ¿Es posible vivir con ese defecto a cuestas? Claro que sí. Al final, ahí radica la cuestión.

En todo caso, no escribiré mi dirección. Creo que es mejor. Para mí y para ti, ¿sabes?

Quizá deberíamos haber nacido en la Rusia del siglo XIX. Yo sería duque; tú, conde, y nos iríamos los dos de caza, nos batiríamos en duelo, rivalizaríamos por amor, tendríamos preocupaciones metafísicas y nos tomaríamos una cerveza mirando el atardecer a orillas del mar Negro. Y, ya ancianos, nos implicaríamos en alguna revuelta, nos deportarían a los dos a Siberia y allí moriríamos. ¿No te parece fantástico? Si hubiera nacido en el siglo XIX, seguro que habría escrito novelas geniales. No estoy diciendo que fuera a ser un Dostoievski, pero al menos estaría en la segunda categoría. Y tú, ¿qué harías? Quizá te limitarías a ser un conde de tal. Limitarse a ser un simple conde de tal no está mal, ¿eh? Es algo así como muy decimonónico.

Pero, bueno, dejémoslo estar. Volvamos al siglo XX.

Hablemos de la ciudad.

No de nuestra ciudad natal, sino de otras ciudades distintas.

En el mundo hay diversas ciudades. Cada una tiene sus disparates y eso es lo que me atrae de ellas. Por eso he pasado por tantas ciudades durante estos años.

Cuando me bajo en una estación cualquiera, siempre me encuentro con una pequeña rotonda donde hay un mapa de la ciudad, y con una calle de tiendas. No importa adónde vaya, siempre es así. Incluso los perros se parecen. Tras dar una primera vuelta por la zona, entro en una agencia inmobiliaria para pedir información sobre dónde encontrar alojamiento barato. Como, evidentemente, soy un forastero, en los pueblos pequeños, que son más cerrados, no suelen confiar en mí de buenas a primeras, pero, como ya sabes, yo, cuando me lo propongo, soy un tipo bastante cordial y, si me dan quince minutos, acabo llevándome bien con todo el mundo. Así que me instalo y recabo información sobre la ciudad.

Lo siguiente es encontrar un empleo. El primer paso

consiste también en trabar amistad con mucha gente. Tú seguro que enseguida te hartarías (yo también estoy bastante harto, no creas), pero es que no es para quedarme cuatro meses y luego irme. Hacer amigos nunca está de más. Primero busco una cafetería o un bar frecuentado por gente joven (en todos los sitios hay alguno, es como el ombligo de la ciudad), me hago cliente habitual y conozco a gente que me proporciona información sobre cómo conseguir un empleo. Me invento mi nombre y mi pasado, claro. De hecho, no te puedes ni imaginar cuántos nombres e historias tengo. A veces, hasta parece que me olvido de cómo era yo en realidad.

En cuanto al trabajo, he hecho muchas cosas distintas. Son, por lo general, trabajos aburridos, pero aun así me lo paso bien. La mayoría de las veces trabajo en gasolineras. También de barman. He sido empleado de librería y también he trabajado para una cadena de radiotelevisión. Fui peón de construcción. Vendí cosméticos. Como vendedor era muy apreciado. Aparte, me he acostado con muchas chicas. Lo de acostarse con chicas y tener cada vez un nombre y un pasado diferentes no está nada mal.

Y así una y otra vez.

Ahora tengo veintinueve años. Dentro de nueve meses cumpliré los treinta.

Todavía no sé si este estilo de vida es el más acorde con mi forma de ser. Tampoco sé si el carácter nómada es algo universal o no. Puede que, como alguien escribió, para llevar una vida de nómada durante largo tiempo haga falta una de estas tres inclinaciones: la religiosa, la artística o la espiritual. Sin ninguna de ellas, es imposible ser nómada durante mucho tiempo. Aunque no creo que yo encaje en ninguna de las tres (si me viera obligado a escoger una... No, dejémoslo así).

Tal vez he abierto la puerta equivocada y sea demasiado tarde para rectificar. En cualquier caso, ahora que está abierta, debo apañármelas. No voy a estar toda la vida comprando al fiado.

Y así están las cosas.

Como te dije al principio (¿te lo he dicho?), cuando pienso en ti me agobio un poco. Quizá sea porque me traes a la memoria la época en la que llevaba una vida relativamente normal.

Posdata:

Te adjunto mi novela. Para mí ha perdido todo el sentido, así que, si me haces el favor, deshazte de ella como te plazca.

Voy a enviar estar carta por correo urgente para que la recibas el 24 de diciembre. Ojalá te llegue sin mayores contratiempos.

Por cierto, feliz cumpleaños.

Y blanca Navidad.

La carta del Rata me la metieron toda arrugada en el buzón el 29 de diciembre, a punto de terminarse el año. Tenía dos sellos de reenvío. Eso era porque me había escrito a mi antigua dirección. Aunque hubiera querido, no habría tenido forma de darle mi dirección actual.

Tras leer tres veces la carta, escrita con letra apretada en cuatro cuartillas de color verde pálido, cogí el sobre e inspeccioné el matasellos, que estaba medio borroso. Era de una ciudad cuyo nombre jamás había oído. Saqué el atlas de la estantería y lo busqué. Yo la había ubicado, por lo que contaba el Rata, en el extremo norte de Honshū y, efectivamente, estaba en la prefectura de Aomori. Era un pequeño pueblo a una hora en tren de la ciudad de Aomori. Según el horario de trenes que yo tenía, allí paraban cinco trenes al día: dos por la mañana, uno al mediodía y dos por la tarde. Yo ya había estado varias veces de visita en Aomori en el mes de diciembre. Hacía muchísimo frío. Hasta los semáforos se congelaban.

Más tarde, le mostré la carta a mi mujer. «Pobre hombre, ¿no?», se limitó a decir, aunque, seguramente, lo que había querido decir era «Pobres hombres, ¿no?». Ahora, claro, eso ya no tiene importancia.

La novela de doscientos folios la guardé en un cajón del escritorio, sin siquiera mirar el título. No sé por qué, pero no tenía ganas de leerla. Me bastó con la carta.

Luego me senté frente a la estufa y me fumé tres cigarrillos.

♀

La segunda carta del Rata llegó en mayo del año siguiente.

2
Segunda carta del Rata (sellada a ? de mayo de 1978)

Creo que me extendí demasiado en la carta anterior. Aunque ya no recuerdo de qué te hablaba.

He vuelto a mudarme. El sitio donde estoy ahora no tiene nada que ver con el anterior. Este es un lugar muy tranquilo. Tal vez demasiado tranquilo para mí.

Pero para mí, en cierto modo, representa un punto final. Siento que he venido a parar aquí porque tenía que ser así, que he llegado a contracorriente. No puedo emitir ningún juicio al respecto.

Menudo texto más pésimo me está saliendo. Resulta tan vago que seguramente no te estés enterando de qué va esto. A lo mejor piensas que le doy más valor del necesario a mi propio destino. Aunque, sin duda, toda la culpa de que pienses así es mía.

Quiero que entiendas que cuanto más intento explicarte el *quid* de mi situación actual, más dispersa se vuelve mi manera de escribir. De todos modos, estoy bien. Mejor que nunca.

Concretemos.

Esta zona es, como te dije, muy tranquila. Como no hay nada mejor que hacer, leo todos los días (aquí dispongo de tantos libros que ni en diez años podré terminármelos), escucho música de la radio y vinilos (tengo también una colección enorme). Hacía diez años que no escuchaba música con tanta pasión. Me sorprende que los Rolling Stones y los Beach Boys sigan en activo. El tiempo discurre irremediablemente. Nosotros tenemos la costumbre de cortarlo según nuestras propias medidas, pero, en realidad, el tiempo es continuo.

Aquí no hay nada con mis medidas. Nadie alaba o denigra la medida de los demás con relación a la suya. El tiempo fluye sin más, como un río transparente. A veces tengo la impresión de que, estando aquí, hasta mi protoplasma se siente liberado. Me refiero a que, cuando veo un coche, tardo unos segundos en reconocerlo como tal. Obviamente, se produce una especie de reconocimiento primario, pero no coincide con el reconocimiento que me proporciona la experiencia. Cada vez me pasa con más frecuencia. Quizá llevo viviendo solo demasiado tiempo.

El pueblo más cercano está a hora y media en coche.

Ni siquiera se le puede llamar pueblo. Son los escombros de un pueblecillo. Ni te lo imaginas. Pero, bueno, en cualquier caso, es un pueblo. Puedes comprar ropa, alimentos y gasolina. Incluso puedes ver gente si tienes ganas.

Durante el invierno, la carretera se congela y apenas circulan coches. Está rodeada de una zona pantanosa, de modo que la superficie de la tierra se congela como un sorbete. Además, se cubre de nieve y uno ya ni siquiera saber por dónde discurre la carretera. Es un paisaje apocalíptico.

Vine a principios de marzo. Les puse cadenas a las ruedas del *jeep* y llegué en medio de este panorama. Es como si te deportan a Siberia. Ahora estamos en mayo y la nieve ya se ha derretido. Pero en abril se oía cómo retumbaban las montañas a causa de los aludes. ¿Has oído alguna vez uno? Cuando acaba, todo se queda en silencio. El silencio es tal que pierdes la noción de dónde estás. No se oye absolutamente nada.

Puesto que he estado todo este tiempo recluido en las montañas, hace como tres meses que no me acuesto con nadie. Eso, en sí, no es nada malo, pero tengo la impresión de que si continúo así voy a acabar perdiendo el interés por los seres humanos, y no me gustaría. Por lo tanto, cuando el tiempo mejore un poco, estiraré las piernas e iré a ver si encuentro alguna chica por ahí. Modestia aparte, lo de encontrar chicas nunca me ha supuesto un problema. Cuando me lo propongo —parece que vivo en el mundo de los «cuando me lo propongo»—, saco mi *sex appeal* a relucir. Por eso me resulta relativamente fácil conseguir una chica. Se podría decir incluso que el problema radica en que no acabo de sentirme a gusto con esa habilidad. O sea, llegado a cierto punto, dejo de saber si soy yo o si es mi *sex appeal* el que está en acción. Como cuando ya no sabes si el que está ahí es Laurence Olivier u Otelo. De modo que al final me quedo sin recoger el fruto y acabo tirándolo todo por la borda. Y con eso causo molestias a los que me rodean. Hasta ahora, mi vida ha sido una repetición en bucle de ese proceso.

Por fortuna (de veras que lo es), ahora no tengo nada que tirar por la borda. Es una sensación fantástica. Si tuviera que tirar algo, me tiraría a mí mismo. La idea de tirarse uno mismo por la borda no está nada mal. Uf, esta carta me está quedando un poco patética. En sí, el modo de pensar no tiene nada de patético, pero al dejarlo por escrito se vuelve patético.

Vaya engorro.

¿De qué estaba hablando?

Ah, sí, de chicas.

Cada chica lleva consigo un bello cajón lleno de cachivaches sin demasiado sentido. A mí es una cosa que me encanta. Los saco uno a uno, los desempolvo y soy capaz de encontrarles cierto sentido. En eso consiste, en resumidas cuentas, la esencia del *sex appeal*. Pero si uno se pregunta adónde conduce, no conduce a ninguna parte. No me ofrece nada más que renunciar a ser yo mismo.

Así que ahora solo pienso, única y exclusivamente, en el sexo. Cuando centras tu interés única y exclusivamente en el sexo, no hace falta que andes pensando si es patético o no.

Es igual que tomar cerveza a orillas del mar Negro.

He vuelto a leer todo lo que acabo de escribir. Hay varios puntos un poco deshilvanados, pero creo que, para ser yo, estoy escribiendo con bastante franqueza. Me gusta, sobre todo, que resulte aburrido.

Además, es evidente que la carta ni siquiera va dirigida a ti. Supongo que va dirigida al buzón de correos. Pero no me critiques por ello. Aquí tardo hora y media en *jeep* para llegar a un buzón.

A partir de este momento, la carta va dirigida a ti de verdad.

Tengo que pedirte dos favores. Como ninguno de los dos me urge, puedes despacharlos cuando te apetezca. Si me los concedes, para mí va a suponer un alivio. Hace tres meses seguramente habría sido incapaz de pedirte nada. Pero ahora puedo hacerlo. Aunque sea pequeño, ya es un paso adelante.

El primer favor es más bien de tipo sentimental. O sea, relacionado con el «pasado». Cuando me fui de nuestra ciudad hace cinco años, lo hice de forma tan caótica y con tanta prisa que me olvidé de decirles adiós a algunas personas. En concreto, a ti, a Jay y a una chica que tú no conoces. Creo que sería capaz de volver a verte y de despedirme de ti como es debido, pero, con los otros dos, puede que ya no vaya a tener esa oportunidad. Así que me gustaría que te despidieras por mí cuando vuelvas a la ciudad.

Ya sé que es echarle mucho morro. Supongo que debería escribirles una carta. Pero voy a ser franco, quiero que vuelvas a la ciudad y que vayas a verlos. Me parece que, de esa manera, lograré transmitirles mis sentimientos mejor que escribiéndoles una carta. La dirección y el número de teléfono de la chica te los anoto aquí aparte. Si se ha mudado o está casada, olvida lo que te he dicho y vete sin más. Pero si sigue viviendo en el mismo sitio, ve a verla y salúdala de mi parte.

Haz lo mismo con Jay. Tomaos una cerveza a mi salud.

Ese es el primer favor.

El segundo es un poco raro.

He adjuntado una fotografía. Es una fotografía de unas ovejas. Quiero que la saques en algún lado donde pueda verla todo el mundo, me da igual dónde. Sé que es bastante caprichoso por mi parte, pero eres el único al que podría pedírselo. Quiero que me hagas este favor y, a cambio, te cederé todo mi *sex appeal*. Lo que no puedo confesarte es el motivo. Para mí, esta fotografía es fundamental. Supongo que más adelante podré darte explicaciones.

También he adjuntado un cheque. Úsalo para todos los gastos que tengas. No te preocupes por el dinero. Aquí no me sirve de nada y supongo que, de momento, es todo lo que puedo hacer por ti.

Por favor, no te olvides de tomarte una cerveza a mi salud.

Al despegar los sellos de reenvío, el matasellos había quedado ilegible. Dentro del sobre había un cheque bancario por valor de cien mil yenes, un papel con el nombre y la dirección de la chica y una foto en blanco y negro de un rebaño de ovejas.

Al salir de casa, había sacado la carta del buzón y la había leído sentado al escritorio de la oficina. Estaba escrita en cuartillas verde pálido, igual que la última vez, y el cheque había sido librado por el banco de Sapporo, lo cual quería decir que el Rata se había mudado a Hokkaidō.

La descripción del deshielo no sé a qué venía, pero en general me pareció una carta muy franca, como él mismo había escrito. A nadie se le ocurriría enviar de broma un cheque de cien mil yenes. Abrí el cajón del escritorio y puse el sobre dentro.

Aquella primavera no fue demasiado alentadora, en parte porque la relación con mi mujer empezaba a derrumbarse. Hacía cuatro días que ella no volvía a casa. La leche se había agriado en la nevera y el gato siempre tenía hambre. El cepillo de dientes de mi mujer estaba seco como un fósil. Una luz difusa de primavera bañaba el piso. Lo único que siempre es gratis es la luz del sol.

Un largo callejón sin salida: seguramente ella tenía razón.

3
La canción se terminó

En el mes de junio regresé a la ciudad.

Me inventé una excusa para librar tres días y cogí el *shinkansen** del martes por la mañana. Una camisa informal blanca de manga corta y unos pantalones de algodón verde a los que se les estaba empezando a deshilachar la parte de las rodillas, zapatillas de deporte blancas, sin nada de equipaje; incluso me había olvidado de levantarme temprano para afeitarme. Los talones de las zapatillas de deporte, que hacía tiempo que no me ponía, se habían deformado de un modo increíble a causa del desgaste. A lo mejor había adoptado una manera de caminar poco natural sin darme cuenta.

Resulta muy agradable subirse a un tren de larga distancia sin equipaje. Te sientes como si estuvieras dando un paseo y, de repente, te montases en un avión torpedero y estuvieses atrapado en una distorsión espacio-temporal. No hay absolutamente nada: ni citas en el dentista, ni documentos en el cajón a la espera de una resolución, ni problemas personales tan enrevesados que no puedas dar marcha atrás. Ni pequeños gestos de simpatía impuestos por el

* Tren bala. *(N. del T.)*

110

sentimiento de confianza. Lo mandé todo a paseo temporalmente. Mis pertenencias se reducían a unas viejas zapatillas de deporte con la suela de goma deformada. Se agarraban a mis pies como un vago recuerdo de otra dimensión, pero tampoco tenía importancia. Unas cuantas latas de cerveza y unos sándwiches de jamón un poco secos bastaron para apartar todo aquello de mí.

Hacía cuatro años que no volvía a la ciudad. La última vez fue por unos trámites burocráticos relacionados con mi matrimonio. Pero al final resultó ser un viaje sin sentido (yo creía que eran trámites burocráticos, pero los demás no lo veían del mismo modo). En fin, que hubo una discrepancia de pareceres. Lo que para unos ya se había terminado, para otros todavía no. Eso fue todo. Esa fruslería acabó provocando una divergencia mucho más grande al avanzar por la vía.

Desde entonces, ya no hay «ciudad» para mí. No tengo un lugar al que regresar. Cuando pienso en ello, siento un profundo alivio. Ya nadie me quiere ver. Nadie me busca, nadie desea que yo lo busque.

Después de tomarme dos latas de cerveza, me eché una siesta de media hora. Cuando me desperté, esa ligera sensación de liberación que había experimentado al principio se había esfumado por completo. A medida que el tren bala avanzaba, el cielo se tiznó de un gris propio de una temporada de lluvias difusa. Bajo él se extendía el mismo paisaje tedioso de siempre. Por mucho que el tren acelerase, era imposible escapar de aquel tedio. De hecho, cuanto más rápido iba, más nos adentrábamos en el tedio. En eso consiste precisamente el tedio.

El hombre de negocios que viajaba sentado a mi lado, y que rondaría los veinticinco años, apenas se movía, enfrascado en un diario económico. Traje de verano azul marino sin una sola arruga y zapatos negros. Camisa blanca recién salida de la tintorería. Yo fumaba mirando hacia el techo del vagón. Y, para matar el tiempo, repasaba de memoria los títulos de todas las canciones que habían grabado los Beatles. A la septuagésimo tercera, me detuve y dejé de contar. ¿De cuántas se acordaría Paul McCartney?

Eché un vistazo por la ventana y miré otra vez hacia el techo.

Tenía veintinueve años e iba a estrenar la treintena en seis meses. Vacíos, habían sido diez años vacíos. Todo lo que había conseguido carecía de valor, todos mis logros carecían de sentido. Lo único que había obtenido era tedio.

No recuerdo qué pasó al principio. Pero, sin duda, algo debió de pasar. Hubo algo que estremeció mi corazón, que estremeció el corazón de los demás a través del mío. Al final, todo se echó a perder. Lo que podía perderse se perdió. ¿Qué otra cosa podía hacer sino eso, desprenderme de todo?

Al menos he sobrevivido. Y es que tenía que sobrevivir, aunque el único indio bueno sea el indio muerto.

¿Para qué?

¿Para contarle la leyenda a un muro de piedra?

Ni en broma.

—¿Por qué has ido a un hotel? —me preguntó Jay, extrañado, cuando le pasé la caja de cerillas con el número del hotel anotado en la parte de atrás—. Teniendo casa, pudiste haberte quedado en ella...

—Esa ya no es mi casa —contesté.

Jay no dijo nada más.

Tenía delante de mí tres platos de aperitivos, me tomé media cerveza y cogí las cartas del Rata y se las pasé a Jay. Él se secó las manos con una toalla, echó un rápido vistazo a las dos cartas y luego las leyó despacio, siguiendo el texto con la mirada.

—¡Hm! —dijo, sorprendido—. Así que está vivo...

—Sí —contesté yo, y bebí un trago—. Por cierto, me gustaría afeitarme. ¿No podrías prestarme espuma y una navaja?

—Claro —dijo Jay, y sacó un set de viaje de debajo de la barra—. Puedes usar el baño, pero no hay agua caliente.

—Me vale con agua fría —dije yo—. Eso sí, espero que no haya ninguna chica borracha tirada por el suelo. Me costaría afeitarme.

El Jay's Bar había cambiado por completo.

Antes era un pequeño local con humedad en la planta baja de un antiguo edificio junto a la autopista. Las noches de verano, el aire acondicionado generaba una fina neblina. Cuando pasabas mucho tiempo allí metido bebiendo, se te empapaba hasta la camisa.

El verdadero nombre de Jay era un nombre chino largo y difícil de pronunciar. Jay era el nombre que le habían puesto unos soldados estadounidenses en la época en que trabajaba en una base militar, al finalizar la guerra. Con el tiempo, se había olvidado de su verdadero nombre.

Según me había contado el propio Jay hacía tiempo, en 1954 dejó el trabajo en la base y abrió un pequeño bar en la zona. Ese fue el primer Jay's Bar. Tenía bastante éxito. La mayor parte de los clientes eran oficiales de las fuerzas aéreas, y el ambiente no estaba mal. Cuando el local empezó a funcionar, Jay se casó, pero cinco años más tarde falleció su pareja. Jay nunca me contó cuál fue la causa.

En 1963, cuando la guerra de Vietnam se había recrudecido, Jay vendió el local y se marchó lejos, a mi «ciudad». Entonces, abrió el segundo Jay's Bar.

Esto es todo lo que sé de él. Tenía un gato, fumaba una cajetilla de tabaco al día y no bebía ni una gota de alcohol.

Hasta que conocí al Rata, siempre iba solo al Jay's Bar. Bebía cerveza a pequeños sorbos, fumaba, echaba unas monedas en la máquina de discos y escuchaba música. Por lo general, en aquella época el bar estaba vacío, y Jay y yo charlábamos sobre cualquier cosa con la barra de por medio.

No recuerdo de qué hablábamos. ¿Qué temas de conversación podría haber entre un estudiante taciturno de diecisiete años y un viudo chino?

Cuando dejé la ciudad a los dieciocho años, el Rata me relevó como bebedor de cerveza. Cuando el Rata se marchó en 1973, no hubo nadie que tomase el relevo. Y medio año después, el local tuvo que trasladarse debido a una ampliación de la autopista. Así se terminó nuestra leyenda en el segundo Jay's Bar.

El tercer local se hallaba a orillas de un río, a quinientos metros del antiguo edificio. No era muy grande, pero ocupaba la tercera planta de un edificio nuevo de cuatro pisos con ascensor. Se hacía raro tener que coger un ascensor para ir al Jay's Bar. También era raro que desde la barra se divisase el paisaje nocturno de la ciudad.

Orientados hacia el oeste y hacia el sur había grandes ventanales con vistas a la sierra y a esa zona que, antes, había sido mar. Hacía algunos años habían enterrado la costa y ahora se erigía allí una selva de rascacielos semejantes a lápidas. Tras contemplar el paisaje de pie frente a la ventana durante un rato, volví a la barra.

—Antiguamente se veía el mar, ¿no?

—Pues sí —contestó Jay.

—Yo solía ir a nadar.

—Hm —dijo Jay, y encendió con un pesado mechero el cigarrillo que se había llevado a la boca—. Entiendo cómo te sientes. Destrozan la montaña, construyen casas, llevan la tierra hasta el mar, lo entierran y vuelven a edificar. Todavía hay capullos a los que les parece fabuloso.

Me bebí la cerveza en silencio. Por los altavoces del techo sonaba el nuevo *hit* de Boz Scaggs. La máquina de discos había desaparecido. Casi todos los clientes eran parejas de estudiantes bien vestidas que, sorbo a sorbo y con buenos modales, bebían sus cócteles rebajados con agua. No había chicas borrachas como una cuba, ni el bullicio electrizante del fin de semana. Al regresar a casa, seguro que todos se pondrían sus pijamas y se acostarían después de cepillarse los dientes. Pero eso es bueno. Me parecía fantástico que les gustara ir arreglados. Las cosas no tienen por qué ser de una manera concreta, ni en general, ni en los bares.

Entretanto, Jay seguía mi mirada todo el rato.

—¿Qué? No te acostumbras al cambio en el local, ¿eh?

—No, no es eso —respondí yo—. Lo único que noto es que el caos ha cambiado de forma. La jirafa y el oso se han intercambiado los sombreros; y el oso y la cebra, las bufandas.

—Como siempre, ¿no? —dijo Jay, y se rió.

—Lo que han cambiado son los tiempos —dije yo—. Al cambiar los tiempos, cambian muchas cosas. Pero eso, al fin y al cabo, es bueno. Todo se reemplaza. No hay de qué quejarse.

Jay no dijo nada.

Yo me tomé otra cerveza y Jay se fumó otro cigarrillo.

—¿Qué tal te ganas la vida? —preguntó Jay.

—Nada mal —respondí brevemente.

—Y con tu mujer, ¿cómo te va?

—No lo sé. Al ser algo de dos, ya sabes. Hay veces que pienso que nos va bien y otras que no. Me imagino que el matrimonio consiste en eso.

—Qué quieres que te diga —repuso Jay, y se rascó la nariz con la punta del meñique, un poco incómodo—. Me he olvidado de cómo era la vida conyugal. Pasó hace tanto tiempo...

—¿Cómo está tu gato?

—Murió hace cuatro años. Debió de ser poco después de que te casaras. Andaba mal de la tripa... Vivió doce años, una vida longeva de verdad. Aguantó mucho más que mi mujer. Vivir doce años no es ninguna tontería, ¿no crees?

—Desde luego.

—En la montaña hay un cementerio de animales, ¿lo sabías? Lo enterré ahí. Se ven los rascacielos. Ahora, en esta zona, vayas a donde vayas, solo se ven rascacielos. Aunque me imagino que al gato le dará lo mismo.

—¿No te sientes solo?

—Sí, la verdad es que me siento solo. Más que si hubiera muerto una persona. ¿No te parece raro?

Yo negué con la cabeza.

Mientras Jay preparaba un complejo cóctel y una ensalada césar para otro cliente, intenté hacer un puzle fabricado en Escandinavia que había sobre la barra. Había que montar, dentro de una caja de cristal, un dibujo de tres mariposas revoloteando sobre un campo de tréboles, pero después de diez minutos me di por vencido y lo dejé.

—¿No te has planteado tener hijos? —me preguntó Jay al volver—. Te tocaría por edad, ¿no?

—No quiero.

—¿Ah, no?

—Es que, si tuviera un hijo como yo, no sabría qué hacer con él.

Jay se rió con ganas y me sirvió más cerveza.

—A ti lo que te pasa es que piensas con demasiada visión de futuro.

—No, no se trata de eso. Lo que quiero decir es que no sé si es correcto o no crear vida humana. Los niños crecen, las generaciones se reemplazan. ¿Y qué ocurre? Que se cortan más montañas y se entierran más franjas de mar. Se inventan coches cada vez más rápidos y más gatos mueren atropellados. Al fin y al cabo, ¿no se reduce a eso?

—Ese es el lado oscuro. También pasan cosas buenas y hay gente buena, hombre.

—Si me das tres ejemplos, te creeré —dije yo.

Jay se lo pensó un momento y luego se rió.

—Eso será la generación de tus hijos la que tendrá que juzgarlo y no tú. Vuestra generación...

—Ya has acabado, ¿no?

—En cierto sentido —dijo Jay.

—La canción se terminó. Pero la melodía todavía suena.

—Siempre dices cosas muy ingeniosas.

—Soy un cursi —dije yo.

Cuando el Jay's Bar empezó a llenarse, me despedí de él y dejé el local. Eran las nueve. Todavía me escocía la parte de la cara que me había afeitado con agua fría. Quizá porque me había echado vodka con limón en vez de *aftershave*. Según Jay, era lo mismo, pero ahora toda la cara me olía a vodka.

Para ser de noche hacía un calor anormal; el cielo, en cambio, seguía nublado. El viento húmedo del sur soplaba con calma. Igual que siempre. El olor a mar se mezclaba con un presentimiento de lluvia. Una lánguida nostalgia impreg-

117

naba la zona. Se oía la voz de los insectos, procedente de la maleza que crecía a orillas del río. Parecía que iba a echarse a llover en cualquier momento. Una de esas lluvias finas que, aunque no sabes si realmente está cayendo, te deja el cuerpo calado.

Se veía cómo fluía el río en medio de la luz blanca y mortecina de las farolas. El caudal era escaso: apenas llegaba hasta el tobillo. El agua, transparente como antaño, bajaba directamente de la montaña. El lecho lo formaban guijarros que arrastraba la corriente y arena fina, y aquí y allá había saltos para detener el flujo de la arena. Al pie de las cascadas había unas pozas profundas en las que nadaban pequeños peces.

En épocas de escasez de agua, las tierras arenosas absorbían el caudal y tan solo quedaba un curso de arena blanca ligeramente húmedo. Mientras paseaba, remonté el curso del río y busqué el punto donde el lecho se tragaba el agua. Allí, el último reguero estrecho del río se detenía como si se hubiera topado con algo y, justo después, desaparecía. Las tinieblas del subsuelo se lo habían tragado.

Me gustaba el camino que bordeaba el río. Caminé siguiendo la corriente del agua. Al caminar sentía su respiración. Porque están vivos. Son ellos quienes han construido la ciudad. Durante miles de años han derruido las montañas, han transportado tierra, han ganado terreno al mar y han hecho crecer árboles. Desde el primer momento, la ciudad era suya y seguramente lo seguirá siendo en el futuro.

Gracias a la estación de las lluvias, la corriente proseguía hasta el mar sin que el lecho se la tragase. Percibía el olor de las hojas nuevas de los árboles que habían sido plantados a lo largo del río. Su verdor parecía impregnar el aire que los rodeaba. Sobre el césped yacían varias parejas hombro con hombro, y un anciano paseaba a su perro. Unos estudiantes de instituto fumaban al lado de una moto aparcada. Era una noche cualquiera de principios de verano.

En una licorería que quedaba de camino, compré dos latas de cerveza, me las metieron en una bolsa de papel y luego caminé hasta la playa. El río desembocaba en el mar formando una caleta o una especie de canal medio enterrado. Eran los restos de la antigua línea de costa, que habían recortado hasta dejar tan solo cincuenta metros de ancho. La arena era la misma de siempre. Las olas, pequeñas, habían arrastrado trozos de madera de formas redondeadas. Olía a mar. En el rompeolas de cemento se veían clavos y un viejo grafiti pintado con espray. Era la antigua línea de costa, de la que únicamente quedaban cincuenta metros. La habían encajonado dentro de un muro de cemento de diez metros de altura. Y el muro se extendía recto durante kilómetros, cercando siempre aquel mar angosto. Además, habían levantado una urbanización con edificios de muchos pisos. Solo habían dejado cincuenta metros de mar y se habían cargado el resto.

Me alejé del río y caminé hacia el este a lo largo de la antigua carretera que recorría el litoral. Me sorprendió ver que el antiguo rompeolas seguía en pie. Un rompeolas sin mar resulta extraño. Antes solía parar el coche en un sitio desde el que se contemplase el mar y me tomaba una cerveza sentado en el rompeolas. Ahora se extendía ante mis ojos, en vez del mar, un terreno rellenado y altos edificios de apartamentos. Aquellas edificaciones, todas cortadas por el mismo patrón, parecían las míseras jácenas abandonadas con que se había pretendido construir una ciudad aérea, o niños inmaduros que esperaban impacientes el regreso de su padre.

Entre bloque y bloque se habían delineado caminos de asfalto semejantes a costuras; aquí y allá había enormes aparcamientos y también paradas de autobús. Un supermercado, una gasolinera, un extenso parque y un auditorio magnífico. Todo era nuevo y artificial. La tierra desplazada desde las montañas tenía ese color destemplado propio de los terrenos ganados al mar. Las partes que todavía no habían sido parceladas estaban cubiertas de malas hierbas traídas con el viento. Echaban raíces en el terreno nuevo a una velocidad pasmosa. Intentaban colarse en todos lados, como riéndose del césped y de los árboles que, artificialmente, habían plantado a lo largo de las vías asfaltadas.

Era un paisaje desolador.

Pero ¿qué podía decir yo? Había empezado un juego nuevo, con reglas nuevas. Nadie podía detenerlo.

Después de tomarme las dos cervezas, tiré las latas con todas mis fuerzas hacia aquella tierra que antaño había sido mar. Otro mar distinto, de maleza mecida por el viento, se las tragó. Luego me fumé un cigarrillo.

Cuando estaba acabando de fumar, vi que se acercaba un hombre lentamente con una linterna. Tendría unos cuarenta años y llevaba unos pantalones grises con una camisa gris y una gorra gris. Debía de ser el vigilante de las instalaciones de la zona.

—Acabas de tirar algo, ¿no? —dijo el hombre, tras pararse a mi lado.

—Sí —contesté.

—¿Qué has tirado?

—Una cosa con forma cilíndrica, hecha de metal y con tapa —dije yo.

El vigilante parecía un poco desconcertado.

—¿Y por qué lo has tirado?

—Por ningún motivo en particular. Llevo doce años

haciéndolo. He llegado incluso a tirar media docena de golpe, pero nunca me han llamado la atención.

—Antes eran otros tiempos —replicó el vigilante—. Ahora, esto es terreno municipal, y está prohibido tirar basura sin permiso en terrenos municipales.

Yo me quedé callado. Algo me sacudió por dentro.

—El asunto es —dije— que lo que tú dices tiene más lógica, ¿no?

—Es lo que marca la ley —expuso el hombre.

Yo lancé un suspiro y saqué la cajetilla de tabaco del bolsillo.

—¿Qué tengo que hacer?

—No te voy a pedir que vayas a recogerlo. Se ha hecho de noche y está empezando a llover. Solo que, por favor, no vuelvas a tirar nada.

—No lo haré más —dije—. Buenas noches.

—Buenas noches —respondió el vigilante, y se marchó.

Me tumbé sobre el rompeolas y miré al cielo. Como había dicho el vigilante, empezaba a caer una lluvia fina. Mientras intentaba reproducir mentalmente el diálogo que acababa de tener con el vigilante, me fumé otro cigarrillo. Me dio la impresión de que, diez años atrás, yo era un tipo más duro. Aunque quizá solo fuera eso, una impresión. Daba igual.

Volví al camino que bordeaba el río y, justo en el momento en que cogí un taxi, la lluvia se había transformado en una especie de niebla. Le pedí al taxista, un hombre que rondaba los sesenta, que me llevara al hotel.

—¿Está de viaje? —me preguntó él.

—Sí.

—¿Es la primera vez que viene?

—La segunda —dije yo.

4
Ella habla del rumor de las olas mientras
se toma un *salty dog*

—He venido a traerte una carta —dije yo.

—¿Para mí? —preguntó ella.

La oía muy lejos al otro lado del teléfono, y, encima, a veces se cruzaban las líneas, con lo cual teníamos que hablar más alto de lo habitual y se perdían pequeños matices de las palabras tanto de uno como del otro. Era como hablar desde lo alto de una colina expuesta al viento con las solapas del abrigo levantadas.

—En realidad, la carta va dirigida a mí, pero me pareció que podría ser para ti.

—¿Te «pareció»?

—Sí —contesté. Una vez dicho aquello, me preocupó haber cometido una gran estupidez.

Ella se quedó callada un momento. Las interferencias habían desaparecido.

—No sé cuál es la situación entre el Rata y tú, pero te he llamado porque me pidió que viniera a verte. Y supuse que sería mejor que también leyeras la carta.

—¿Y has venido desde Tokio para eso?

—Exacto.

Tras carraspear, me pidió disculpas.

—¿Es porque sois amigos?

—Supongo que sí.

—¿Por qué no me has escrito directamente?

Lo que decía tenía lógica.

—No lo sé —dije yo con franqueza.

—Pues yo tampoco. Se supone que lo nuestro había terminado. ¿O todavía no?

Yo eso lo ignoraba.

—No lo sé —dije. Estaba tumbado en la cama del hotel, observando el techo con el teléfono en la mano. Me dio la sensación de estar contando sombras de peces acostado en el fondo del océano. No tenía ni idea de cuántas me faltaban para terminar.

—Hace cinco años que desapareció, cuando yo tenía veintisiete. —Su voz parecía muy sosegada, pero sonaba como si surgiera del fondo de un pozo—. La vida da muchas vueltas en cinco años.

—Ya —dije yo.

—Aun en el supuesto de que nada hubiera cambiado, no podría aceptarlo. No querría creérmelo. Si me lo creyera, no podría ir a ninguna parte. Así que procuro pensar que todo ha cambiado radicalmente.

—Creo que te entiendo —dije yo.

Los dos permanecimos en silencio durante un instante. Ella fue la primera en hablar.

—¿Cuándo lo viste por última vez?

—En primavera, hace cinco años, un poco antes de que desapareciera.

—¿Te dijo algo sobre los motivos por los que se marchaba...?

—No —dije yo.

—¿Se fue sin decir nada?

—Exacto.

—¿Cómo te sentiste tú?

—¿Porque se marchara sin decir nada?

—Sí.

Me incorporé sobre la cama y me apoyé en la pared.

—Pues, no sé, pensé que al medio año acabaría cansándose y regresaría. No me parece una persona demasiado perseverante.

—Pero no regresó.

—No, no lo hizo.

Ella vaciló durante un momento al otro lado de la línea. Sentí su calmosa respiración al oído.

—¿Dónde te alojas? —me preguntó.

—En el hotel ***.

—Mañana a las cinco estaré en la cafetería del hotel. La de la octava planta. ¿Te parece bien?

—De acuerdo —dije yo—. Llevaré una camisa blanca y unos pantalones verdes de algodón. Tengo el pelo corto y...

—Me hago una idea, no te preocupes —me interrumpió con tono apacible. Y colgó.

Después de haber devuelto el auricular a su sitio, me puse a pensar en qué habría querido decir con «me hago una idea». No lo sabía. Había un montón de cosas que ignoraba. Lo de que los años lo hacen a uno más sabio no debía de ser verdad. Cierto escritor ruso escribió que la personalidad cambia un poco, pero la mediocridad jamás cambia. Los rusos a veces dicen cosas bastante ingeniosas. Puede que se les ocurran en invierno.

Me metí en la ducha, me lavé la cabeza empapada por la lluvia y, con la toalla enrollada a la cintura, vi en la televisión una vieja película estadounidense de submarinos. El argumento era lamentable: aparte de que el comandante y el segundo de a bordo andaban enemistados, el submarino era una carraca y, encima, había alguien con claustrofobia. Pero, al final, todo salía bien. Era una de esas películas del tipo «la guerra no está tan mal cuando todo sale bien». Quizás hasta se podría hacer una película del tipo «un día la humanidad se extinguió en una guerra nuclear, pero, al final, todo salió bien».

Apagué la televisión, me metí en la cama y, a los diez segundos, estaba dormido.

♀

A las cinco del día siguiente seguía cayendo aquella lluvia fina. Llegaba justo cuando la gente empezaba a pensar que, tras cuatro o cinco días de cielos despejados típicos de principios de verano, la época de las lluvias por fin parecía haber terminado. Desde la ventana del octavo piso se veía cómo cada palmo de tierra se empapaba de negro. En la autopista elevada, los coches que se dirigían de oeste a este se hallaban en un atasco de varios kilómetros. Si uno se quedaba mirándolos fijamente, parecía que poco a poco se iban fundiendo en medio de la lluvia. En realidad, toda la ciudad empezaba a fundirse. Se fundían los diques del puerto, se fundían las grúas, se fundían las hileras de edificios, se fundían las personas bajo sus paraguas negros. El verde de las montañas, que también se fundía, descendía silenciosamente por la ladera. Pero cerré los ojos unos segundos y, cuando volví a abrirlos, la ciudad había vuelto a su estado normal: las seis grúas se erguían hacia el cielo sombrío cargado de agua, de vez en cuando la cadena de coches se desplazaba hacia el este, una multitud de paraguas cruzaba el pavimento, el verde de las montañas absorbía con deleite la lluvia de junio.

En el centro del amplio salón de la cafetería había una zona por debajo del nivel del suelo, donde había un piano de cola pintado de azul marino, y una chica ataviada con un llamativo vestido rosa daba el típico recital propio de un *coffee lounge* de hotel, con sus arpegios y sus síncopas. Aunque no tocaba mal, cuando la última nota se apagaba en el aire, no dejaba nada tras de sí.

Como, pasadas las cinco, ella todavía no había aparecido, sin nada más que hacer me tomé un par de cafés y observé distraído a la chica del piano. Tendría unos veinte años, y el cabello, espeso y por los hombros, lo llevaba peinado de tal modo que parecía nata extendida sobre un pastel. La melena se movía agradablemente hacia los lados al compás de la música y, cuando la pieza terminaba, volvía a su sitio. Comenzaba entonces la siguiente pieza.

Su figura me recordó a una niña que había conocido hacía tiempo, cuando yo estaba en tercero de primaria y todavía aprendía a tocar el piano. Dado que ambos teníamos la misma edad y el mismo nivel de piano, habíamos tocado a cuatro manos algunas veces. He olvidado por completo su nombre y su cara. Lo único que me ha quedado grabado en la memoria son sus dedos, blancos y finos, su bonito cabello y un vestido delicado. No recuerdo nada más.

Al pensar en ello, me sentí raro. Era como si le hubiera arrancado los dedos, el pelo y el vestido, y el resto siguiera viviendo en alguna parte. Nada más lejos de la realidad, obviamente. El mundo sigue moviéndose ajeno a mí. La gente, totalmente ajena a mí, cruza la calle, afila lápices, se desplaza de oeste a este a una velocidad de cincuenta metros por minuto, llena de una música tan pulida los *coffee lounges* que no deja huella.

El mundo: esa palabra siempre me evocaba un disco gigante sostenido con brío por un elefante y una tortuga. El elefante no comprendía la función de la tortuga, la tortuga no comprendía la función del elefante y ninguno de los dos comprendía esa cosa llamada mundo.

—Perdona que llegue tarde —dijo una voz femenina a mis espaldas—. Tenía que terminar una cosa del trabajo y no podía escaparme.

—No importa. Total, hoy no tengo nada que hacer.

Ella dejó la llave del paragüero sobre la mesa y, sin mirar el menú, pidió un zumo de naranja.

A primera vista, resultaba difícil calcular cuántos años tenía. Si no se lo hubiera preguntado por teléfono, creo que jamás lo habría sabido.

Pero si ella decía que tenía treinta y tres años, tenía treinta y tres años y, visto de esa manera, no había duda de que aparentaba tener treinta y tres años.

Su gusto vistiendo era liviano y agradable. Llevaba un pantalón holgado de algodón blanco, y una camisa de cuadros de color naranja y amarillo remangada hasta los codos, y un bolso de piel colgado al hombro. No estrenaba nada, pero la ropa se veía bien cuidada. No lucía anillos, ni collares, ni pulseras o pendientes. Tenía el flequillo corto y se lo había apartado con naturalidad hacia un lado.

Las pequeñas arrugas que tenía en el rabillo de los ojos, más que fruto de la edad, parecían estar ahí desde que nació. Solo el fino y blanco cuello que asomaba por la camisa, con dos botones desabrochados, y el reverso de las manos sobre la mesa sugerían su edad. La gente empieza a envejecer por una zona pequeña, realmente pequeña. Y poco a poco esa zona se va extendiendo por todo el cuerpo, como una mancha indeleble.

—Has mencionado el trabajo, ¿dónde trabajas? —le pregunté.

—En un estudio de arquitectura. Llevo ya muchísimo tiempo ahí.

No se extendió más. Yo saqué con parsimonia un cigarrillo y lo encendí. La chica que estaba tocando música cerró la tapa del piano, se levantó y se retiró a alguna parte para descansar. Sentí un poco de envidia.

—¿Desde cuándo sois amigos? —me preguntó ella.

—Desde hace ya once años. ¿Y tú?

—Dos meses y diez días —contestó ella de inmediato—. Desde la primera vez que nos vimos hasta el día que desapareció. Dos meses y diez días. Me acuerdo porque lo anoté en mi diario.

Trajeron el zumo de naranja y se llevaron mi taza de café vacía.

—Cuando desapareció, lo esperé durante tres meses. Diciembre, enero y febrero. La época más fría. ¿Hizo mucho frío aquel año?

—No lo recuerdo —dije yo.

Al mencionar el frío invernal de hacía cinco años fue como si hablase del tiempo del día anterior.

—¿Alguna vez has esperado de ese modo a una chica?

—Nunca —dije yo.

—Cuando esperas durante un periodo de tiempo determinado, lo demás deja de importarte. Ya sean cinco años, diez años o un mes. Da igual.

Asentí con la cabeza.

Ella se bebió medio zumo.

—Me pasó lo mismo la primera vez que me casé. Yo era siempre la que esperaba, me cansé de esperar y al final todo dejó de importarme. Me casé con veintiún años, me divorcié con veintidós y luego me vine a esta ciudad.

—Igual que mi mujer.

—¿Qué?

—Se casó con veintiuno y se divorció con veintidós.

Ella se me quedó mirando. Luego volvió a remover el zumo de naranja con la cuchara. Tuve la impresión de haber hablado más de la cuenta.

—Eso de casarse y divorciarse joven es bastante duro —dijo ella—. Es, en pocas palabras, como desear algo plano e irreal. Pero lo irreal no dura mucho. ¿No te parece?

—Puede que sí.

—Durante los cinco años que pasaron desde que me divorcié hasta que lo conocí a él, estuve sola en esta ciudad, viviendo de un modo bastante irreal. Apenas conocía a nadie, salía muy poco, no tenía novio, me levantaba temprano para trabajar, dibujaba planos y, cuando acababa, hacía la compra en el supermercado y comía sola en casa. Tenía la radio encendida todo el día, leía libros, escribía un diario, lavaba medias en el baño. Como el piso estaba en la costa, siempre se oía el rumor de las olas. Era una vida deprimente.

Se bebió el resto del zumo.

—Debo de estar aburriéndote.

Yo, callado, sacudí la cabeza hacia ambos lados.

Pasadas las seis, la iluminación se atenuó para la hora de los cócteles. Las luces de la ciudad empezaban a encenderse. En la punta de las grúas brillaba una luz roja. En el lánguido anochecer, la lluvia seguía cayendo como agujas finas.

—¿Te apetece una copa? —le pregunté.

—¿Cómo se llamaba ese cóctel de vodka con pomelo?

—*Salty dog.*

Llamé al camarero y le pedí un *salty dog* y un Cutty Sark con hielo.

—¿Por dónde iba?

—Por lo de la vida deprimente.

—Bueno, a decir verdad, tampoco era tan deprimente —dijo ella—. Lo único deprimente era el rumor de las olas. Cuando llegué al piso, el gerente me dijo que enseguida me acostumbraría, pero no fue tan fácil.

—Ahora ya no hay mar.

Ella sonrió sosegadamente, y en la comisura de los ojos se levantaron un poco las arrugas.

—Es verdad. Tienes razón. Ya no hay mar. Aunque todavía tengo la sensación de que oigo las olas. Supongo que se me han quedado grabadas en los oídos.

—¿Y fue entonces cuando apareció el Rata?

—Sí. Pero yo no lo llamaba así.

—¿Cómo lo llamabas?

—Lo llamaba por su nombre. Igual que todo el mundo, ¿no?

Ahora que lo decía, tenía razón. «Rata» era un apodo demasiado infantil.

—Sí, tienes razón —dije yo.

Nos trajeron las bebidas. Ella se tomó un trago de *salty dog* y se limpió con la servilleta de papel la sal que le había quedado en los labios. En la servilleta quedó una pequeña mancha de carmín, y ella la dobló hábilmente con dos dedos.

—Él, no sé cómo explicarlo..., era bastante irreal. ¿Entiendes lo que quiero decir?

—Creo que sí.

—Cuando nos conocimos tuve la impresión de que necesitaba su irrealidad para superar la mía. Por eso me enamoré de él. O quizás empecé a pensar aquello cuando ya estaba enamorada. Aunque al final viene a ser lo mismo.

La pianista volvió del descanso y empezó a tocar la banda sonora de una película antigua. Se me antojó la canción equivocada para la escena equivocada.

—A veces pienso lo siguiente: en el fondo, puede que estuviera utilizándolo. Y creo que él lo captó desde el primer momento. ¿No te parece?

—No lo sé —dije yo—. Eso es un problema entre tú y él.

Ella no dijo nada.

Tras diez segundos de silencio, me di cuenta de que ella ya había acabado de hablar. Me tomé el último trago de whisky, saqué del bolsillo las dos cartas del Rata y las puse sobre la mesa. Permanecieron así durante un buen rato.

—¿Tengo que leerlas ahora mismo?

—Llévatelas y léelas en casa. Si no quieres leerlas, tíralas a la basura.

Ella asintió y guardó las cartas en el bolso, que al cerrarse hizo un exquisito sonido metálico. Yo me encendí el segundo cigarrillo y pedí otro whisky. El segundo whisky es el que más me gusta. Con el primero, me siento aliviado; y con el segundo, mi cabeza se vuelve más lúcida. A partir del tercero deja de tener encanto. Se trata solo de enviarlo al fondo del estómago.

—¿Has venido a Tokio solo para esto? —me preguntó ella.

—Podría decirse que sí.

—¡Qué buen amigo eres!

—Yo no lo veo así. Es una cuestión de costumbre. Si hubiera sido al revés, estoy seguro de que él habría hecho lo mismo por mí.

—¿Alguna vez lo ha hecho?

Negué con la cabeza.

—Durante mucho tiempo nos hemos estado molestando uno al otro por problemas completamente irreales. El que los hayamos resuelto de modo real o no ya es otro asunto.

—Creo que hay poca gente que piense como tú.

—Es posible.

Ella sonrió y, levantándose, cogió la cuenta.

—Esta la pago yo, que he llegado cuarenta minutos tarde.

—Si estás segura, adelante —dije yo—. Una cosa: ¿podría hacerte una pregunta?

—Claro, dime.

—Por teléfono me dijiste que te imaginabas mi aspecto.

—Sí, quise decir que intuí cómo serías.

—¿Y me has reconocido al momento?

—Sí, al momento —dijo ella.

La lluvia seguía cayendo con la misma intensidad. Desde la ventana del hotel se veían los neones del edificio de al lado. Incontables trazos de lluvia se precipitaban contra el suelo en medio de aquella luz verde artificial. Desde allí, mirando hacia abajo, toda la lluvia parecía converger en un mismo punto del pavimento.

Me tumbé en la cama y, tras fumarme dos cigarrillos, llamé a recepción para que me reservaran un asiento en el tren de la mañana siguiente. Ya no me quedaba nada por hacer en aquella ciudad.

La lluvia, por su parte, siguió cayendo hasta medianoche.

Capítulo sexto
La caza del carnero II

1
La extraña historia del hombre extraño (I)

El secretario vestido de negro se sentó en una silla y se quedó observándome sin decir nada. No era una mirada escrutadora, ni una mirada de desprecio, ni una mirada penetrante que me punzara el cuerpo. No reflejaba ningún tipo de emoción que yo conociera. Simplemente me observaba. Tal vez mirase la pared que había a mis espaldas, pero yo estaba delante y, por lo tanto, me observaba a mí también.

El secretario cogió la cigarrera de la mesa, abrió la tapa, sacó un cigarrillo sin filtro, dio unos golpecitos con la uña en la punta y, tras encenderlo con el mechero, expulsó el humo en diagonal. Luego dejó el mechero en la mesa y cruzó las piernas. Entretanto, su mirada no se movió ni un ápice.

Era el hombre del que me había hablado mi socio. Iba demasiado bien vestido, tenía unas facciones demasiado armoniosas y sus dedos eran demasiado finos. Si no fuera por los párpados de aspecto picudo y por las pupilas, frías como adornos de cristal, habría parecido el perfecto homosexual. Pero no con esos ojos. No causaba ninguna impresión. Ni se parecía a nadie, ni recordaba a nada.

Si uno se fijaba bien, aquellas pupilas tenían un color extraño. Eran de color negro acastañado con una pizca de azul, pero la intensidad del color azul variaba en cada ojo. Parecía que cada pupila pensara en cosas diferentes. Sus dedos no paraban de moverse ligeramente sobre sus rodillas. De pronto me asaltó la ilusión de que, en cualquier momento, los diez dedos podrían separarse de las manos y caminar hacia mí. Eran unos dedos raros, que se desplazaron lentamente sobre la mesa y apagaron el cigarrillo, del que solo se había fumado un tercio. Vi cómo el hielo transparente se derretía dentro del vaso y se iba mezclando con el zumo de uva. La proporción de la mezcla no era armónica.

Un silencio enigmático envolvía la sala. En otras ocasiones, al entrar en grandes mansiones, me había topado con silencios semejantes. Son silencios generados por la escasez de individuos frente a la amplitud de la casa. Pero la calidad del silencio que reinaba en ese momento era diferente. Resultaba demasiado pesado y, en cierto modo, avasallador. Tuve la sensación de haber experimentado ya aquel silencio en alguna parte. Pero tardé un poco en recordar en qué circunstancia. Buceé en mi memoria como si pasase las páginas de un viejo álbum de fotos y lo recordé: era el silencio que se abate sobre un enfermo terminal. Un silencio que presagia una muerte inevitable. El ambiente era un tanto polvoriento y sugestivo.

—Todos nos morimos —dijo el hombre tranquilamente, con la mirada clavada en mí. Hablaba como si hubiera captado toda mi actividad mental—. Todo el mundo se morirá algún día.

Dicho lo cual, volvió a recluirse en aquel pesado silencio. Las cigarras seguían cantando. Frotaban sus alas como locas para pedir a la estación saliente que regresara.

—Voy a hablar con la mayor sinceridad posible —dijo el hombre. En cierto sentido, hablaba como si estuviera traduciendo al pie de la letra un documento oficial. La gramática y la elección de las frases eran correctas, pero le faltaba expresividad—. Hablar con sinceridad y decir la verdad son, sin embargo, cuestiones distintas. La relación entre sinceridad y verdad se parece a la de la proa y el timón de una embarcación. Primero surge la sinceridad, y luego, la verdad. Ese lapsus temporal está en proporción directa al tamaño de la embarcación. Es difícil que surja la verdad de cosas inmensas. A veces aparece por fin cuando nuestra vida ya se ha terminado. Así que, en caso de que yo no te revelara la verdad, no sería culpa mía ni tuya.

Como no había nada que contestar, me quedé callado. El hombre prosiguió tras cerciorarse de mi silencio.

—Si te he hecho venir aquí es para que la embarcación avance. Avanzará con la ayuda de los dos. Vamos a ser sinceros el uno con el otro. Así estaremos, al menos, un paso más cerca de la verdad. —El hombre tosió y se miró de reojo las manos, que tenía apoyadas en el reposabrazos del sofá—. Creo que estoy resultando demasiado abstracto. Así que vayamos al grano: se trata de la revista publicitaria que tú hiciste. Supongo que ya te han comentado algo, ¿no?

—Sí.

El hombre asintió con la cabeza y, tras una breve pausa, volvió a hablar.

—Me imagino que incluso te habrás sorprendido. A nadie le hace gracia que le anulen algo que ha hecho con tanto empeño. Sobre todo, cuando forma parte de su medio de vida. La pérdida en términos reales también es considerable, ¿no?

—Exacto —dije yo.

—Me gustaría que me explicaras esa pérdida en términos reales.

—Nuestro trabajo conlleva pérdidas reales. No es la primera vez que, por un capricho del cliente, nos rechazan un trabajo ya realizado. Y eso, para una empresa pequeña como la nuestra, resulta fatal. Por eso, para impedir que ocurra, seguimos a rajatabla la idea del cliente. Es decir, que si hace falta, revisamos la publicación con el cliente línea por línea. Así nos evitamos correr riesgos. No es un trabajo divertido, pero como somos lobos solitarios con pocos recursos...

—Así es como se abre camino todo el mundo —me consoló el hombre—. En todo caso, por lo que me cuentas, se podría interpretar que enterrando tu revista estaría causando un impacto financiero considerable a tu empresa, ¿no?

—Sí, exacto. Ya está impresa y encuadernada, así que tenemos que pagar los costes del papel y de la impresión antes de un mes. Además del coste de los artículos encargados a terceros. La suma es de unos cinco millones de yenes, y precisamente habíamos planeado destinarlos a pagar una deuda. El año pasado hicimos una inversión fuerte en equipo.

—Lo sé —dijo el hombre.

—Por otra parte, está la cuestión del contrato con el cliente. Nosotros nos encontramos en una posición débil, y los clientes procuran evitar las agencias publicitarias que les hayan causado algún problema. Con la agencia de seguros hemos firmado un contrato por un año para publicarles la revista de promoción, y como nos lo rescindan por este tema, básicamente nos vamos a pique. En nuestra empresa no tenemos conexiones de ningún tipo, pero se valora nuestro trabajo y, gracias al boca a boca, hemos logrado crecer. Como surja una mala crítica, estamos acabados.

138

Aun después de haber terminado de hablar, el hombre se quedó mirándome fijamente a la cara sin decir nada. Al cabo de un rato tomó de nuevo la palabra:

—Has sido muy sincero. Además, lo que me has contado coincide con mis pesquisas. Eso es algo que valoro. ¿Qué te parecería si pagáramos sin condiciones a la agencia de seguros las revistas canceladas y les recomendáramos que sigan adelante con el contrato?

—Entonces no pasaría nada. Simplemente volvería a mi aburrido día a día con la inocente duda de por qué sucedió todo esto.

—Pues vamos a añadirle una bonificación: basta con que yo escriba una sola palabra en el reverso de una tarjeta de presentación para que tu empresa tenga trabajo durante los próximos diez años. Y no me refiero a ese cutrerío de los folletos, ¿entiendes?

—En resumidas cuentas, ¿me está ofreciendo un trato?

—Es un intercambio de buenas voluntades. Yo, benévolamente, os he ofrecido la información de que se iba a cancelar la publicación de la revista. Si tú me muestras tu buena voluntad, yo volveré a demostrarte la mía. Quisiera que lo considerases desde ese punto de vista. Mi buena voluntad te será de ayuda. Me imagino que no querrás pasarte toda la vida trabajando con un cabeza de chorlito alcohólico, ¿no?

—Somos amigos —le dije.

Durante un instante se hizo un silencio, como si hubiera arrojado una piedrecilla a un pozo sin fondo. Tardó treinta segundos en llegar abajo.

—Bueno, ¡qué más da! —dijo el hombre—. Eso es asunto tuyo. Yo he investigado en detalle tu historial y me ha parecido bastante interesante. A la gente se la puede dividir en dos grupos: el mediocre realista y el mediocre utópico. Tú perteneces claramente al segundo. Espero que te quede bien grabado. El destino que te espera conduce a la mediocridad utópica.

—Lo recordaré —dije yo.

Él asintió. Luego se bebió la mitad del zumo de uva, aguado por el hielo derretido.

—Y, ahora, pasemos a lo concreto —dijo el hombre—: el tema del carnero.

El hombre se movió para sacar de un sobre una fotografía grande en blanco y negro y la colocó sobre la mesa delante de mí. Sentí que una pizca de aire real se había colado en la estancia.

—Esta es la fotografía de las ovejas que aparece en tu revista.

Para tratarse de una ampliación de la foto de la revista, sin usar los negativos, la nitidez era increíble. Seguramente había usado alguna técnica especial.

—Que yo sepa, fuiste tú quien la consiguió por tus propios medios y la usó para la revista. ¿Me equivoco?

—No, así es.

—Según mis pesquisas, esta foto se tomó de modo totalmente *amateur* en los últimos seis meses. Se usó una cámara compacta de las baratas. No la hiciste tú. Tú tienes una réflex Nikon de un solo objetivo y sabes hacer mejores fotos. No has ido a Hokkaidō en los últimos cinco años. ¿Cierto?

—¿Usted qué cree? —repliqué.

—¡Hm! —dijo el hombre, y se quedó callado un rato. Parecía estar evaluando la calidad de su propio silencio—. Da igual, lo que queremos es que nos facilites información de tres cuestiones: quién te ha dado esta fotografía, dónde y con qué propósito ha sacado una foto tan mala.

140

—No puedo decir nada —dije yo con una llaneza que me sorprendió a mí mismo—. El periodista tiene derecho a no revelar sus fuentes de información.

Sin quitarme ojo, el hombre se pasó el dedo corazón de la mano derecha por los labios. Tras repetir aquel gesto varias veces, volvió a colocar las manos sobre las rodillas. El silencio se prolongó un rato más. Yo deseé que algún cuco se pusiera a cantar. Pero, por supuesto, no lo hizo. Seguro que los cucos no cantan al anochecer.

—Eres un tipo bastante raro —dijo el hombre—. Si yo quisiera, podría cerraros el negocio. En ese caso, ya ni siquiera podrías llamarte periodista. Suponiendo que esa basura de panfletos y octavillas que hacéis se pueda considerar periodismo, claro.

Intenté pensar otra vez en el cuco. ¿Por qué no cantarían de noche?

—Es más, existen diferentes métodos para hacer hablar a un tipo como tú.

—No lo dudo —dije yo—. Pero requieren tiempo y, hasta entonces, no hablaré. Aunque consiga que hable, no lo contaré todo. Usted no sabe cuánto es todo, ¿o sí lo sabe?

Esto último fue un farol, pero surtió efecto. La incertidumbre del silencio que se produjo indicaba que yo había marcado un tanto.

—Me divierte hablar contigo —dijo el hombre—. Tu falta de sentido de la realidad tiende un poco al patetismo. Pero ¿qué más da? Pasemos a otro asunto.

El hombre se sacó una lupa del bolsillo y la puso sobre la mesa.

—Observa la foto con esto; tómate el tiempo que necesites.

Yo cogí la foto con la mano izquierda y la lupa con la mano derecha y observé despacio la fotografía. Unas ovejas miraban hacia mí, otras miraban en otra dirección y unas cuantas pastaban distraídas. Era como una instantánea sacada en un momento de bajón en una reunión de antiguos alumnos. Inspeccioné las ovejas una por una, observé el estado de la hierba, el bosque de abedules que había detrás, las montañas del fondo, observé las nubes que flotaban en el cielo. No había nada fuera de lugar. Levanté la vista de la foto y de la lupa y miré al hombre.

—¿Has notado algo raro? —me preguntó.

—Nada —dije yo.

El hombre no tenía pinta de estar decepcionado.

—Si no me equivoco, en la universidad estudiaste biología, ¿no? —preguntó él—. ¿Qué sabes sobre las ovejas?

—Se podría decir que nada, porque lo que estudié era tan especializado que resulta prácticamente inútil.

—Dime todo lo que sepas.

—Son artiodáctilos. Herbívoros gregarios. Si no recuerdo mal, fueron importados a Japón a principios de la era Meiji. Se aprovecha la lana y la carne. Eso es todo, más o menos.

—Correcto —dijo el hombre—. Solo habría que corregir un pequeño detalle, y es que las ovejas no fueron traídas a Japón a principios de la era Meiji, sino durante la época Ansei. Pero antes de eso, como bien has dicho, no había ovejas en Japón. También existe la teoría de que vinieron de la China durante el periodo Heian,* pero, aunque fuera cierto, esas ovejas se habrían extinguido posteriormente. Por lo tanto, hasta la era Meiji, la mayoría de los japoneses no habían visto ese animal en su vida, ni sabían qué era. Aunque era un animal relativamente popular,

* La era Meiji comienza en 1868 y termina en 1912. La era Ansei corresponde al reinado del emperador Kōmei y va de 1854 a 1860. El periodo Heian tuvo lugar de 794 a 1185. *(N. del T.)*

porque aparecía entre los doce elementos del zodiaco chino, nadie sabía exactamente qué clase de animal era. O sea, se podría decir que pertenecía a la clase de las criaturas imaginarias, como los dragones o los *baku*.* De hecho, todos los dibujos de ovejas pintados por japoneses antes de la era Meiji son absurdos. Se puede decir que equivaldrían a los conocimientos que H.G. Wells tenía sobre los marcianos.

»Todavía hoy, los japoneses saben muy poco acerca de las ovejas. En suma, históricamente, las ovejas nunca han sido relevantes en la vida cotidiana de los japoneses. A nivel gubernamental, fueron importadas de Estados Unidos, se criaron y luego se dejaron de lado. Esa es su historia. Con la liberalización del comercio de carne y lana con Australia y Nueva Zelanda al terminar la guerra, criar ganado ovino en Japón dejó de ser rentable. ¿No te dan pena, las pobres? Bueno, así fue la modernización del Japón.

»Pero, por supuesto, no es mi intención hablarte de la vacuidad de la modernidad japonesa. Lo que quiero remarcar son dos puntos: que antes de los últimos años del sogunato Tokugawa, en Japón no existía ni una sola oveja, y que, a partir de entonces, el Gobierno censó estrictamente cada oveja importada. ¿Qué significan estos dos puntos?

Esa pregunta iba dirigida a mí.

—Pues que se conocen todas las razas de oveja existentes en Japón.

—Exacto. A eso hay que añadir que el linaje en las ovejas es tan importante como en los caballos de carreras, así que es fácil rastrear el origen de casi todas las ovejas que hay en Japón. O sea, son animales que están totalmente controlados. También se pueden comprobar todos los cru-

---

* Seres mitológicos que se alimentan de las pesadillas humanas. *(N. del T.)*

ces de razas. No existe contrabando, porque no hay ningún curioso que se plantee introducir ovejas de forma ilegal en el país. En cuanto a las razas, prácticamente todas las que hay son southdown, merina, cotswold, oveja china, shropshire, corriedale, cheviot, romanov, frisona del este, border leicester, romney marsh, lincoln, dorset horn y suffolk. Ahora —dijo el hombre— quiero que vuelvas a mirar la fotografía.

Volví a coger la foto y la lupa.

—Y fíjate bien en la tercera oveja que aparece delante empezando por la derecha.

Puse la lupa sobre la tercera oveja desde la derecha. Luego observé la oveja que tenía al lado y volví a mirar la tercera oveja.

—¿Ahora has notado algo? —me preguntó el hombre.

—Son de distinta raza —dije yo.

—Exacto. Salvo la tercera empezando por la derecha, el resto son suffolk normales y corrientes. Esa es la única distinta. Es más rolliza que las suffolk y el color de la lana es distinto. Tampoco tiene la cara negra. La verdad es que da la impresión de que tiene más fuerza. He enseñado esta fotografía a varios expertos en ganado ovino. Han llegado a la conclusión de que esta oveja no existe en Japón. Y, probablemente, tampoco en ninguna otra parte del mundo. Con lo cual, estás viendo una oveja que no debería existir.

Yo cogí la lupa y volví a examinar la tercera oveja, un carnero. Mirándola bien, se veía que en medio de la espalda tenía una mancha de tonos suaves, como si le hubiera caído café encima. Era tan borrosa e imprecisa que podría ser que el negativo se hubiera estropeado, o incluso podría ser una pequeña ilusión óptica. También cabía la posibilidad de que, en efecto, alguien hubiera derramado café sobre el lomo del animal.

—Tiene una mancha pálida en la espalda.

—No es una mancha —dijo el hombre—. Es una marca con forma de estrella. Contrástalo con esto.

El hombre sacó una fotocopia del sobre y me la entregó. Era una copia de un dibujo de un carnero. Debía de estar hecho a lápiz negro porque había alguna que otra huella negra de dedo en las partes blancas. En conjunto resultaba infantil, pero el dibujo parecía insinuar algo. Los detalles habían sido dibujados con una minuciosidad fuera de lo normal. Comparé alternadamente el carnero de la fotografía y el carnero del dibujo y estaba claro que eran el mismo. En el lomo del animal del dibujo había una marca con forma de estrella que se correspondía con la mancha del carnero de la fotografía.

—Y ahora esto —dijo el hombre, y me entregó un mechero que había sacado del bolsillo de pantalón.

Era un Dupont de plata bastante pesado, hecho por encargo, y tenía grabado el mismo emblema del carnero que el que había visto dentro del coche. En la espalda llevaba una pinta con forma de estrella.

La cabeza empezó a dolerme un poco.

2
La extraña historia del hombre extraño (II)

—Hace un momento te he hablado de la mediocridad —dijo el hombre—. Pero no estaba criticando tu mediocridad. En pocas palabras, si tú eres mediocre, es porque el mundo en sí es mediocre. ¿No crees?

—No lo sé.

—El mundo es mediocre. De eso no cabe duda. Pero ¿acaso lo ha sido siempre, desde sus orígenes? No. El origen del mundo fue el caos y el caos no es mediocre. Empezó a volverse mediocre cuando el ser humano hizo la distinción entre vida cotidiana y medios de producción. Y esa mediocridad se consolidó en el momento en que Karl Marx postuló el concepto de proletariado. Por eso el estalinismo está directamente vinculado con el marxismo. Yo admiro a Marx. Fue uno de los pocos genios que se acordaron del caos primigenio. En ese mismo sentido, también respeto a Dostoievski. Sin embargo, no admiro el marxismo. Es demasiado mediocre.

El hombre hizo un pequeño ruido desde el fondo de la garganta.

—Te estoy hablando con total sinceridad. Intento corresponder a la franqueza con la que tú me has hablado. Y he decidido responder a eso que has llamado «inocente duda». Pero para cuando haya terminado de hablar, las opciones que te quedan se verán muy mermadas. Quiero que seas consciente. En resumen: has subido tu apuesta. ¿Estás seguro?

—Supongo que no me queda más remedio —dije yo.

—Ahora mismo, en esta mansión, hay un anciano moribundo —dijo el hombre—. La causa está clara: tiene un coágulo sanguíneo enorme en el cerebro. Un coágulo tan grande que le deforma el cerebro. ¿Qué sabes de neurología?

—Prácticamente nada.

—Se trata de una bomba de sangre, para que te hagas una idea. La circulación se obstruye y provoca una hinchazón desproporcionada. Como una serpiente que se haya tragado una pelota de golf. Al reventar, el cerebro deja de funcionar. Pero tampoco se puede operar, porque, al menor estímulo, revienta. O sea, en términos reales, no queda otra solución que esperar a la muerte. Puede que fallezca dentro de una semana o dentro de un mes. Nadie lo sabe. —El hombre frunció los labios y exhaló un suspiro lento—. El hecho de que vaya a morirse no tiene nada de raro. Es un anciano con una enfermedad diagnosticada. Lo extraño es cómo ha podido sobrevivir hasta ahora.

No tenía ni idea de qué estaba intentando contarme aquel hombre.

—En realidad, no habría resultado extraño que hubiera fallecido hace treinta y dos años —siguió diciendo—. O hace cuarenta y dos años. La persona que le detectó el trombo fue un médico del ejército estadounidense que examinaba a los criminales de guerra de clase A, y eso fue en el otoño de 1946. Poco antes de los Juicios de Tokio. El médico quedó impactado al ver la radiografía: el hecho de que existiera una persona que viviera con un trombo de semejante tamaño (y que lo hiciera con una vitalidad mayor que la de cualquier persona normal) superaba con creces toda evidencia científica. Así pues, lo trasladaron de Sugamo al Hospital de San Lucas, que por aquel entonces había sido expropiado para usarlo como hospital militar, y le hicieron toda clase de pruebas médicas.

»Los exámenes se prolongaron durante un año, pero al final no se supo nada, aparte de que podía fallecer en cualquier momento y de que era extraño que estuviera vivo. Sin embargo, después de aquello, el hombre siguió llevando una vida activa, sin ningún achaque. La cabeza le funcionaba con absoluta normalidad. No se sabía por qué. Era un callejón sin salida. Una persona que en teoría debería estar muerta andaba por ahí, vivita y coleando.

»Se descubrieron, no obstante, algunos pequeños síntomas: cada cuarenta días, sufría unas fuertes jaquecas que se prolongaban durante tres semanas. Habían empezado en 1936, según el testimonio del propio enfermo, y se suponía que coincidía con el periodo en que había aparecido el trombo. Las jaquecas eran tan intensas que, durante el tiempo que le aquejaban, el paciente consumía sustancias analgésicas. En otras palabras, drogas. Sin embargo, aunque le calmaban el dolor, también le producían extrañas alucinaciones. Eran alucinaciones muy intensas. Solo él sabe qué era lo que veía, pero parece claro que no era demasiado agradable. El ejército estadounidense ha dejado un registro minucioso de esas alucinaciones. El médico se encargó de describirlas con todo detalle. Yo conseguí el registro por medios ilegales y lo he leído varias veces. Aunque esté escrito en una jerga médica, el contenido es realmente espantoso. No creo que nadie que haya experimentado regularmente tales alucinaciones pueda soportarlo.

»Tampoco se sabe por qué se producen esas alucinaciones. Se aventuró que quizás el trombo irradiaba periódicamente una especie de energía y que las jaquecas podían ser la reacción corporal a ese fenómeno. Al derribar ese muro de reacción, la energía atacaría directamente cierta parte del cerebro y, como resultado, se producirían las alucinaciones. Aunque no deja de ser una suposición, despertó el interés de las autoridades del ejército estadounidense. Y entonces se empezó a estudiar a fondo por medio de un programa secreto de investigación encargado a los servicios de inteligencia. Todavía no sé por qué les interesó a los servicios de inteligencia estadounidenses investigar un mero caso de trombo, pero pueden plantearse varias hipótesis. La primera es que, con el pretexto de esa investigación de tipo médico, se podrían haber realizado interrogatorios de naturaleza bastante delicada. Es decir, que pretendían hacerse con el control de las rutas de espionaje y las rutas del opio en la China continental. Porque con la derrota de Chiang Kai-shek, Estados Unidos perdería su conexión china. Estaban deseosos de descubrir las rutas que el maestro conocía. Y esa clase de interrogatorios no pueden realizarse por la vía oficial. Al final, después de esa serie de indagaciones, el maestro quedó libre, sin ser sometido a juicio. Cabe pensar que hubiese habido alguna clase de trato. Información a cambio de libertad, ¿entiendes?

»La segunda hipótesis explicaría la relación entre el trombo y sus excentricidades como líder de extrema derecha. La idea es interesante, pero ya te la explicaré más tarde. El caso es que, al final, creo que ellos tampoco consiguieron averiguar nada. ¿Cómo iban a hacerlo si el propio hecho de que estuviera vivo era inexplicable? Evidentemente, nunca averiguarían nada, a no ser que lo diseccionaran. He aquí, por tanto, otro callejón sin salida.

»La tercera hipótesis tiene que ver con un "lavado de cerebro". Se basa en la idea de que mediante el envío de unas determinadas ondas de estímulo al cerebro se puede provocar una reacción especial. Por aquel entonces estaba de moda. De hecho, está demostrado que, en aquella época, en Estados Unidos se constituyeron grupos de investigación sobre el lavado de cerebro.

»No está claro por cuál de las tres hipótesis se decantó la investigación de los servicios de inteligencia. Ni qué conclusiones extrajeron. Todo quedó sepultado dentro de la Historia. La verdad solo la saben un puñado de superiores del ejército estadounidense y el propio maestro. Él no le ha contado nada a nadie, tampoco a mí, y seguro que ahora no lo va a hacer, por lo tanto, lo que te estoy diciendo no son más que cábalas.

Llegado a ese punto, el hombre carraspeó silenciosamente. Yo no tenía ni idea de cuánto tiempo había pasado desde que entré en la sala.

—Sin embargo, sí que conozco con más detalle cuál era su situación cuando apareció el trombo, es decir, en 1936. En el invierno de 1932 encarcelaron al maestro por su implicación en un plan para asesinar a una persona importante. Su estancia en prisión duró hasta junio de 1936. Se han conservado los documentos oficiales e informes médicos de la prisión y, de vez en cuando, nos ha hablado de ello. Lo que te acabo de contar es el resumen de esos documentos. Poco después de ingresar en la cárcel, padeció un fuerte insomnio. No se trataba de un insomnio normal. Era un insomnio de un grado muy peligroso. Había veces que se pasaba tres, cuatro días o incluso casi una semana sin pegar ojo. La policía de la época obtenía confesiones sobre delitos políticos manteniendo despierto al detenido. En el caso del maestro, el interrogatorio había sido particularmente severo, por estar relacionado con el conflicto entre dos facciones de derechas: la Kōdō-ha, o Facción del Camino Imperial, y la Tōsei-ha, o Facción del Control. Para impedir el sueño del reo, le tiraban agua fría, lo golpeaban con un *shinai** o lo exponían a luces intensas cada vez que estaba a punto de dormirse. Al cabo de varios meses, cualquier persona quedaba totalmente anulada. Les destrozaban los nervios. O morían, o enloquecían o sufrían un fuerte insomnio. Al maestro le tocó el tercer suplicio. Y se recuperó por completo en la primavera de 1936. Es decir, en la misma época en la que se le produjo el trombo. ¿Qué opinas al respecto?

—¿Puede ser que el estado extremo de insomnio le hu-

---

* Sable de bambú. *(N. del T.)*

biera obturado por algún motivo los vasos sanguíneos del cerebro y le hubiera producido el coágulo?

—Esa sería la hipótesis más lógica. Si se le puede ocurrir hasta a un profano, también se le habría ocurrido a un médico del ejército de Estados Unidos. Pero con eso no basta. Yo creo que existe otro factor decisivo. Y tengo la impresión de que el trombo debió de ser una reacción secundaria, dependiente de ese factor. Porque hay muchas personas con trombos, pero ninguna con esos síntomas. Además, eso no nos aclara cómo ha conseguido sobrevivir.

Lo que el hombre decía parecía tener lógica.

—Existe otro dato extraño relacionado con el trombo: en la primavera de 1936, el maestro se reencarnó, por así decirlo, en otra persona. En resumen, hasta entonces había sido un activista mediocre de la ultraderecha. Era el tercer hijo varón de una pobre familia campesina de Hokkaidō, a los doce años abandonó su hogar y se marchó a Corea, pero no le fue bien y, al regresar a su tierra, se metió en una agrupación ultraderechista. Si algo tenía, era la sangre caliente, y era de los que siempre iban por ahí blandiendo la catana. Probablemente apenas sabía leer. Pero cuando salió de prisión en el verano de 1936, el maestro irrumpió con fuerza, en todos los aspectos, entre la alta jerarquía de la derecha nacionalista. Tenía un carisma con el que se ganaba a la gente, una lógica finamente articulada, una capacidad para arengar que despertaba pasiones, capacidad de predicción política, era una persona resuelta y, sobre todo, sabía valerse de los puntos débiles de las masas para movilizar a la sociedad.

El hombre se tomó un respiro y carraspeó ligeramente.

—Por supuesto, sus teorías y su visión del mundo como pensador de ultraderecha eran pueriles. Pero eso no tenía importancia. La cuestión era hasta qué punto podía

151

sistematizarlas tal y como Hitler había sistematizado a nivel de Estado su pueril ideología del *Lebensraum* y de la raza aria. El maestro, sin embargo, no siguió ese camino. Él eligió el camino de atrás, el camino a la sombra. Era la presencia que no daba la cara, que movía a la sociedad por detrás. Para ello, en 1937 viajó a la China continental. Pero, bueno, eso da igual. Volvamos a lo del trombo. Lo que quería destacar es que el momento en que aparece el trombo y el momento en que se produce esa milagrosa revolución personal coinciden en el tiempo.

—Según su teoría —comenté yo—, entre esos dos hechos no hay una relación de causa efecto sino un paralelismo y, además, existe un factor misterioso, ¿no?

—Veo que captas las cosas —repuso el hombre—. Tal cual, dicho en términos llanos y simples.

—¿Y qué pintan las ovejas en todo esto?

El hombre sacó el segundo cigarrillo de la petaca y, tras darle unos golpecitos con la uña en la punta, se lo llevó a los labios. No lo encendió.

—Cada cosa a su tiempo —contestó.

Durante un rato se produjo un silencio incómodo.

—Nosotros hemos levantado un reino —dijo el hombre—. Un poderoso reino subterráneo. Nos hemos hecho con todo: con el mundo de la política, de las finanzas, de los medios de comunicación, de las organizaciones burocráticas, de la cultura y de otras muchas cosas que jamás podrías imaginarte. Incluso nos hemos hecho con quienes se nos oponían. Nos hemos hecho con todo: desde el poder hasta el contrapoder. De la mayor parte, ni siquiera somos conscientes de que esté bajo nuestro poder. Es decir, tenemos una organización sumamente sofisticada. Y esa organización la construyó el maestro, sin ayuda de nadie, después de la guerra. O sea, que el maestro gobierna, él solo, la sentina de esa enorme embarcación que es el Estado. Si él tira del tapón, el barco se hunde. Los pasajeros caerán al mar sin saber posiblemente qué ha sucedido. —Hizo una pausa para encender el cigarrillo—. Pero esta organización tiene un límite, a saber, la muerte del rey. Si el rey muere, el reino se desmorona. Porque ese reino ha sido levantado y conservado por obra y gracia de un único genio. O, según mi hipótesis, se ha levantado y se ha mantenido gracias a ese factor misterioso. Si el maestro muere, todo se acaba, ya que nuestra organización no es una organización burocrática, sino una maquinaria perfecta con un cabecilla en la cúspide. Ahí residen el sentido y el punto débil de nuestra organización. O *residían*. La muerte del maestro acabará escindiendo, tarde o temprano, la organización y esta se hundirá en un mar de mediocridad semejante a un Walhalla pasto de las llamas. Porque nadie sucederá al maestro. La organización se dividirá, como si se derribara el vasto palacio, y una corporación pública edificará en su lugar bloques de viviendas. Será un mundo homogéneo y aleatorio. En él no existirá la voluntad. Quizás a ti te parezca correcto. Me refiero a la escisión. Pero piénsalo de este modo: ¿sería correcto aplanar Japón, que no hubiera montañas ni mares, ni costas ni lagos, y extender por todas partes urbanizaciones idénticas?

—No lo sé —contesté—. Ni siquiera sé si la pregunta en sí es pertinente.

—Eres inteligente —dijo el hombre y, entrelazando los dedos sobre su regazo, empezó a tamborilear con las yemas a un ritmo lento—. Lo de los bloques de viviendas es un ejemplo, evidentemente. Para ser un poco más preciso, la organización está formada por dos facciones: la que avanza y la que hace avanzar. Existen otras facciones que desempeñan funciones de diversa índole, pero, dividida a grandes rasgos, nuestra organización está formada por esos dos grupos. Los demás apenas son relevantes. La parte que avanza es la de la «voluntad»; y la que hace avanzar, la de los «beneficios». Cuando la gente saca el tema del maestro, solo se centra en la parte de los beneficios. Y será únicamente esta la que exija la escisión y se reagrupe tras el fallecimiento del maestro. La parte de la voluntad no la quiere nadie, porque nadie la comprende. A eso me refiero con escisión. La voluntad no se puede escindir. O se hereda por completo o desaparece por completo.

El hombre seguía tamborileando con los dedos a ritmo lento. Por lo demás, todo seguía igual que al principio: mirada impenetrable, pupilas gélidas, rostro proporcionado pero inexpresivo. Su cara me miraba siempre desde el mismo ángulo.

—¿Qué es «la voluntad»? —le pregunté.

—Es un concepto que domina el espacio, el tiempo y las posibilidades.

—No lo entiendo.

—Claro que no lo entiendes. Solo el maestro es capaz de entenderlo de modo instintivo. Se podría llegar al extremo de decir que significa la negación del autoconocimiento. He ahí donde se manifiesta la verdadera revolución. Para que lo entiendas mejor: consiste en una revolución en la que la mano de obra incluye el capital y el capital incluye la mano de obra.

—Me suena a quimera.

—Al contrario: la verdadera quimera es el conocimiento. —El hombre hizo una pausa—. Lo que te estoy diciendo no son más que palabras, desde luego. Por muchas palabras que junte, me resulta imposible explicarte cómo es la voluntad que detenta el maestro. Mis explicaciones solo alcanzan a expresar el vínculo que existe entre esa voluntad y yo mediante otro vínculo distinto de naturaleza lingüística. La negación del conocimiento también implica negación del lenguaje. Cuando los dos pilares del humanismo occidental, el conocimiento individual y la continuidad evolutiva, pierden su significado, le ocurre lo mismo al lenguaje. No se existe en cuanto individuo, sino en cuanto caos. Tú no tienes existencia propia, eres un mero caos. Mi caos es el tuyo, tu caos es también el mío. La existencia es comunicación y la comunicación es existencia.

De pronto, la habitación estaba congelada y tenía la sensación de que habían dispuesto una cálida cama a mi lado. Alguien me invitaba a meterme en ella. Pero no fue más que una alucinación. Estábamos en septiembre y fuera todavía cantaba una multitud de cigarras.

—La expansión de la conciencia que realizasteis o intentasteis realizar en la segunda mitad de la década de los sesenta acabó en completo fracaso porque se basaba en el individuo. Es decir, que expandiendo solo la conciencia sin que haya un cambio sustancial en el individuo, solo se consigue perder la esperanza. A eso me refiero cuando hablo de mediocridad. Pero, bueno, supongo que por más que te lo explique no lo vas a entender. Y tampoco te estoy pidiendo que lo entiendas. Simplemente hago el esfuerzo de serte sincero.

»Volviendo al dibujo que te pasé hace un rato —dijo el hombre—, es una copia del registro médico de un hospital del ejército de los Estados Unidos. La fecha es del 27 de julio de 1946. Lo dibujó el propio maestro, a petición del médico, como parte de la tarea de describir las alucinaciones. Según ese mismo registro médico, este carnero aparece frecuentemente en las alucinaciones del maestro. Expresado en cifras, sería alrededor del ochenta por ciento de las veces, es decir, que el carnero aparecía cuatro de cada cinco veces. Y no es un carnero cualquiera, sino uno de color castaño con una estrella en el lomo.

»Por otra parte, el maestro ha usado el emblema del carnero grabado en este mechero como sello personal desde 1936. Te habrás dado cuenta de que el carnero del emblema es idéntico al del dibujo del registro. Y es también el mismo que sale en la fotografía que tú tienes. ¿No te parece curioso?

—Supongo que no es más que una casualidad —dije yo. Mi intención era que sonara natural, pero no me salió bien.

—Hay más —prosiguió el hombre—. El maestro es un ávido coleccionista de toda la información y de todos los documentos existentes sobre ovejas dentro y fuera del país. Durante mucho tiempo, él mismo se encargó de revisar una vez a la semana todos los artículos sobre ovejas publicados cada semana en todos los periódicos y revistas editados en Japón. Yo siempre le he ayudado. El maestro puso todo su empeño en ello. Era como si estuviera buscando algo, ¿lo entiendes? Desde que la enfermedad lo dejó postrado en la cama, he sido yo quien se ha encargado de la tarea *a nivel personal*. Sentía una gran curiosidad por ver qué cosas aparecían. Así fue como apareciste tú. Tú y tu carnero. Desde luego, no es una casualidad.

Sopesé el mechero en la mano. Tenía un peso realmente agradable, ni demasiado pesado, ni demasiado ligero. Parece mentira que existan pesos así de perfectos.

—¿Por qué se habrá empeñado tanto el maestro en buscar a ese carnero? ¿Tienes alguna idea?

—No lo sé —dije yo—. Acabaría antes si se lo preguntara directamente a él.

—Se lo preguntaría si pudiera. Durante las últimas dos semanas ha estado inconsciente. Lo más probable es que

156

no recupere el conocimiento. Y cuando se muera, el secreto del carnero con la estrella en el lomo quedará relegado a las sombras para siempre. Yo no puedo tolerar eso. No por beneficio propio, sino por una causa mucho más grande.

Yo abrí la tapa del mechero, rocé la piedra para prender fuego y volví a cerrarla.

—Quizá pienses que lo que te estoy contando no son más que tonterías. Puede que tengas razón. Puede que no sean más que tonterías. Pero quiero que comprendas que es lo único que nos queda. El maestro va a morir. Una voluntad va a morir. Y todos los que están alrededor de esa voluntad también encontrarán la muerte. Únicamente quedará aquello que se puede expresar en cifras. Nada más. Por eso quiero encontrar el carnero. —Por primera vez, cerró los ojos unos segundos y permaneció en silencio—. Te voy a contar mi teoría. No es más que una teoría. Si no te gusta, olvídala. Creo que ese carnero representa el arquetipo de la voluntad del maestro.

—Como los moldes de galletas con forma de animal, ¿no? —dije yo. El hombre no me hizo caso.

—Probablemente el carnero se metió dentro del maestro. Eso debió de ocurrir en 1936. Y durante más de cuarenta años el carnero ha vivido en él. Dentro también habría pastos y un bosque de abedules. Como en la foto. ¿Qué opinas?

—Me parece una teoría muy interesante —dije yo.

—Es un carnero especial. Un carnero muy especial. Quiero encontrarlo y, para ello, necesito tu ayuda.

—¿Qué va a hacer cuando lo encuentre?

—No voy a hacer nada. No creo que yo pueda hacer nada. Es demasiado grande para que yo pueda hacer algo. Mi único deseo es ver con mis propios ojos cómo se pierde todo. Y si el carnero deseara algo, me involucraría al máximo en ayudarlo. Porque, cuando el maestro fallezca, mi vida apenas tendrá sentido.

Entonces guardó silencio. Yo también me quedé callado. Solo se oía el canto de las cigarras, junto con el susurro de las hojas de los árboles mecidas por el viento del atardecer. La casa permanecía en absoluto silencio. Partículas mortales flotaban por toda la casa como una enfermedad contagiosa frente a la que no hay protección. Intenté imaginarme la pradera que había dentro de la cabeza del maestro. La vasta pradera de hierba marchita de la que el carnero había huido.

—Te lo repito una vez más: quiero que me digas por qué conducto conseguiste la foto —dijo el hombre.

—No puedo decírselo —dije yo.

El hombre soltó un suspiro.

—He procurado serte sincero, así que quiero que tú también seas sincero conmigo.

—No estoy en condiciones de hablar. Si hablara, podría causarle problemas a la persona que me la dio.

—Entonces —dijo el hombre—, es que existen pruebas para pensar que esa persona podría tener problemas por lo del carnero.

—No existen pruebas. Simplemente, me da esa impresión. Detrás de todo esto se esconde algo. Lo he pensado todo el rato mientras le escuchaba. Me lo dice el olfato.

—Y por eso no puedes contar nada, ¿no?

—Así es. —Dicho eso, reflexioné un momento—. Soy una autoridad en materia de problemas, conozco unos cuantos métodos infalibles para causar problemas a los demás. Por eso prefiero evitar estas cosas. Aunque, finalmente, al intentar evitarlo acabe causando más problemas aún. El resultado es el mismo en cualquiera de los casos. Pero incluso sabiendo que es lo mismo, no puedo hacerlo así, de buenas a primeras. Es una cuestión de principios.

—La verdad es que no te entiendo.

—Lo que quiero decir es que la mediocridad se manifiesta de diversas formas.

Me llevé un cigarrillo a la boca, lo encendí con el mechero que tenía en la mano y me tragué el humo. Sirvió para distenderme un poco.

—Si no quieres contármelo, no me lo cuentes —dijo el hombre—. Ahora bien, vas a ser *tú* quien busque el carnero. Esta es mi última oferta: si lo encuentras en los próximos dos meses, contando a partir de hoy, te retribuiremos con todo lo que quieras. Si no lo encuentras, tú y tu empresa estáis acabados. ¿Te parece bien?

—Qué remedio —dije yo—. Pero ¿y si todo fuera una equivocación y el carnero con la estrella en el lomo nunca hubiera existido?

—El resultado sería el mismo. Solo hay dos opciones, para ti y para mí: encontrar el carnero o no encontrarlo. No hay término medio. Lo lamento mucho, pero, como te he dicho, has subido tu apuesta. Estás en posesión de la pelota, así que no te queda más remedio que correr hasta la portería. Aunque esa portería no exista.

—Ya veo —dije yo.

El hombre sacó un grueso sobre del bolsillo de su chaqueta y lo puso delante de mí.

—Esto es para los gastos. Si no fuera suficiente, llámame por teléfono. Enseguida te enviaré más. ¿Alguna pregunta?

—No tengo preguntas, pero sí una observación.

—¿Cuál?

—En general, toda esta historia es tan absurda que resulta difícil de creer, pero viniendo de usted tiene un no sé qué de verdad. Si hoy le contara a alguien lo que me ha pasado, seguro que no me creería.

El hombre torció un poco los labios. Podría decirse incluso que sonreía.

—Ponte en marcha mañana mismo. Como te he dicho, son dos meses *a partir de hoy*.

—Es un trabajo complicado. Puede que dos meses no sean suficientes. Tenga en cuenta que se trata de encontrar un carnero en un área inmensa.

El hombre me miró sin decir nada. Cuando me miraba así, me sentía como una piscina vacía. Una piscina sucia y agrietada que seguramente ya no valdría al año siguiente. Siguió mirándome sin pestañear durante treinta segundos. Luego abrió la boca despacio.

—Es mejor que te vayas —dijo.

Efectivamente, era lo mejor.

3
El coche y el chófer (II)

—¿Regresa a la agencia? ¿O desea que lo lleve a algún otro sitio? —me preguntó el chófer. Era el mismo hombre que a la ida, pero un poco más simpático. Parecía muy sociable.

Tras desperezar los brazos y las piernas sobre el cómodo asiento, pensé adónde podía ir. No me planteaba volver a la agencia. La sola idea de tener que darle explicaciones a mi socio ya me daba dolor de cabeza —¿cómo demonios iba a explicárselo?—; además, para empezar, yo estaba de vacaciones. Sin embargo, tampoco me apetecía irme directamente a casa. Tenía la vaga impresión de que, antes de eso, era mejor que viera algo de mundo normal y corriente, con sus personas normales y corrientes caminando con sus dos piernas de manera normal y corriente.

—Lléveme a la salida oeste de Shinjuku —dije.

Dada la hora que era, la carretera hacia Shinjuku estaba muy congestionada. Pasado cierto punto, los vehículos apenas se movían, como si hubieran echado el ancla. Daba la sensación de que, a veces, las olas los mecían y se desplazaban unos pocos centímetros. Me puse a pensar un rato en la velocidad de rotación del planeta. ¿A cuántos kilómetros por hora estará rotando la superficie de esta carretera en el universo? Probé a hacer cálculos mentales para sacar una cifra aproximada, pero no logré saber si giraba o no más rápido que las tazas locas de un parque de atracciones. Hay tantas cosas que desconocemos. Solo tenemos la impresión de entenderlas más o menos. Si unos extraterrestres vinieran y me preguntaran ¿a cuántos kilómetros por hora gira el ecuador?, me pondrían en un compromiso. Seguro que ni siquiera sería capaz de explicarles por qué al martes le sigue el miércoles. ¿Se reirían de mí? He leído *Los hermanos Karamázov* y *El Don apacible* tres veces cada una. Y he leído *La ideología alemana*. Me sé el número pi hasta el décimo sexto decimal. Aun así, ¿se reirían de mí? Probablemente sí. Se partirían de risa.

—¿Le apetece escuchar música? —preguntó el chófer.

—Buena idea —dije yo.

Y empezó a sonar la *Serenata para cuerdas* de Chaikovski. Parecía que estuviéramos en la antesala de un salón de bodas.

—Oiga —le pregunté al chófer—, ¿conoce el número pi?

—¿Eso de 3,14?

—Sí. Pero ¿cuántos decimales puede recitar?

—Sé hasta treinta y dos —dijo el chófer, como si fuera lo más normal—. A partir de ahí, me cuesta.

—¿Treinta y dos decimales?

—Sí, conozco un buen método para memorizarlos. ¿Por qué?

—No, por nada —dije yo, decepcionado.

Después, los dos estuvimos escuchando a Chaikovski un rato, y el coche avanzó apenas unos metros. A nuestro alrededor, la gente que viajaba en los autobuses y en los demás coches se quedaba mirando esa especie de monstruo en el que íbamos subidos. No resultaba agradable que a uno lo miraran así, aunque fuera consciente de que las lunas estaban hechas de un cristal especial y nadie podía espiarnos desde fuera.

—Sí que hay tráfico, ¿eh? —dije yo.

—Pues sí —admitió el chófer—. Pero, al igual que no hay noche sin amanecer, no hay atasco que no se termine.

—Eso es cierto —dije yo—. De todos modos, ¿no se pone a veces de mal humor?

—Claro que sí. A veces me desespera y me pongo de mal humor. Sobre todo cuando llevo prisa. Pero entonces pienso que todo es una prueba que nos han impuesto. Por lo tanto, enfadarse supone una derrota.

—Me parece una interpretación muy religiosa de los atascos, no sé...

—Yo soy cristiano. No voy a la iglesia, pero siempre he sido cristiano.

—¡Hm! —dije yo—. ¿Y eso de ser cristiano y trabajar de chófer para un pez gordo de la ultraderecha no es una contradicción?

—El maestro es una persona maravillosa. Después de Dios es el ser más maravilloso que haya conocido.

—¿Acaso ha estado con Dios?

—Por supuesto. Lo llamo por teléfono todas las noches.

—Pero —dije, y titubeé un poco. Empezaba a tener la cabeza aturullada otra vez—. Pero, si todo el mundo llamara a Dios por teléfono, las líneas se colapsarían y siempre estaría comunicando, ¿no? Sería como llamar al servicio de información de números de teléfono a la hora de comer.

—No hay de qué preocuparse. Dios posee el don de la ubicuidad. Aunque lo llame un millón de personas al mismo tiempo, puede hablar con todos a la vez.

—Sinceramente, no entiendo de estas cosas, pero ¿esa interpretación es ortodoxa? Me refiero a desde el punto de vista teológico.

—Es que yo soy un radical. Por eso no me llevo bien con la iglesia, ¿sabe?

—¿Ah, no? —dije yo.

El coche avanzó unos cincuenta metros. Me acerqué un cigarrillo a los labios y lo encendí, entonces me di cuenta de que había tenido un mechero en la mano todo el tiempo. Por despiste, me había llevado el Dupont con el emblema del carnero que me había dado el hombre. El mechero plateado se había adaptado tan bien a mi mano que era como si hubiese estado allí toda la vida. El peso y la sensación al tacto eran irreprochables. Tras pensármelo un poco, al final decidí quedármelo. Nadie se muere por perder uno o dos mecheros. Después de abrir y cerrar dos o tres veces la tapa, encendí el cigarrillo y guardé el mechero en el bolsillo. Para compensar, dejé el Bic de usar y tirar en el hueco para guardar objetos de la puerta.

—Me lo dio el maestro hace algunos años —dijo de repente el chófer.

—¿El qué?

—El número de teléfono de Dios.

Yo solté un suspiro inaudible. ¿Estaré loco? ¿O serán ellos los locos?

—¿Solo se lo dio a usted?

—Sí. Solo a mí. Es un ser maravilloso. ¿A usted también le gustaría tenerlo?

—Si fuera posible, sí —contesté.

—Entonces ahí va: es un número de Tokio, el 945...

—Un momento —dije yo, y tras sacar una libretita y un bolígrafo, lo anoté—. Pero ¿está seguro de que puede decírmelo?

—Sí, hombre. No puedo dárselo a cualquiera, pero usted me parece buena persona.

—Se lo agradezco —dije yo—. Pero ¿y de qué podría hablar con Dios? Yo no soy cristiano.

—No creo que eso sea ningún problema. Usted cuéntele con franqueza lo que piensa, lo que le preocupa. Dios nunca se aburre ni se burla de uno, por muy estúpido que sea lo que uno le cuenta.

—Gracias. Lo probaré.

—Se lo recomiendo —dijo el chófer.

El coche circulaba con fluidez; al frente, empezaron a verse los edificios de Shinjuku. No nos dijimos nada más hasta que llegamos.

4
Fin del verano e inicio del otoño

Cuando el coche llegó a su destino, el crepúsculo teñía la ciudad de añil. La brisa que anunciaba el fin del verano se deslizaba entre los edificios y mecía las faldas de las

164

chicas que volvían del trabajo. El repiqueteo de sus sandalias resonaba sobre el pavimento de baldosas.

Subí al piso más alto de un hotel instalado en un rascacielos, entré en el amplio bar y pedí una Heineken. Tardaron diez minutos en servírmela. Entretanto, permanecí con los ojos cerrados, mientras apoyaba los codos en los reposabrazos y reposaba las mejillas en las manos. No se me ocurrió nada. Con los ojos cerrados, oía cómo centenares de enanos barrían dentro de mi cabeza. Barrían y barrían sin parar. A ninguno se le había ocurrido utilizar un recogedor.

Me trajeron la cerveza y le di dos tragos. Luego me comí todos los cacahuetes que me habían servido en un platito. Ya no se oía el ruido de la escoba. Me metí en la cabina telefónica que había al lado de la caja registradora y llamé a mi novia, la de las orejas estupendas. No estaba ni en su piso ni en el mío. Habría salido a comer. Ella jamás comía en casa.

A continuación, llamé al nuevo apartamento en el que vivía mi ex mujer, pero tras sonar dos veces cambié de opinión y colgué. Bien mirado, no tenía nada especial que contarle y no quería que pensase que era un insensible.

No hice más llamadas. En una ciudad por la que circulan millones de personas, solo tenía a dos personas a las que llamar. Encima, una de ellas era la mujer de la que me había divorciado. Dándome por vencido, me guardé las monedas de diez yenes en el bolsillo y salí de la cabina. Luego le pedí otras dos Heineken al camarero.

Y así llegaba a su fin aquella jornada. Jamás en mi vida había tenido un día tan absurdo. El último día del verano debería ser un poquito más especial. Y, sin embargo, me había pasado aquel día mareado y yendo de un lado a otro. Fuera, al otro lado de la ventana, reinaba la fría oscuridad de principios de otoño. Las lucecillas amarillas de la ciudad se extendían por la superficie de la tierra. Vistas desde arriba, parecían estar a la espera de que alguien las pisoteara.

Me trajeron las cervezas. Tras abrir la primera, me eché todo el contenido del segundo platito de cacahuetes en la palma de la mano y me los fui comiendo uno a uno. En la mesa de al lado, cuatro señoras de mediana edad que volvían de clases de natación charlaban de todo lo habido y por haber mientras se tomaban unos cócteles tropicales de colorines. Un camarero bostezaba tieso y con los brazos pegados al cuerpo, girando solo el cuello. Otro camarero le explicaba el menú a un matrimonio estadounidense de mediana edad. Yo me comí todos los cacahuetes y me ventilé la tercera cerveza. Después, ya no me quedaba nada que hacer.

Saqué el sobre del bolsillo trasero de mis Levi's, lo abrí y, uno a uno, conté los billetes de diez mil yenes del fajo. Aquellos billetes nuevos sujetos con una faja de papel parecían, más que dinero, cartas de una baraja. Cuando iba por la mitad, me dio un calambre en la mano. Al llegar a los noventa y seis, un camarero entrado en años vino, retiró las botellas vacías y me preguntó si me traía otra. Yo asentí con la cabeza sin dejar de contar billetes. Él se mostró totalmente ajeno al hecho de que yo estuviera contando dinero.

Al terminar de contar los ciento cincuenta billetes, los devolví al sobre y, justo cuando me lo metía en el bolsillo trasero, llegó la cerveza. Una vez más, me comí el platito de cacahuetes. Cuando terminé, me pregunté cómo podía comer tanto. Solo había una respuesta: tenía hambre. De hecho, ahora que lo pensaba, en todo el día solo había comido un pastel con fruta por la mañana.

Llamé al camarero y le dije que me trajese el menú. No había tortilla francesa, pero sí sándwiches. Pedí un sándwich de pepino y queso. Al preguntar si llevaba algo de acompañamiento, me dijo que patatas fritas y encurtidos. Yo le pedí que me pusieran el doble de encurtidos, en vez de las patatas. De paso pregunté si tenían un cortaúñas. Claro que lo tenían. La verdad es que en los bares de los hoteles tienen de todo. Una vez, hasta me prestaron un diccionario francés-japonés.

Me tomé la cerveza con calma, contemplé el paisaje nocturno con calma, me corté con calma las uñas sobre el cenicero, volví a contemplar el paisaje nocturno y me limé las uñas. Y así fue pasando la noche. Poco a poco, iba siendo un veterano en eso de matar las horas en la gran ciudad.

Los altavoces empotrados en el techo dijeron mi nombre. Al principio no me sonó como mi nombre. Terminada la emisión por megafonía, tardé unos segundos en percatarme de que lo que acababan de decir era mi nombre, y que ese era yo.

Al levantar la mano y hacer un gesto, el camarero acudió con un aparato con forma de *walkie-talkie*.

—Los planes han cambiado un poco —me dijo una voz familiar—. El estado del maestro ha empeorado de golpe. Ya no nos queda tiempo, así que vamos a adelantar tu plazo.

—¿Cuánto?

—Un mes. No podemos esperar más. Si en un mes no encuentras el carnero, estás acabado. Ya no tendrás ningún sitio al que regresar.

Un mes, pensé para mis adentros. Pero en mi cabeza la noción del tiempo se había trastocado de modo irreparable. Me pareció que no había gran diferencia entre un mes o dos meses. Dado que carecía de criterio sobre lo que se tarda normalmente en encontrar un carnero, no me quedaba más remedio que aceptarlo.

—¡Me ha localizado enseguida! —exclamé.

—Nosotros lo sabemos todo en general —dijo el hombre.

—Excepto el paradero del carnero, ¿eh? —dije yo.

—Así es —admitió el hombre—. Bueno, vayamos al grano: muévete. Estás malgastando el tiempo. Más vale que reflexiones en qué situación te encuentras. Porque eres tú el que se ha metido en ella.

En efecto, tenía razón. Con el primer billete de diez mil del sobre pagué la cuenta, y bajé al primer piso en ascensor. Las personas normales y corrientes seguían andando por la calle de manera normal y corriente, con sus dos piernas, pero esa visión no consiguió sosegarme.

5

1/5.000

Al volver al piso, encontré tres cartas y la prensa dentro del buzón. Una de ellas era un extracto bancario; otra, una invitación a una fiesta con toda la pinta de ser un muermo, y la última, propaganda de un negocio de coches de segunda mano. El texto venía a decir que, si cambiabas tu coche por uno de gama más alta, tu vida sería un poco más alegre. Que se ocupasen de sus vidas. Junté las tres cartas, las rasgué por el medio y las tiré a la basura.

Saqué zumo de la nevera, me serví un vaso y me lo bebí sentado a la mesa de la cocina. Mi novia me había dejado una nota sobre la mesa. Ponía: SALGO A COMER. VUELVO ANTES DE LAS NUEVE Y MEDIA. El reloj digital marcaba las nueve y media. Al cabo de un rato, los números cambiaron al 31 y, poco después, al 32.

Cuando me cansé de mirar el reloj, me desnudé, me

metí en la ducha y me lavé el pelo. En el baño había cuatro tipos de champú y tres tipos de acondicionador. La culpa era de ella, que siempre que iba al supermercado traía algún producto nuevo. Cada vez que me daba un baño, me encontraba una cosa más. En total conté cuatro tipos de crema de afeitar y cinco tubos de pasta de dientes. Si calculase permutaciones y combinaciones con ellos, me saldrían unos resultados tremendos. Salí del baño y, tras ponerme unos pantalones cortos de *jogging* y una camiseta, conseguí deshacerme de esa desagradable sensación que se había apoderado de mi cuerpo y por fin respiré aliviado.

A las diez y veinte, ella volvió con bolsas de papel del supermercado. Siempre iba a hacer las compras de noche. Dentro había tres cepillos para la limpieza, una caja de clips y un *pack* de seis cervezas frías. Acabé tomándome otra.

—Era por lo de las ovejas —dije yo.

—¡Ya te lo dije! —contestó ella.

Saqué una lata de salchichas de la nevera y las freí en la sartén. Yo me comí tres y ella dos. Una fresca brisa nocturna se coló por la ventana.

Le conté lo que había sucedido en la agencia, lo del coche, la mansión, el secretario misterioso, el trombo y el rechoncho carnero con el signo de la estrella en el lomo. La historia era tan larga que, cuando terminé, las agujas del reloj marcaban las once.

—Y eso es lo que ha pasado —dije.

Ella en ningún momento dio señales de estar sorprendida. Mientras yo hablaba, estuvo todo el rato limpiándose los oídos y bostezó varias veces.

—¿Y cuándo te marchas?

—¿Marcharme?

—Irás a buscar el carnero, ¿no?

Yo, con el dedo metido en la anilla de la segunda lata, levanté la cara y la miré.

—No pienso ir a ninguna parte —dije.

—Pero, si no vas, ¡te meterás en problemas!

—No, no pasará nada. Total, había pensado en dejar el trabajo y, por mucho que intenten hacerme la zancadilla, estoy seguro de que no me moriré de hambre. No creo que mi vida vaya a correr peligro.

Ella sacó otro bastoncillo limpio de la caja y estuvo hurgándose el oído un rato.

—Pero si es pan comido. Se trata de encontrar un carnero, ¿no? Incluso parece divertido.

—No lo encontraría. Hokkaidō es mucho más grande de lo que crees y habrá cientos de miles de ovejas. ¿Cómo voy a encontrar una concreta entre todas? Es imposible. Aunque lleve una marca con forma de estrella.

—Cinco mil.

—¿Cinco mil?

—Es el número de ovejas que hay en Hokkaidō. En 1947 llegó a haber doscientas setenta mil, pero ahora solo quedan cinco mil.

—¿Cómo sabes tú eso?

—Cuando te marchaste, fui a la biblioteca y lo averigüé.

Dejé escapar un suspiro.

—¡Es que lo sabes todo!

—Qué va. Hay muchas cosas que desconozco.

—¡Hm! —dije yo. Abrí la segunda lata de cerveza y serví la mitad a cada uno.

—El caso es que en toda Hokkaidō no quedan más de cinco mil ovejas. Según las estadísticas del Gobierno, claro. ¿Qué, te sientes un poco más aliviado?

—Da igual —dije yo—. Que sean cinco mil o doscientas setenta mil no supone una gran diferencia. El problema reside en encontrar una oveja en un terreno tan extenso. Por si fuera poco, no tengo ni una sola pista.

—Alguna sí que hay. Para empezar, tienes la foto y, además, cuentas con ese amigo tuyo. Por una vía u otra, seguro que conseguirás algo.

—Ambas pistas son muy vagas. El paisaje que sale en la foto es de lo más corriente y no sé de dónde procede el matasellos de las cartas del Rata.

Ella bebió cerveza. Yo hice lo mismo.

—¿No te gustan las ovejas? —preguntó ella.

—Sí que me gustan —contesté.

Me sentí un poco ofuscado.

—Pero ya he tomado la decisión de no ir —dije. Pretendía autoconvencerme, pero no funcionó.

—¿Te apetece un café?

—Estupendo —dije yo.

Ella recogió las latas de cerveza y los vasos, y puso agua a hervir. Mientras el agua se calentaba, estuvo escuchando música en la habitación de al lado. Johnny Rivers cantó *Midnight Special* y *Roll Over Beethoven*. Luego pasó a *Secret Agent Man*. Cuando el agua hirvió, sirvió el café y, al ritmo del casete, cantó *Johnny B. Goode*. Mientras tanto, yo leía el periódico. Una estampa muy casera. Me habría sentido feliz de no ser por el tema del carnero.

Bebimos café en silencio y mordisqueamos unas galletas hasta que se oyó el *clac* de que la cinta había acabado. Yo seguía leyendo el periódico. Cuando me quedé sin nada que leer, lo releí de cabo a rabo. Se había producido un golpe de Estado, había fallecido una estrella de cine, salía un gato que hacía malabarismos, pero todas las noticias me resultaban ajenas. Entretanto, Johnny Rivers cantó viejas canciones de *rock and roll*. Al terminar la cinta, doblé el periódico y la miré a ella.

—Todavía no lo entiendo. No cabe duda de que es mejor ponerme a buscar el carnero, aunque no dé su fruto, que estar sin hacer nada. Pero, por otra parte, no me gusta que me den órdenes, me amenacen o se metan conmigo.

—Es que a todos, en esta vida, nos dan órdenes, nos amenazan y se meten con nosotros, en mayor o menor grado. Además, es posible que nunca encuentres nada mejor que buscar.

—Puede ser —dije yo un instante después.

Ella siguió limpiándose los oídos en silencio. A veces, los lóbulos carnosos de sus orejas asomaban entre el pelo.

—Hokkaidō está preciosa en esta época. Hay pocos turistas, hace buen tiempo y las ovejas salen a pacer. Es la estación ideal.

—No digo que no.

—Si... —dijo ella, y mordió la última galleta—. Si me llevas contigo, seguro que te seré de ayuda.

—¿Por qué tienes tanto interés en buscar ese carnero?

—Porque a mí también me apetece verlo.

—A lo mejor significa fatigarse en balde por un carnero normal y corriente. Y tú también te verías implicada en todo este embrollo.

—No importa. Tus embrollos son también los míos. —Y sonrió un poco—. Me gustas mucho.

—Gracias —dije yo.

—¿Eso es todo?

Aparté el periódico doblado hasta el borde de la mesa. La brisa suave que entraba por la ventana se llevó el humo del cigarrillo.

—Si te soy sincero, no me gusta nada esta historia. Me da mala espina.

—¿El qué?

—Todo —contesté yo—. En general, me parece tan

absurda que no le encuentro el sentido; y sin embargo, todos los detalles son clarísimos y, encima, encajan unos con los otros. No me da buena impresión.

Ella jugaba con una goma que había sobre la mesa, haciéndola rodar con el dedo, sin decir nada.

—Además, ¿qué pasará cuando lo encontremos? Si de verdad es tan especial como ese tipo dice, puede que al encontrarlo nos metamos en un lío mucho mayor.

—Pero quizá tu amigo ya esté metido en ese lío. Si no, no te habría enviado la fotografía, ¿no?

Tenía razón. Había puesto mis cartas sobre la mesa y todas perdían frente a las cartas de mis contrincantes. Todo el mundo había adivinado mi jugada.

—Supongo que no me queda más remedio que ir —dije con resignación.

Ella sonrió.

—Estoy segura de que será lo mejor para ti también. Creo que lograremos encontrar el carnero.

Al terminar de asearse las orejas, envolvió los bastoncillos en un pañuelo de papel y lo tiró. Luego se recogió el cabello con la goma y dejó las orejas al descubierto. Fue como si el aire de la cocina se hubiera renovado.

—Vamos a acostarnos —dijo ella.

6
Pícnic el domingo por la tarde

Me desperté a las nueve de la mañana. Ella no estaba a mi lado. Seguramente había ido a buscar algo de comer y quizás había regresado a su piso. No había dejado ninguna nota. Su pañuelo y su ropa interior estaban en el lavabo, secándose.

Saqué el zumo de naranja de la nevera, bebí un poco y metí en la tostadora pan de hacía tres días. El pan me supo a argamasa. Por la ventana de la cocina se veían las adelfas de la casa de al lado. Alguien practicaba con el piano a lo lejos. Tocaba como si unas escaleras mecánicas para subir se precipitasen hacia abajo. Tres rechonchas palomas gorjeaban sin sentido sobre un poste eléctrico. Bueno, tal vez existiese algún tipo de sentido latente en su gorjeo. Quizá gorjeaban porque les dolían los callos de las patas. A lo mejor, desde el punto de vista de las palomas, era yo el que no tenía sentido.

Cuando estaba comiendo la segunda tostada, las palomas se esfumaron y solo quedaron el poste y las adelfas. Aquella era, en cualquier caso, una mañana de domingo. En el periódico había una foto a color de un caballo saltando un seto. El jinete con gorra negra y cara pálida que iba montado sobre el animal tenía la mirada clavada con inquina en la página de al lado. En esa página se explicaba prolijamente cómo cultivar orquídeas. Existen cientos de tipos de orquídeas, cada uno con su historia. Se decía que los altos estamentos de cierto país habían dado la vida por las orquídeas. «Las orquídeas tienen algo que te hace pensar en el destino», rezaba el artículo. Todas las cosas tienen su filosofía y su destino.

Sea como sea, el haberme decidido a ir en busca del carnero me levantó el ánimo. Noté cómo la vitalidad se expandía hasta las yemas de los dedos. Era la primera vez, tras haber traspasado la veintena, que me sentía así. Dejé la vajilla sucia en el fregadero y, después de darle al gato su desayuno, marqué el número del hombre de negro. Descolgó al sexto timbrazo.

—Espero no haberlo despertado —dije.

—No te preocupes. Siempre me levanto temprano —dijo él—. ¿Qué quieres?

—¿Qué periódico lee?

—Toda la prensa a nivel nacional y ocho periódicos locales. Pero los locales los recibo al atardecer.

—¿Y se lee todo eso?

—Forma parte de mi trabajo —contestó pacientemente el hombre—. ¿Qué quieres?

—¿La lee también los domingos?

—También los domingos, claro —dijo el hombre.

—¿Ha visto la fotografía del caballo en la edición de esta mañana?

—Sí, he visto el caballo —contestó el hombre.

—¿No le parece que es como si el caballo y el jinete estuvieran pensando en cosas distintas?

A través del auricular, el silencio se coló en la habitación, como la luna nueva. No se oía ni una respiración. El silencio era tal que podría provocar dolor de oídos.

—¿Para eso me has llamado? —dijo el hombre.

—No, simplemente quería charlar un poco. No está mal tener temas en común, ¿no?

—Nosotros ya tenemos otros temas en común. Como el asunto del carnero, por ejemplo. —Tosió—. Discúlpame, pero yo no dispongo de tanto tiempo libre como tú. ¿Puedes ir directamente al grano?

—Ese es precisamente el asunto —dije yo—. En resumen, he decidido partir mañana en busca del carnero. Le he estado dando muchas vueltas, pero al final he tomado esa decisión. Pero si lo hago, quiero hacerlo a mi ritmo. Y cuando charlo, me gusta charlar como a mí me apetezca. Yo también tengo derecho a hablar de cosas triviales. No quiero que se me reproche cualquier cosa que haga, ni que me vapulee alguien que ni siquiera sé cómo se llama. Eso es todo.

—No has entendido en qué posición te hallas.

—Usted tampoco ha entendido cuál es mi posición. Escúcheme, he estado meditando al respecto esta noche y me he dado cuenta de algo: tengo poco que perder. Me he divorciado y tengo la intención de dejar mi trabajo hoy mismo. El piso es de alquiler y los enseres no valen nada. Mi única fortuna son dos millones de yenes en ahorros, un coche de segunda mano y un gato viejo. Toda mi ropa está pasada de moda y los discos que tengo son, por lo general, antiguallas. No tengo prestigio, ni reconocimiento social, ni *sex appeal*. Ni tengo talento, ni soy demasiado joven. Siempre digo estupideces y luego me arrepiento. Es decir, que, tomando prestadas sus palabras, soy un tipo mediocre. ¿Qué más puedo perder? Si hay algo más, me gustaría que me lo dijera.

Se hizo el silencio. Entretanto, yo me saqué un hilo que se había enredado en un botón de la camisa y dibujé con un bolígrafo trece estrellas en una libretita de notas.

—Todo el mundo tiene una o dos cosas que no querría perder. Tú también, claro —dijo el hombre—. Nosotros somos profesionales en encontrar ese tipo de cosas. Existe una especie de punto medio entre el orgullo y el deseo que es común a todos los seres humanos. Del mismo modo que todos los objetos tienen su punto de gravedad. Nosotros sabemos cómo encontrarlo. Ahora ya estás avisado. Uno no se da cuenta de que existe hasta que lo pierde. —Pausa breve—. Pero ese es un problema que surgirá a su debido tiempo. En la fase en la que estamos ahora, creo que entiendo el quid de tu discurso. Aceptaré lo que me pides. No me inmiscuiré más de lo necesario. Haz lo que te plazca. *Tienes un mes*, eso sí. ¿Contento?

—Sí —dije yo.

—Adiós —dijo el hombre.

Y colgó. La manera de colgar me dejó un mal sabor de boca. Para quitármelo de encima, hice treinta flexiones y veinte abdominales; luego lavé la vajilla e hice la colada de tres días. Con eso, volví a sentirme prácticamente igual que al principio. Era un agradable domingo de septiembre. El verano se apagaba igual que un viejo recuerdo que ya no somos capaces de rememorar con claridad.

Me puse una camisa limpia, los Levi's que no estaban manchados de kétchup, unos calcetines de distinto color, y me atusé el pelo con un cepillo. Aun así, no conseguí que regresara el ambiente de los domingos por la mañana cuando tenía diecisiete años. Tampoco era de extrañar: dijeran lo que dijesen, los años tampoco habían pasado en balde para mí.

Saqué del aparcamiento el Volkswagen, que estaba para el desguace, fui al supermercado y compré una docena de latas de comida para gato, arena para que hiciera sus necesidades, un kit de viaje para afeitarse y ropa interior. Luego me senté en la barra de un local de dónuts, me tomé un café prácticamente insípido y me comí un dónut de canela. La pared de enfrente estaba cubierta con un espejo, de modo que veía mi cara reflejada masticando el dónut. Estuve observándome un rato, con el dónut a medio comer en la mano. Entonces intenté hacerme una idea de cómo verían mi cara los demás. Pero es obvio que yo no sabía qué pensaban. Me acabé el dónut y el café, y salí del local. Aproveché que delante de la estación había una agencia de viajes para reservar dos asientos en un vuelo a Sapporo del día siguiente. Luego entré en el edificio de la estación y compré un chubasquero y un bolso de viaje de lona para llevar al hombro. En todas partes sacaba un reluciente billete de diez mil yenes del sobre que llevaba en el bolsillo y pagaba, pero, por más que gastaba, el fajo no parecía menguar. El único que mermaba un poco era yo. En el mundo existe dinero así: te cabrea el simple hecho de poseerlo, usarlo hace que te sientas desgraciado; cuando lo terminas, te odias a ti mismo. Al odiarte a ti mismo, te entran ganas de gastar más dinero. Pero ya no lo tienes. No hay consuelo.

Me senté en un banco delante de la estación, me fumé dos cigarrillos y dejé de pensar en el dinero. Los domingos por la mañana, la zona de la estación estaba llena de familias y parejas jóvenes. Al contemplar absorto la escena, recordé que, en el momento de la ruptura, mi mujer me dijo que quizá deberíamos haber tenido hijos. Efectivamente, a mi edad no era raro tener más de un crío. Pero solo de imaginarme siendo padre me deprimía. Tenía la sensación de que, si yo fuese un niño, no me gustaría ser hijo de un padre como yo.

Cargando con las bolsas de papel de la compra en ambas manos, me fumé otro pitillo, atravesé la multitud y eché la compra en el asiento trasero del coche, que había dejado en el aparcamiento del supermercado. Mientras repostaba y me cambiaban el aceite en una gasolinera, entré en una librería del barrio y compré tres libros de bolsillo. Así fue como desaparecieron otros dos billetes de diez mil y me quedé con el bolsillo lleno de monedas del cambio y billetes arrugados. Al volver al piso, eché todo el cambio en el bol de cristal de la cocina y me lavé la cara con agua fría. Me daba la impresión de que había pasado muchísimo tiempo porque me había levantado temprano, pero al mirar el reloj vi que todavía faltaba bastante para las doce.

Mi novia volvió a las tres. Llevaba una camisa de cuadros, unos pantalones de algodón color mostaza y unas gafas de sol oscuras de un color que me provocaba dolor de cabeza con solo mirarlo; de su hombro colgaba un bolso grande de lona igual que el mío.

—Me he preparado para el viaje —dijo, y golpeó con la palma de la mano el bolso hinchado —. Porque va a ser un viaje largo, ¿no?

—Me imagino que sí.

Ella se tumbó en el viejo sofá junto a la ventana con las gafas de sol puestas y se fumó un cigarrillo mentolado mientras miraba hacia el techo. Yo alcancé el cenicero, me senté a su lado y le acaricié el pelo. Entonces apareció el gato y saltó al sofá, apoyó la barbilla y las patas delanteras sobre los tobillos de ella. Cuando mi novia se cansó de fumar, me puso su cigarrillo entre los labios y dejó escapar un bostezo.

—¿Te hace ilusión ir de viaje? —le pregunté.

—Sí, mucha. Sobre todo, por poder ir contigo.

—Pero si no encontramos el carnero, nos quedaremos sin un sitio al que regresar. Quizá nos veamos obligados a seguir viajando el resto de nuestras vidas.

—¿Como tu amigo?

—Eso es. En cierto sentido, somos tal para cual. Lo único que nos diferencia es que él huyó por voluntad propia y a mí me habrán apartado a un lado.

Apagué el cigarrillo en el cenicero. El gato levantó la cabeza, soltó un gran bostezo y volvió a su posición anterior.

—¿Ya has terminado los preparativos para el viaje? —preguntó ella.

—No, me voy a poner ahora con ello. No me llevaré mucho equipaje. Solo unas mudas y artículos de aseo. No vas a necesitar ese bolso tan grande. Puedes comprar lo que te haga falta allí. Me sobra el dinero.

—Es que me gusta —dijo ella, y se rió—. Si no llevo un bolso grande, tengo la impresión de que no estoy de viaje.

—Si tú lo dices.

Por la ventana abierta se oyó un trino agudo. Un trino que jamás había oído. Era un pájaro nuevo de una estación nueva. Un rayo de luz vespertina que se colaba por la ventana incidía sobre la palma de mi mano, y la puse suavemente sobre su mejilla. Nos quedamos un buen rato en esa postura. Distraído, observaba cómo las nubes blancas se desplazaban de un extremo a otro de la ventana.

—¿Qué te pasa? —preguntó ella.

—Quizá suene raro, pero no consigo hacerme a la idea de que el ahora sea el ahora. Ni siquiera me parece evidente que yo sea yo. O que este lugar sea este lugar. Siempre me pasa lo mismo. Al final, todo acaba asociándose, pero ocurre mucho más tarde. Ha sido así durante estos últimos diez años.

—¿Por qué diez años?

—Es que no tiene fin. Así de sencillo.

Ella sonrió, levantó en brazos al gato y lo depositó con cuidado en el suelo.

—Abrázame.

Lo hicimos sobre el sofá. Al acercar la cara al sofá, un mueble viejo comprado de segunda mano, me olió a otra época. El cuerpo blando de ella se mezcló con ese olor. Era tierno y cálido como un vago recuerdo. Aparté con cuidado sus cabellos y le besé las orejas. El mundo se estremeció tenuemente. Era un mundo pequeño, pequeño de verdad. En él, el tiempo fluía como una brisa serena.

Le desabroché la camisa y, con las palmas de las manos sobre sus pechos, observé su cuerpo.

—Me siento realmente viva —dijo ella.

—¿Quién, tú?

—Sí. Mi cuerpo y yo.

—Es verdad —dije yo—. Está vivísimo.

¡Qué tranquilidad!, pensé. No había ni un solo ruido a nuestro alrededor. Todo el mundo menos nosotros había salido a celebrar el primer domingo de otoño.

—¿Sabes? Me encanta estar así —susurró ella.

—Sí.

—No sé, es como si estuviéramos de pícnic. Resulta muy agradable.

—¿De pícnic?

—Claro.

Yo la rodeé con mis brazos y la abracé con fuerza. Luego le aparté el flequillo de la frente con los labios y volví a besarle las orejas.

—¿Diez años son mucho tiempo? —me preguntó dulcemente al oído.

—Pues sí —dije yo—. Me parece una eternidad. Ha pasado mucho tiempo y no se ha resuelto nada.

Ella giró una pizca el cuello, que tenía apoyado contra el reposabrazos del sofá, y sonrió. Esa manera de sonreír me resultó familiar, pero no recordaba dónde la había visto ni quién había sonreído así. Todas las chicas desnudas tienen un punto asombrosamente en común.

—Busquemos el carnero —me dijo ella con los ojos cerrados—. Si logramos encontrarlo, todo saldrá bien.

Yo contemplé primero su rostro y luego sus orejas. La tenue luz de la tarde envolvió suavemente su cuerpo como en un viejo bodegón.

7
De ideas limitadas y pertinaces

A las seis, ella se vistió de punta en blanco, se peinó frente al espejo del baño, se roció colonia en espray y se cepilló los dientes. Yo, mientras tanto, sentado en el sofá, leía *El archivo de Sherlock Holmes*. La historia que estaba leyendo empezaba del siguiente modo: «Las ideas de mi amigo Watson, aunque limitadas, son extraordinariamente pertinaces». Desde luego, era un comienzo fabuloso.

—Esta noche llegaré tarde, así que no me esperes levantado —me dijo.

—¿Es por trabajo?

—Sí. En realidad, se suponía que estaba de vacaciones, pero ¡qué le vamos a hacer! Como a partir de mañana voy a estar de vacaciones durante una buena temporada, me han puesto trabajo extra.

Al poco de marcharse, volvió a abrir la puerta.

—Oye, ¿qué hacemos con el gato mientras estemos fuera? —preguntó.

—Ahora que lo dices, lo había olvidado. Intentaré buscarle una solución.

Entonces cerró la puerta.

Yo saqué leche y unas varitas de queso de la nevera y se las di al gato. El animal se comió el queso con dificultad. Tenía los dientes muy débiles.

Como en la nevera no había nada comestible, no me quedó más remedio que tomarme una cerveza mientras veía la televisión. Era un domingo sin noticias que se preciaran. En días así, en el telediario de la tarde suelen poner imágenes de zoológicos. Tras ver jirafas, elefantes y osos panda durante un rato, apagué la televisión y marqué un número de teléfono.

—Es por el gato —le dije al hombre.

—¿El gato?

—Es que tengo un gato.

—¿Y?

—Si no lo dejo al cuidado de alguien, no puedo marcharme.

—Por esa zona tiene que haber más de un hotel para mascotas.

—Es que está viejo y débil. Si lo meto en una jaula durante un mes, se va a morir.

Se oyó un golpeteo de uñas sobre una mesa.

—¿Y?

—Querría que se quedase en su casa. En su casa tienen un jardín grande y supongo que se podrán permitir cuidar de un gato, ¿no?

—Ni hablar. El maestro odia los gatos y suele atraer con reclamos pájaros al jardín. Con el gato merodeando, los pájaros no se acercarían.

—El maestro está inconsciente y, además, el gato no es tan listo para cazar pájaros.

Las uñas volvieron a tamborilear sobre la mesa y pararon.

—Está bien. Mandaré al chófer a buscarlo mañana a las diez de la mañana.

—Le enviaré también comida de gato y arena para que haga sus necesidades. Solo toma comida de una marca determinada, así que, si se acaba, compre de la misma.

—Esos detalles explícaselos directamente al chófer. Como ya te he dicho, yo no tengo tiempo que perder.

—Es que preferiría mediar solo con una persona. Así también tengo más claro quién asume la responsabilidad.

—¿Qué responsabilidad?

—Me refiero a que, aunque encuentre el carnero, en

caso de que el gato desaparezca o muera en mi ausencia, no le diré dónde está.

—¡Hm! —dijo el hombre—. Bueno, de acuerdo. Vas un poco desencaminado, pero para ser un *amateur* no lo haces nada mal. Ve diciéndome despacio, que yo tomo nota.

—No le den la grasa de la carne, porque la vomita. Como tiene los dientes mal, nada de cosas duras. Por la mañana, un bol de leche y una lata de comida para gatos; por la noche, un puñado de *niboshi** y carne o barritas de queso. Limpie la caja de la arena una vez al día, porque odia la suciedad. Padece descomposición a menudo. Si no se le pasa en dos días, pida al veterinario que le recete algún medicamento y asegúrese de que se lo toma.

Dicho eso, agucé el oído para escuchar cómo el hombre movía el bolígrafo al otro lado de la línea.

—¿Qué más? —dijo él.

—Se le llenan las orejas de sarna, así que límpieselas una vez al día con bastoncillos impregnados en aceite de oliva. No le gusta y se pone como loco, así que vaya con cuidado para no perforarle los tímpanos. Si le preocupa que le estropee el mobiliario, córtele las uñas una vez a la semana. Vale un cortaúñas normal y corriente. Creo que no tiene pulgas, pero, por si acaso, sería mejor que de vez en cuando lo bañase con un champú antipulgas. Lo venden en cualquier tienda de mascotas. Después de bañarlo, hay que secarlo bien con una toalla, cepillarlo y, por último, utilizar el secador. Si no, se resfría.

El hombre anota, anota, anota.

—¿Algo más?

---

* Alevines cocidos que se dejan secar. Habitualmente, se prepara con crías de sardinas, pero también de otras especies. Se pueden consumir al natural y también se usan para preparar caldos. *(N. del T.)*

—Eso es todo.

Me leyó en voz alta la lista de cosas que había anotado. No se había dejado nada.

—¿Está bien así?

—Perfecto.

—Adiós —dijo el hombre. Y colgó.

Ya había anochecido. Embutí dinero suelto, tabaco y un mechero en los bolsillos del pantalón, me calcé unas zapatillas de deporte y salí. Luego entré en un bar del barrio al que solía ir, pedí filetes de pollo empanados y un bollo de pan blando y, mientras me lo preparaban, me tomé una cerveza y escuché el nuevo disco de los Brothers Johnson. Después de los Brothers Johnson, pusieron a Bill Withers y estuve escuchándolo mientras me comía los filetes empanados. Luego me tomé un café, con la versión de Maynard Ferguson del tema de *La guerra de las galaxias* de fondo. No tuve demasiada sensación de haber comido.

Cuando me retiraron la taza de café, metí tres monedas de diez yenes en el teléfono del bar y marqué el número de la casa de mi socio. Contestó el hijo mayor, que estudiaba primaria.

—Buenos días —dije yo.

—Buenas noches —corrigió él. Miré mi reloj. Él tenía razón.

Al cabo de un rato, se puso mi socio.

—¿Cuál es la situación? —preguntó.

—¿Quieres que te lo cuente ahora? ¿No estaréis cenando o algo así?

—Estamos cenando, pero no importa. La cena no es nada del otro mundo y me interesa más este asunto.

Le resumí mi conversación con el hombre de negro. Lo de aquel coche enorme, la mansión y el viejo moribundo. No mencioné el tema del carnero. Seguro que no me creería y, además, me extendería mucho. Como es lógico, todo lo que le conté resultó incomprensible.

—No me entero de nada —dijo mi socio.

—Es que no debería contarte nada. Si lo hago, puedo meterte en problemas. Tú tienes familia y... —Mientras hablaba, me vino a la mente su apartamento de lujo con cuatro habitaciones, con la hipoteca todavía por pagar, su esposa hipotensa y los dos repelentes de sus hijos—. Eso es lo que hay.

—Ajá.

—El caso es que mañana me voy de viaje. Creo que estaré fuera bastante tiempo. No sé si van a ser uno, dos o tres meses. Quizá no vuelva a Tokio nunca más.

—¡Hm!

—Así pues, me gustaría que te quedaras con el negocio. Yo me retiro. No quiero causarte molestias. El trabajo ahora mismo escasea, y aunque sea una agencia codirigida, tú te ocupas de la parte más importante. Para mí era casi como si estuviera pasando el tiempo.

—Pero hay detalles que controlas tú y yo no.

—Pues reduce el frente de batalla. Es decir, tienes que volver a los viejos tiempos. Cancela todo lo relacionado con publicidad y edición y céntrate en la traducción. Como tú mismo me dijiste el otro día. Quédate con la chica y prescinde de los que trabajan a tiempo parcial. Ya no vas a necesitarlos, ¿no crees? Si los indemnizas con dos meses de sueldo, seguro que nadie se queja. También deberíais mudaros a un sitio más pequeño. Los beneficios disminuirán, pero también reducirás gastos y, como yo no voy a estar, tu parte aumentará, con lo cual no va a suponer un gran cambio para ti. Ya no tendrás que preocuparte tanto de los impuestos o de que te exploten, como decías el otro día. Es justo lo que necesitas.

Mi socio se quedó meditando un rato.

—Es que no —dijo—. Seguro que no me va bien.

Me llevé un cigarrillo a los labios, mientras buscaba el mechero. En ese instante, una camarera se acercó y me lo encendió con una cerilla.

—No te preocupes. Te lo digo yo, que he trabajado contigo todo este tiempo.

—Si lo conseguimos, fue porque lo hicimos juntos —dijo él—. Nunca me ha funcionado lo de emprender algo yo solo.

—Escucha: no te estoy diciendo que amplíes el negocio. Lo que te digo es que lo reduzcas. Como la labor de traducción manual y preindustrial que solíamos hacer. La chica y tú; cinco o seis empleados externos a tiempo parcial para primeros borradores y un par de profesionales. ¿Cómo no vas a ser capaz?

—Tú no me conoces.

Oí cómo el teléfono se tragó las monedas de diez yenes. Metí tres más.

—Yo no soy como tú —dijo él—. Tú sabes arreglártelas solo. Pero yo no. No consigo avanzar sin quejarme o pedirle consejo a alguien.

Sin apartar el auricular, solté un suspiro. Era el cuento de nunca acabar. Como aquella canción infantil en que la cabra negra se come la carta de la cabra blanca, y la blanca, la de la negra...

—¿Estás ahí? —preguntó.

—Sí, te escucho —dije.

Al otro lado de la línea, se oyó cómo sus dos hijos discutían por el canal de televisión que querían ver.

—Piensa en los niños —le dije. Estaba siendo injusto, pero no tenía otra opción—. ¿Qué necesidad hay de ser tan pesimista? Si tiras la toalla, será la ruina para todos. Si no te gusta el mundo en el que vives, ¡no haber tenido hijos! ¡Trabaja como es debido y deja de beber!

Él se quedó callado un buen rato. La camarera me trajo un cenicero. Gesticulando, le pedí una cerveza.

—Tienes toda la razón —me dijo—. Lo intentaré. Aunque no estoy seguro de que vaya a salir bien.

—Saldrá bien. ¿Acaso no lo conseguimos hace seis años, sin dinero ni enchufes? —dije yo, tras servirme la cerveza en el vaso y darle un trago.

—No sabes lo tranquilo que me sentía teniéndote a mi lado —dijo mi socio.

—Te volveré a llamar muy pronto.

—Vale.

—Muchas gracias por todos estos años. Ha sido un placer —le dije.

—Cuando resuelvas ese asunto y regreses a Tokio, podríamos volver a trabajar en equipo.

—Claro que sí.

Y entonces colgué.

Sin embargo, tanto él como yo sabíamos que jamás volvería a trabajar en eso. Hay cosas que se saben cuando trabajas durante seis años con alguien.

Volví a mi mesa con la botella de cerveza y el vaso en la mano y seguí bebiendo.

Haber dejado mi puesto de trabajo hizo que me sintiera liberado. Poco a poco, mi vida se iba simplificando. Había perdido una ciudad, una década, un amigo, una esposa y, en tres meses, diría adiós a la veintena. Me pasé un rato pensando en qué sería de mí cuando llegara a los sesenta. No me sirvió de nada: ni siquiera sabía qué ocurriría al cabo de un mes.

Volví a casa, me cepillé los dientes, me puse el pijama, me metí en la cama y reanudé la lectura de *El archivo de*

Sherlock Holmes. A las once apagué la luz y dormí a pierna suelta. No me desperté hasta la mañana siguiente.

8
El nacimiento de *Sardina*

A las diez de la mañana, aquel vehículo absurdo con aspecto de submarino se detuvo a la entrada de mi edificio. Desde la ventana del segundo piso, el coche, más que un submarino, parecía un molde metálico de galletas boca abajo. Con él se habría podido hacer una galleta tan descomunal que una horda de trescientos niños tardaría dos semanas en comérsela. Ella y yo nos quedamos observando el coche un rato sentados en el alféizar de la ventana.

El cielo estaba espantosamente despejado. Recordaba a una escena de una película expresionista de preguerra. A lo lejos se veía volar un helicóptero, tan diminuto que resultaba artificial. Aquel cielo sin nubes era como un ojo gigante al que hubieran cortado el párpado.

Cerré bien todas las ventanas del piso, desenchufé la nevera y comprobé la llave del gas. La colada estaba recogida, había cubierto la cama con una colcha, había lavado el cenicero y ordenado la vasta cantidad de medicamentos que guardaba en el cuarto de baño. Había pagado dos meses de alquiler por adelantado y había llamado para que no me trajesen el periódico. El silencio que reinaba en el piso desierto, visto desde la puerta de entrada, resultaba poco natural. Mientras observaba el piso, pensé en mi vida conyugal durante los últimos cuatro años y en los niños que

189

podría haber tenido con mi mujer. La puerta del ascensor se abrió, ella me llamó. Cerré la puerta metálica.

El chófer estaba absorto, sacándole brillo al parabrisas delantero con un paño seco mientras nos esperaba. El coche, impecable como siempre, refulgía de un modo anormal bajo los rayos del sol. A saber qué podría pasarle a la piel de los dedos si uno se atreviera a tocarlo.

—Buenos días —dijo el chófer. Era el mismo chófer religioso de la otra vez.

—Buenos días —saludé.

—Buenos días —saludó mi novia.

Ella tenía al gato en brazos y yo llevaba las bolsas de papel con la comida y la arena.

—Hace un tiempo fabuloso —dijo el chófer mirando al cielo—. Lo que se dice cristalino.

Nosotros asentimos.

—Seguro que, con un día tan despejado, los mensajes de Dios llegan mejor, ¿no? —se me ocurrió decir.

—Eso no es cierto —repuso el chófer, risueño—. El mensaje ya está dentro de todas las criaturas. En las flores, las piedras, las nubes...

—¿Y en los coches? —preguntó ella.

—En los coches también.

—Sin embargo, los coches se hacen en las fábricas —dije.

—Da igual quién los fabrique, la voluntad de Dios se halla en el interior de toda su Creación.

—¿Como los ácaros de los oídos? —preguntó ella.

—Como el aire —la corrigió el chófer.

—Pues, entonces, es Alá quien se halla dentro de los coches fabricados en Arabia Saudí, ¿no?

—En Arabia Saudí no se fabrican coches.

—¿En serio? —dije.

—En serio.

—¿Y qué dios va dentro de los coches fabricados en Estados Unidos que se exportan a Arabia Saudí? —preguntó mi novia.

Era una pregunta difícil.

—¡Ahora que lo recuerdo! Tengo que explicarle lo del gato. —Decidí echar un capote.

—¡Qué gato más mono! —exclamó el chófer, aliviado.

El gato, sin embargo, no era nada mono. De hecho era, más bien, todo lo contrario. Tenía un aspecto desaliñado, como una alfombra raída, con la punta del rabo torcida en un ángulo de sesenta grados, los dientes amarillentos, el ojo derecho no dejaba de supurarle pus de una herida que se había hecho hacía tres años y se estaba quedando prácticamente ciego. Dudo que pudiese distinguir unas zapatillas de deporte de una patata. Las almohadillas de sus patas se habían convertido en una especie de callosidad reseca, las garrapatas se agarraban a sus oídos como si se agarraran al destino y, por culpa de la edad, se tiraba pedos veinte veces al día. Cuando mi mujer lo recogió de debajo de un banco del parque, todavía era un gato joven y sano, pero en aquellos últimos años de la década de los setenta había rodado hacia la perdición, como una bola de *bowling* cuesta abajo. Encima, ni tenía nombre. Yo no sabía si el hecho de no tener nombre mitigaba su tragedia o si, por el contrario, la propiciaba.

—¡Minino bonito! —le dijo el chófer al gato. Eso sí, no lo tocó—. ¿Cómo se llama?

—No tiene nombre.

—¿Entonces cómo lo llaman?

—Es que no lo llamamos —dije yo—. Simplemente está ahí.

—Pero me imagino que no está parado, sino que se moverá en virtud de alguna forma de voluntad, ¿no? Se me hace raro que algo que se mueve por voluntad propia no tenga nombre.

—Las sardinas se mueven por voluntad propia y no tienen nombre.

—Porque la relación entre las sardinas y los seres humanos no implica ningún vínculo afectivo. Para empezar, aunque las llamasen por su nombre, no lo entenderían. Es cierto que podríamos ponerles nombres, pero...

—O sea, que los animales que se mueven por voluntad propia, tienen vínculos afectivos con los seres humanos y sentido del oído tienen derecho a que se les ponga un nombre.

—Eso mismo. —El chófer asintió varias veces con aire convencido—. ¿Qué? ¿Me permiten que le ponga el nombre yo?

—No hay ningún inconveniente. Pero ¿qué nombre?

—¿Qué tal *Sardina?* Como hemos estado comparándolo con las sardinas...

—No está mal —dije yo.

—¡A que no! —exclamó el chófer, orgulloso.

—¿Qué te parece? —le pregunté a mi novia.

—No está mal —dijo ella—. Todo esto me recuerda al mito de la creación del universo.

—¡Hágase *Sardina!* —dije yo.

—¡*Sardina*, ven! —dijo el chófer, y tomó al gato en brazos. Asustado, el animal mordió al chófer en el pulgar y se tiró un pedo.

El chófer nos llevó en coche hasta el aeropuerto. El gato iba sentado todo manso a su lado. De vez en cuando se tiraba un pedo. Nos dábamos cuenta porque, a veces, el chófer abría un poco la ventana. Durante el camino fui dándole todas las indicaciones sobre el gato: cómo debía limpiarle los oídos, dónde se vendía el desodorante para la caja de arena, cuánto alimento había que darle y esas cosas.

—Descuide —dijo el chófer—. Lo trataré con mimo, que para eso soy yo el que le ha dado un nombre.

La carretera estaba vacía y el coche corría hacia el aeropuerto como un salmón remontando el río en época de desove.

—¿Por qué tienen nombre los barcos y los aviones no? —le pregunté al chófer—. ¿Por qué se les llama 971 o 326 y no se les pone un nombre propio, tipo *Lirio de los Valles* o *Margarita*?

—Habrá muchos más aviones que barcos. Como los producen en masa...

—¿Tú crees? Los barcos también se fabrican en masa y su número es superior al de los aviones.

—Sin embargo —dijo el chófer, y se calló unos segundos—, siendo realistas, a nadie se le ocurriría ir bautizando todos los autobuses metropolitanos.

—Pues, a mí, ponerle nombre a todos los autobuses me parecería genial —dijo mi novia.

—Pero, en ese caso, ¿no creen que los pasajeros tenderían a usar unos autobuses sí y otros no? Por ejemplo, para ir de Shinjuku a Sendagaya, se montarían en el que se llama *Antílope*, en vez de *Mulo* —dijo el chófer.

—¿Tú qué opinas? —le pregunté a mi novia.

—Desde luego, yo en *Mulo* no me subiría —dijo ella.

—Ya, pues qué pena para el conductor de *Mulo*. —El chófer usó un argumento propio de un chófer—. Él no tiene culpa ninguna.

—Es verdad —admití.

—Sí —dijo ella—. Con todo, yo me subiría al *Antílope*.

—¿Lo ve? —dijo el chófer—. A eso me refiero. Lo de poner nombres a los barcos es un vestigio de la costumbre que existía antes de que empezara su producción en masa. Funciona por el mismo principio de ponerle un nombre a un caballo. Por eso tienen nombre los aviones que son usados como si fueran caballos. Como el *Spirit of Saint Louis* o el *Enola Gay*. Se debe a que existe un vínculo de conciencias.

—Eso quiere decir que la base de esa costumbre radica en la noción de vida.

—Así es.

—Entonces, ¿la funcionalidad es un elemento secundario a la hora de poner un nombre?

—En efecto. Si se tratase de funcionalidad, bastaría con un número. Como lo que les hicieron a los judíos en Auschwitz.

—Entiendo —dije yo—. Pero, suponiendo que el establecimiento de vínculos entre conciencias vivas esté en la base del acto de nombrar, ¿por qué se les pone entonces nombre a las estaciones, a los parques o a los estadios de béisbol? No son seres vivientes.

—Imagínese el caos que se montaría si las estaciones no tuvieran nombre.

—Pero yo quiero que me explique cuál es el principio que subyace bajo ese comportamiento y no que me dé un argumento funcional.

Sumido en sus reflexiones, el chófer no se dio cuenta de que el semáforo se había puesto en verde. La caravana High Ace que venía detrás tocó el claxon intentando imitar el tema inicial de *Los siete magníficos*.

—Me imagino que se debe a una falta de compatibilidad. Por ejemplo, solo hay una estación de Shinjuku y no se podría sustituir por la estación de Shibuya. No hay compatibilidad y no es algo producido en masa. ¿Qué le parecen estos dos argumentos? —dijo el chófer.

—Sería divertido que la estación de Shinjuku estuviera en Ekoda —comentó mi novia.

—Si la estación de Shinjuku estuviera en Ekoda, sería la estación de Ekoda —replicó el chófer.

—¡Pero incluiría la línea Odakyū! —dijo ella.

—Volvamos al grano —dije yo—. ¿Qué pasaría si hubiera compatibilidad entre las estaciones? Si, por ejemplo, todas las estaciones de la Red Nacional de Ferrocarril fueran estaciones plegables producidas en masa y se pudiera reemplazar la estación de Shinjuku por la estación de Tokio y viceversa.

—Muy sencillo: si estuviera en Shinjuku sería la estación de Shinjuku y si estuviera en Tokio, la de Tokio.

—Entonces el nombre no designa al objeto en sí, sino a su uso. ¿Me va a decir que no hay funcionalidad ahí?

El chófer permaneció callado. Esta vez, sin embargo, el silencio no duró mucho tiempo.

—Se me ha ocurrido —dijo el chófer— que deberíamos verlo de una forma un poco más transigente.

—¿Qué quiere decir?

—A ver, las ciudades, los parques, las avenidas, las estaciones, los estadios de béisbol y los cines tienen todos nombre, ¿no? Eso es porque se les ha asignado en compensación por haber sido asentados en suelo firme.

Era una nueva teoría.

—Entonces —dije yo—, si renunciara por completo a mi conciencia y me quedara fijado en algún lugar, ¿me pondrían también un nombre bonito?

El chófer me miró con el rabillo del ojo por el retrovisor. Lo hizo con desconfianza, como preguntándose si no le estaría tendiendo una trampa.

—¿A qué se refiere con «quedarse fijado»?

—Pues a que me congelase o algo por el estilo. Como la bella durmiente del bosque.

—Pero usted ya tiene un nombre, ¿no?

—Sí, es cierto —dije yo—. Lo había olvidado.

Después de enseñar las tarjetas de embarque en el mostrador del aeropuerto, el chófer, que nos había acompañado, se despidió de nosotros. Quería quedarse hasta el último momento, pero todavía faltaba hora y media y acabó desistiendo.

—Qué tipo más peculiar, ¿no? —dijo ella.

—Existe un lugar en el que solo vive gente como él —dije yo—. En ese sitio, hay una vaca lechera que va en busca de unas tenazas.

—Eso me recuerda a *Home On the Range*.

—Puede ser —dije yo.

Fuimos al restaurante del aeropuerto y tomamos un almuerzo rápido. Yo pedí gratinado de gambas y ella, espaguetis. Al otro lado del ventanal, los Boeing 747 y los TriStar despegaban y aterrizaban con una solemnidad que evocaba cierta clase de hado. Ella se comía los espaguetis con recelo, inspeccionándolos uno a uno.

—Estaba convencida de que nos darían de comer en el avión —se quejó.

—No —dije, y, tras dejar enfriar un poco un trozo de gratinado que tenía en la boca, me lo tragué y tomé un sorbo de agua fría. Era puro calor y no sabía a nada—. La comida la dan solo en los vuelos internacionales. Aunque si el viaje es largo, en los vuelos nacionales a veces también dan una bandejita de comida. Pero no está muy buena.

—¿Y ponen películas?

—No. ¿No ves que se tarda muy poco en llegar a Sapporo?

—¿Entonces no hay nada?

—No, nada. Te acomodas en tu asiento, lees un libro y llegas a tu destino. Igual que en el autobús.

—La única diferencia es que no hay semáforos.

—Eso, no hay semáforos.

—¡Vaya! —dijo ella, y soltó un suspiro. Acto seguido, dejó la mitad de los espaguetis, colocó el tenedor encima de la mesa y se limpió los labios con una servilleta de papel—. No merece ni que le pongan nombre.

—No, la verdad. Es un aburrimiento. Lo único que tiene es que llegas antes. Si fuéramos en tren, tardaríamos doce horas.

—¿Y adónde se va el tiempo sobrante?

Yo también me cansé del gratinado y pedí dos cafés.

—¿El tiempo sobrante?

—¿No se ahorran más de diez horas gracias al avión? ¿Adónde se va entonces el tiempo que sobra?

—El tiempo no se va a ninguna parte. Simplemente se suma. Esas horas podemos aprovecharlas como queramos en Tokio o en Sapporo. Con diez horas podemos ver cuatro películas y comer dos veces. ¿No?

—¿Y si no me apetece ver películas ni comer?

—Eso es problema tuyo. El tiempo no tiene la culpa.

Ella se mordió el labio y se quedó contemplando durante un rato la robusta estructura de un 747. Yo también me quedé mirándola a su lado. Los 747 siempre me recuerdan una señora gorda y fea que vivía en mi barrio: tetas flácidas descomunales y piernas hinchadas, cuello reseco. El aeropuerto me pareció una congregación de señoras como ella. Una tras otra, decenas de señoras llegaban y se marchaban. Los pilotos y las azafatas, que con la cabeza bien erguida transitaban por el *lobby* del aeropuerto, me resultaban extrañamente planos, como si las señoras les hubieran arrebatado la sombra. Habría jurado que en la época de los DC-7 y los F27 no me pasaba, pero no conseguí acordarme de si era realmente así. Quizás esa impresión se debía simplemente a que los 747 se parecen a una señora gorda y fea.

—Entonces, ¿el tiempo se dilata? —me preguntó ella.

—No, no se dilata —contesté. Pese a que había sido yo el que había hablado, no sonaba como mi voz. Tosí y bebí un trago del café que me habían servido—. El tiempo no se dilata.

—Pero en realidad el tiempo aumenta, ¿no? Se *suma,* como tú dices.

—Lo que ocurre es que disminuye el tiempo necesario para desplazarse. La cantidad total de tiempo en sí no varía. Simplemente puedes ver muchas películas.

—Si te apetece —dijo ella.

Precisamente, poco después de llegar a Sapporo, vimos una sesión doble.

Capítulo séptimo
La aventura del Hotel Delfín

1
Fin de trayecto en la sala de cine.
Rumbo al Hotel Delfín

En el avión, ella se pasó todo el tiempo sentada junto a la ventanilla mirando el paisaje que se divisaba desde las alturas. Yo leía *Los archivos de Sherlock Holmes* a su lado. El cielo estaba despejado y la sombra del avión se proyectaba sobre la tierra. Para ser exactos, la sombra que se desplazaba sobre prados y montañas incluía también nuestras sombras, dado que viajábamos en el avión. Por lo tanto, nosotros también dejábamos nuestra impronta sobre la tierra.

—Me ha caído bien el tipo ese —comentó ella mientras tomaba zumo de naranja en un vaso de papel.

—¿Qué tipo?

—El chófer.

—Sí —dije yo—. A mí también.

—Además, *Sardina* es un nombre bonito.

—La verdad es que sí. Seguro que el gato será más feliz allí que conmigo.

—No es *el gato*, es *Sardina*.

—Eso, *Sardina*.

—¿Por qué no le habías puesto un nombre en todo este tiempo?

—No sabría decirte —contesté. Y usando el mechero con el emblema del carnero, encendí un cigarrillo—. Será porque no me gustan los nombres. Yo soy yo, tú eres tú, nosotros somos nosotros, ellos son ellos, y supongo que con eso basta.

—Hm —dijo ella—. No sé, pero me gusta la palabra «nosotros». ¿No te parece como de la Edad de Hielo?

—¿De la Edad de Hielo?

—En el sentido de «nosotros dirigir al sur» o «nosotros deber cazar mamuts», por ejemplo.

—Ya veo —dije yo.

Al llegar al aeropuerto de Chitose, recogimos el equipaje y salimos a la calle; el aire era más frío de lo que esperaba. Yo me tapé con la camisa vaquera que llevaba sobre los hombros y ella se puso un chaleco de lana por encima de la blusa. En aquella tierra, el otoño se había instalado un mes antes que en Tokio.

—Se suponía que nos íbamos a topar con la Edad de Hielo —dijo ella en el autobús que nos conducía a Sapporo—. Tú cazar mamuts, yo cuidar niños.

—¿No te parece estupendo? —pregunté.

Luego ella se adormiló y yo contemplé por la ventanilla el denso bosque que se extendía a ambos lados de la carretera.

Al llegar a Sapporo, entramos en un local y nos tomamos un café.

—Primero establezcamos una estrategia básica —dije—: nos separamos y vamos tanteando. Yo rastreo el paisaje de la foto. Tú le sigues la pista al carnero. Así ahorraremos tiempo.

—Me parece razonable.

—A ver si funciona —dije yo—. Quiero que averigües la ubicación de las principales granjas de ovejas de Hokkaidō y el tipo de ovejas que crían. Para ello, puedes ir a la biblioteca o a las oficinas gubernamentales de la prefectura.

—Me gustan las bibliotecas —dijo ella.

—Me alegro —dije yo.

—¿Empiezo ya?

Miré el reloj. Eran las tres y media.

—No, se está haciendo tarde, así que lo dejaremos para mañana. Hoy nos lo tomamos con calma, buscaremos un sitio donde dormir, cenaremos, nos daremos un baño y dormiremos.

—Me apetece ver una peli —dijo ella.

—¿Una peli?

—Ya que nos hemos ahorrado tanto tiempo gracias al avión...

—Tienes razón —dije yo. Y entramos en la primera sala de cine que vimos.

Era una sesión doble, con una película de suspense y otra de terror, y la mayoría de los asientos estaban desocupados. Hacía mucho tiempo que no entraba en una sala tan vacía. Para matar el tiempo conté el número de espectadores: ocho, incluyéndonos a nosotros. Los personajes de la película eran mucho más numerosos.

Y es que las películas en sí eran unos bodrios considerables. De esas películas en las que, en el mismo instante en que el león de la MGM deja de rugir y aparece el título en la pantalla, te entran ganas de levantarte del asiento y marcharte. Sí, existen películas así.

Sin embargo, ella devoraba la pantalla con expresión seria. Ni siquiera me dejaba hablar, así que me di por vencido y decidí ver la película.

La primera era de terror: un demonio tenía un pueblo bajo su control. Vivía en el cochambroso sótano de una iglesia y manipulaba a su antojo a un pastor escrofuloso. Yo no tenía ni idea de por qué al demonio le había dado por someter a aquel pueblo, que no era más que un pueblucho desamparado rodeado de maizales.

Pero el demonio estaba empecinado con aquel pueblo y le enfurecía que una muchacha hubiera logrado escapar de su control. Cuando era presa de la ira, su cuerpo temblaba como una gelatina verde de fruta. La manera que tenía de enfadarse incitaba en cierto modo a la risa.

En la fila de delante, un hombre de mediana edad no paraba de soltar ronquidos melancólicos, igual que una sirena de niebla. Una pareja se daba el lote en el rincón de la derecha. Detrás de nosotros, alguien se tiró un sonoro pedo. Resonó con tanta fuerza que, por un instante, el hombre de mediana edad dejó de roncar. Un par de chicas, estudiantes de instituto, se rieron de forma entrecortada.

Automáticamente me acordé de *Sardina*. Y al acordarme de *Sardina*, por fin recordé que estaba en Sapporo, lejos de Tokio. En otras palabras, hasta que no oí ese pedo, no tuve la sensación real de hallarme muy lejos de Tokio.

¡Qué cosas!

Me quedé dormido mientras pensaba en ello. Soñé con el demonio verde. En mi sueño, el demonio jamás se reía. Lo único que hacía era observarme en silencio desde las sombras.

La película se terminó y, cuando se iluminó la sala, me desperté. Como si lo hubieran acordado de antemano, los espectadores bostezaron por orden. Yo compré dos helados en el puesto de la entrada y nos los tomamos. El helado estaba duro como si hubiera sobrado del verano anterior.

—¿Has estado durmiendo todo el rato?

—Sí —dije—. ¿Te ha gustado?

—¡Muchísimo! Al final el pueblo explota.

—¿Ah, sí?

En el cine reinaba un silencio sepulcral. O, más bien,

era a mi alrededor donde reinaba un silencio sepulcral. Me sentí extraño.

—Oye —dijo ella—. No sé, pero ¿no sientes ahora mismo como si tu cuerpo se estuviera desplazando?

Ahora que lo pensaba, tenía razón.

Ella me cogió de la mano.

—Quédate así. Estoy preocupada.

—Vale.

—Tengo la impresión de que, si no, vamos a acabar trasladándonos a otro lugar. A algún sitio disparatado.

Cuando las luces de la sala se apagaron y empezaron los anuncios, le aparté el cabello y la besé en la oreja.

—Estate tranquila. No hay de qué preocuparse.

—¿Sabes? Tenías razón —dijo ella en voz baja—: deberíamos haber viajado en un medio de transporte con nombre.

La segunda película empezó y, durante la hora y media que duró, no dejamos de desplazarnos en silencio en medio de la oscuridad. Ella tenía la mejilla apoyada en mi hombro, que quedó húmedo con su cálido aliento.

Al salir del cine, le rodeé el hombro con el brazo y dimos un paseo por la ciudad al atardecer. Sentí que estábamos más unidos que antes. El murmullo de los viandantes resultaba reconfortante y, en el cielo, las estrellas brillaban tenuemente.

—¿De veras crees que estamos en la ciudad correcta? —me preguntó.

Yo miré al cielo. La Estrella Polar se hallaba en su sitio. Sin embargo, en cierto sentido, parecía una Estrella Polar falsa. Era demasiado grande, demasiado brillante.

—No sé qué decir... —contesté.

—Es como si algo no acabara de encajar.

—Suele pasar en las ciudades que visitas por primera vez. Todavía no nos hemos adaptado a ella.

—¿Crees que nos adaptaremos pronto?

—Quizás en dos o tres días —dije.

Cuando nos cansamos de caminar, nos metimos en el primer restaurante que encontramos, pedimos dos cervezas de barril y comimos un plato de salmón y patatas. Para haber entrado sin prestar demasiada atención, habíamos acertado. La cerveza era buena de verdad y la bechamel, ligera pero sabrosa.

—Bueno —dije mientras nos tomábamos el café—. Es hora de que decidamos dónde vamos a dormir.

—Tengo una idea aproximada del sitio —dijo ella.

—¿Qué tipo de idea?

—Tú léeme los nombres de los hoteles por orden alfabético.

Le pedí a un camarero antipático que me trajera el listín telefónico y empecé a leer de arriba abajo la página de «hoteles y pensiones». Cuando llevaba unos cuarenta, ella me ordenó que parase.

—Ese está bien.

—¿Cuál?

—El último que acabas de leer.

—Dolphin Hotel —leí yo.

—¿Qué quiere decir?

—Hotel Delfín.

—Pues nos quedamos ahí.

—¿Quién lo ha decidido?

—Es que tengo la impresión de que no nos vale ningún otro sitio.

Le devolví el listín al camarero y le di las gracias, después llamé por teléfono al Hotel Delfín. Me atendió una voz masculina poco clara. Me dijo que había habitaciones libres, siempre que fueran dobles o sencillas. Yo, por si acaso, pregunté qué otras habitaciones había, además de las dobles y las sencillas. Las únicas habitaciones que había eran dobles o sencillas. Me sentí un poco confuso, pero decidí reservar una doble y pregunté el precio. Resultó ser un cuarenta por ciento más barata de lo que había calculado.

Para llegar al Hotel Delfín desde el cine había que caminar tres manzanas al oeste y una hacia el sur. Era un hotel pequeño e impersonal. Tan impersonal que a uno le daba la sensación de que no podía existir otro hotel más impersonal. No tenía luces de neón, ni un letrero grande, ni siquiera una entrada decente. Tan solo una placa de cobre con la inscripción DOLPHIN HOTEL, al lado de una insulsa puerta de cristal con aspecto de puerta de servicio para empleados de restaurante. Ni siquiera tenía un dibujo de un delfín.

Era un edificio de cinco plantas, liso como una inmensa caja de cerillas colocada verticalmente. Visto de cerca no parecía tan viejo, pero sí lo suficiente para llamar la atención. Seguramente ya era viejo en el momento mismo en que lo construyeron.

Así era el Hotel Delfín.

A ella, sin embargo, le gustó nada más verlo.

—Me parece que no está nada mal —comentó.

—¿Que no está nada mal? —repetí yo.

—Parece acogedor, sin lujos superfluos.

—Lujos superfluos —dije yo—. Con lujos no sé si te estás refiriendo a sábanas limpias, lavabos sin fugas de agua, aparatos de aire acondicionado que regulen bien la temperatura, papel higiénico suave, jabón sin estrenar, cortinas que no estén quemadas por el sol y ese tipo de cosas.

—Tú a todo le ves el lado malo —dijo ella riéndose—. Piensa que no se trata de un viaje de ocio.

Al abrir la puerta, me encontré con un vestíbulo más amplio de lo que me esperaba. En el centro había un juego de sofás y mesa y una televisión en color. En la televisión, que estaba encendida, daban un concurso de preguntas y respuestas. No había ni un alma.

A ambos lados de la puerta había, flanqueándola, unos jarrones grandes con plantas ornamentales. Las hojas estaban medio descoloridas. Cerré la puerta y, en medio de los dos jarrones, observé el vestíbulo. Bien visto, no era tan grande. Si lo parecía, era porque había poquísimo mobiliario: tan solo el juego de sofás, un reloj de péndulo y un gran espejo de cuerpo entero.

Me acerqué a la pared y examiné el reloj y el espejo. Ambos eran donaciones. El reloj iba siete minutos atrasado, y, reflejada en el espejo, mi cabeza parecía un poco descolocada con respecto al abdomen.

El juego de sofás se veía tan envejecido como el propio hotel. El color del tapizado era un naranja bastante raro. De esos naranjas que se obtienen dejándolos primero al sol, luego una semana bajo la lluvia y abandonándolos posteriormente en un sótano para que se enmohezcan. En los albores del tecnicolor podían verse colores así.

Al acercarme, me encontré a un hombre de mediana edad con calvicie incipiente tumbado en el diván del juego de sofás, como si fuera un pescado seco. Al principio me pregunté si estaría muerto, pero solo dormía. De vez en cuando, le temblaba la nariz. Tenía una marca a ambos lados de la nariz de llevar gafas, pero las gafas no estaban por ninguna parte, por lo que se deducía que no se había quedado dormido viendo la televisión. Era todo un enigma.

Me paré delante de la recepción y observé la zona del mostrador. No había nadie. Ella tocó el timbre. El ruido resonó en el vestíbulo vacío.

Treinta segundos más tarde, aún no habíamos obtenido respuesta. El hombre del diván tampoco se despertó.

Ella volvió a tocar el timbre.

El hombre de mediana edad refunfuñó sobre el diván. Como si se reprochara algo a sí mismo. Luego abrió los ojos y nos miró alelado.

Ella, sin darle tregua, tocó el timbre por tercera vez.

El hombre se levantó de un salto, cruzó el vestíbulo y, rozándome, se metió detrás del mostrador. Era el recepcionista.

—Les pido disculpas —dijo el hombre—. Lo siento mucho. Me he quedado dormido mientras los esperaba y...

—Sentimos haberlo despertado —dije yo.

—¡Por favor, faltaría más! —exclamó el recepcionista.

Acto seguido, me tendió una ficha de inscripción y un bolígrafo. En la mano izquierda, le faltaban las falanges de dos dedos. Empecé a anotar mi nombre y apellidos verdaderos, pero me lo pensé mejor, y, después de arrugar la ficha y metérmela en el bolsillo, escribí un nombre y una dirección falsos en una ficha nueva. Eran un nombre y una dirección vulgares, pero, para habérseme ocurrido al vuelo, no estaban mal. En el apartado de empleo puse «agente inmobiliario».

El recepcionista se puso las gafas de pasta gruesa que había al lado del teléfono y leyó con atención mi ficha.

—Barrio de Suginami, Tokio... Veintinueve años, agente inmobiliario.

Yo saqué un pañuelo de papel del bolsillo y me lim-

209

pié la tinta del bolígrafo con que me había manchado los dedos.

—¿Está aquí por negocios? —me preguntó el recepcionista.

—Sí, en cierto sentido —dije yo.

—¿Cuántos días desean quedarse?

—Un mes —contesté.

—¿Un mes? —Se quedó mirándome como quien mira una hoja de dibujo en blanco—. ¿Van a permanecer aquí un mes entero?

—¿No se puede?

—Poder sí que se puede, pero tendríamos que cobrarle cada dos días.

Yo dejé la maleta en el suelo, saqué el sobre del bolsillo, conté veinte billetes nuevos de diez mil yenes y los coloqué sobre el mostrador.

—Si no es suficiente, pongo más —dije.

El recepcionista cogió el fajo con los tres dedos de la mano izquierda y los contó dos veces con los dedos de la mano derecha. Luego anotó la suma en el recibo y me lo entregó.

—Si hay algún detalle que desee decirme ahora en lo que respecta a la habitación...

—A ser posible, prefiero una habitación que esté en una esquina lejos del ascensor.

El recepcionista me dio la espalda y, tras observar detenidamente el tablero de llaves y dudar un instante, cogió la llave con el número 406. Prácticamente todos los compartimentos del tablero estaban ocupados. No parecía que la gestión del hotel fuera demasiado boyante.

Como en aquel hotel no existía la figura del botones, tuve que cargar yo mismo con las maletas y subir en el ascensor. Tal y como ella había dicho, no había lujos superfluos. El ascensor temblaba como un perro grande aquejado de una enfermedad pulmonar.

—Para estancias largas, es mejor un hotel pequeño y sobrio como este —dijo ella.

La expresión «pequeño y sobrio», desde luego, era bastante acertada. Encajaría en la sección de viajes de cualquier revista femenina tipo *an·an*.

«Para estancias largas, lo mejor es un hotel pequeño y sobrio, que le permita a una distenderse.»

Sin embargo, en cuanto entré en la habitación, pequeña y sobria, lo primero que tuve que hacer fue aplastar con una zapatilla una cucaracha que correteaba por el marco de la ventana y tirar a la basura dos pelos púbicos que me encontré al pie de la cama. Era la primera vez que veía cucarachas en Hokkaidō. Ella, entretanto, reguló la temperatura del agua para darse un baño. El grifo hacía un ruido tremendo.

—Podríamos haber elegido un hotel un poco más decente —le grité tras abrir la puerta del baño—. Tenemos dinero de sobra.

—No se trata del dinero. Es que la búsqueda del carnero empieza aquí. No podría ser en ninguna otra parte.

Me tumbé en la cama, me fumé un cigarrillo, encendí la televisión y, tras zapear un poco, la apagué. Lo único bueno era la calidad de la imagen. El ruido del grifo cesó, ella tiró la ropa por la puerta y se oyó correr el agua de la ducha.

Al descorrer las cortinas de la ventana, vi al otro lado de la calle una hilera surtida de edificios, todos tan absurdos como el Hotel Delfín. Estaban sucios, como cubiertos de ceniza, y olían a orina solo de mirarlos. A pesar de ser casi las nueve, había varias ventanas iluminadas con gente ajetreada al otro lado. No sé en qué trabajarían, pero no parecían estar divirtiéndose precisamente. Aunque, desde su punto de vista, yo tampoco debía de tener mucha pinta de estar divirtiéndome.

Cerré las cortinas, volví a la cama, me tumbé sobre aquellas sábanas almidonadas rígidas como una carretera de asfalto, pensé en mi ex mujer, pensé en el hombre que vivía con ella. A su compañero yo lo conocía bastante bien. ¿Cómo no lo iba a conocer si había sido amigo mío desde antes de todo aquello? Tenía veintisiete años, era un guitarrista de jazz poco conocido y, para ser un guitarrista de jazz poco conocido, era un tipo relativamente decente, con una personalidad bastante interesante. Solo le faltaba estilo. Un año se columpiaba entre Kenny Burrell y B.B. King y otro año, entre Larry Coryell y Jim Hall.

Yo no sabía por qué ella había elegido a un tipo como él después de mí. Desde luego, cada persona tiene sus inclinaciones. Su único punto fuerte era que él sabía tocar la guitarra; mi único punto fuerte era que sabía fregar platos. La mayoría de los guitarristas no friegan los platos, pues si se lesionan los dedos, pierden su razón de ser.

Luego pensé en mis relaciones sexuales con ella. Y, para pasar el rato, conté el número de veces que habíamos hecho el amor durante los cuatro años de vida conyugal. Pero, al final, la cifra resultó ser inexacta y me pareció que una cifra inexacta valía de poco. Debería haber llevado la cuenta en mi diario. O, al menos, marcar una cruz en la agenda. Así, habría podido saber con exactitud el número de veces que hice el amor durante esos cuatro años. Lo que necesito son realidades que se puedan expresar en cifras exactas.

Mi ex mujer llevaba un recuento exacto de nuestros polvos. Eso no quiere decir que los anotase en su diario. Desde el año en que había tenido la primera regla llevaba el registro exacto de sus menstruaciones en unas libretas, e incluía un recuento de polvos como material de referencia.

En total eran ocho libretas y las guardaba bajo llave en un cajón, junto con fotografías y cartas valiosas. Nunca se las enseñaba a nadie. Desconozco con qué grado de detalle describía sus relaciones sexuales. Ahora que nos habíamos separado, ya nunca lo sabría.

—Si me muero —solía decir ella—, quema las libretas. Échales gasolina, quémalas y, luego, entiérralas. Como leas una sola palabra, jamás te lo perdonaré.

—Pero ¡si me he estado acostando contigo todo este tiempo! Conozco cada recoveco de tu cuerpo. ¿A qué viene ahora tanto pudor?

—A que cada mes se me renuevan las células. Incluso ahora mismo, aquí donde me ves. —Puso los dorsos de sus delicadas manos ante mis ojos—. Casi todo lo que crees saber de mí no son más que meros recuerdos.

Ella era así, de ideas sólidas (salvo el último mes antes de separarnos). Captaba con exactitud la realidad de la vida. En suma, que tenía como principio jamás volver a abrir una puerta una vez cerrada y, por otro lado, que nunca dejaba las puertas abiertas de par en par.

Todo lo que sé ahora sobre ella no son más que meros recuerdos. Recuerdos que se van alejando cada vez más como células agonizantes. Y ni siquiera sé el número exacto de veces que hicimos el amor.

2
El profesor Ovino entra en escena

Nos despertamos a las ocho de la mañana siguiente, nos vestimos, bajamos en el ascensor y pedimos dos desayunos en una cafetería del barrio. Dentro del Hotel Delfín no había restaurante ni cafetería.

—Lo que te decía ayer: nos separamos y cada uno actúa por su cuenta —dije, y le pasé una fotocopia de la fotografía del rebaño—. Yo intentaré encontrar el sitio tomando como pista la montaña que se ve de fondo. Quiero que tú te centres en las granjas de ovejas. Sabes cómo hacerlo, ¿no? Nos vale cualquier indicio, por pequeño que sea. Es mejor que buscar a tientas dando vueltas por toda Hokkaidō.

—No hay problema, déjalo en mis manos.

—Entonces nos vemos esta noche en la habitación del hotel.

—No deberías preocuparte tanto —dijo ella, y se puso las gafas de sol—. Seguro que enseguida lo encontraremos.

—Ojalá sea así —dije yo.

Pero las cosas no fueron tan sencillas. Acudí al departamento de turismo del gobierno prefectural, a diversas oficinas y agencias de viajes, visité asociaciones de montañismo y recorrí prácticamente todos los lugares que pudieran guardar alguna relación con el turismo y con la montaña. Sin embargo, nadie reconoció la montaña que se veía en la foto.

—El perfil de la montaña es muy corriente —me dijeron—. Además, en la fotografía solo se ve una parte.

La única conclusión a la que llegué después de pasarme todo el día andando de un lado para otro fue que, si una montaña no posee alguna característica especial, es difícil adivinar su nombre tan solo por una parte de ella.

Durante la pesquisa, entré en una librería donde compré un mapa de la prefectura y un libro llamado *Montañas de Hokkaidō;* me metí en una cafetería y lo leí mientras me tomaba un par de *ginger ales*. En Hokkaidō hay una cantidad increíble de montañas y todas tienen formas y colores parecidos. Comparé una por una las montañas que salían en las fotografías del libro y la montaña de la foto del Rata, pero al cabo de diez minutos acabé con dolor de cabeza. Para empezar, el libro solo recogía una pequeña parte del número total de montañas. Y, en función del ángulo desde el que se mirase, la impresión que daba una montaña cambiaba radicalmente. «Las montañas tienen vida», escribía el autor en el prólogo. «Se transforman dependiendo del ángulo, estación u hora en que se miren o incluso del sentimiento con que se observen. Por consiguiente, es fundamental tener en cuenta que solo podremos aprehender una pequeña parte, un pedacito de la montaña.»

—Madre mía —dije yo en voz alta. Luego retomé aquella tarea, de la que era consciente que resultaría infructuosa, y al oír las campanadas de las cinco, me senté en un banco de un parque y compartí una espiga de maíz con las palomas.

La operación de recabar información de la cual ella se había hecho cargo era un poco más grata, pero resultó igualmente inútil. Mientras cenábamos algo frugal en un pequeño restaurante detrás del Hotel Delfín, nos contamos cómo habían ido nuestras respectivas jornadas.

—En el departamento de ganadería del gobierno regional no logré averiguar nada —dijo ella—. O sea, ahora mismo las ovejas no están de moda. Parece que no sale rentable criarlas. Al menos en grandes explotaciones.

—Entonces se puede decir que nos será un poco más fácil encontrarlas.

—No creas. Si la cría de ganado ovino estuviera en auge, habría cooperativas independientes y podríamos obtener vías de información decente a través del ayuntamiento, pero en estas condiciones es imposible saber cuál es el estado de los rebaños pequeños y medianos, ya que se crían pocas ovejas, como quien tiene perros o gatos. He anotado la dirección de los treinta criadores de ganado ovino que he conseguido, pero los datos son de hace cuatro años y parece ser que en cuatro años se produce bastante movimiento. La política agropecuaria japonesa suele cambiar cada dos por tres: una vez cada tres años.

—Madre mía. —Lancé un suspiro mientras me tomaba mi cerveza—. Me parece que estamos atascados, ¿eh? En Hokkaidō hay más de cien montañas parecidas y no tenemos ni idea de cuál es la situación real de la cría de ganado ovino.

—¡Que solo ha pasado un día! Acabamos de empezar.

—¿Tus orejas ya no captan mensajes?

—De momento no voy a recibir ninguno —dijo ella, tras lo cual se tomó un trozo de pescado guisado y bebió sopa de *miso*—. Yo misma soy consciente. Normalmente solo recibo mensajes cuando estoy perdida o siento alguna carencia afectiva, y ahora no es el caso.

—¿Quieres decir que solo te echan un cabo cuando estás con el agua al cuello?

—Exacto. Ahora mismo me siento satisfecha haciendo esto contigo, y cuando estoy satisfecha, no recibo mensajes, así que no nos queda otra solución que encontrar el carnero por nuestros propios medios.

—No lo sé —dije yo—. El tiempo corre. Si no lo encontramos, nos veremos metidos en un buen lío. Desconozco exactamente en qué clase de lío, pero si ellos me dicen que me veré en un lío es porque se trata de un lío *de verdad*. Estos tipos son profesionales, ¿sabes? La organización seguirá en activo, aunque el maestro muera. Está extendida por todo Japón como una red de alcantarillado y nos tienen acorralados. Sé que suena disparatado, pero así son las cosas.

—¿La situación no te recuerda a la serie de televisión *Los invasores?*

—En lo disparatado, sí. El caso es que estamos metidos en esto, y cuando digo estamos, me refiero a ti y a mí. Al principio era yo solo, pero tú has entrado en el juego. ¿No crees que estamos ya con el agua al cuello?

—Pero es que a mí estas cosas me gustan. Es mucho mejor que tener que acostarme con desconocidos, enseñar las orejas para que me acribillen a *flashes* o corregir diccionarios biográficos. Esto es vivir.

—O sea —dije yo—, que ni estás con el agua al cuello, ni te echan cabos.

—Eso es. Buscaremos el carnero por nuestros medios. Seguro que todavía no está todo perdido.

Tal vez.

Volvimos al hotel y copulamos. La palabra «copular» me gusta mucho. De algún modo la asocio a un abanico reducido de posibilidades.

♀

Sin embargo, nuestro tercer y cuarto día en Sapporo también transcurrieron de manera improductiva. Nos levantábamos a las ocho, desayunábamos, pasábamos el día separados, al anochecer compartíamos información mientras cenábamos, volvíamos al hotel, copulábamos y dormíamos. Yo tiré las viejas zapatillas de deporte a la basura, me compré unas nuevas y me paseé enseñándole la fotografía a cientos de personas. Ella hizo una larga lista de criadores de ganado ovino a partir de datos del ayuntamiento y de las bibliotecas y llamó a todas partes. Pero los resultados fueron nulos. A nadie le sonaba aquella montaña y ningún ganadero tenía constancia de carneros con una estrella marcada en el lomo. Un anciano le dijo que le sonaba haber visto una montaña parecida en el sur de la isla de Sajalín antes de la guerra, pero yo dudaba mucho que el Rata hubiese estado en Sajalín. Era imposible mandar un correo urgente a Tokio desde la isla.

Y pasados el quinto y el sexto día, octubre se arrellanó sobre la ciudad. Los rayos de sol eran cálidos, pero el viento se volvió helado y, al atardecer, me abrigaba con una parka de algodón fino. La ciudad de Sapporo era recta y extensa hasta la saciedad. Ahora sabía cuánto puede desgastar a alguien el andar dando vueltas por una ciudad formada solo por líneas rectas.

Sin duda, me estaba desgastando. Al cuarto día perdí el sentido de la orientación. Me compré una brújula en una papelería, porque empecé a tener la sensación de que el contrario del este era el sur. A medida que deambulaba con la brújula en mano, la ciudad se fue transformando rápidamente en una entidad irreal. Los edificios empezaron a parecerme bastidores de un set de rodaje; los transeúntes eran planos, como figuras recortadas de cartón. El sol salía por un rincón de aquella tierra llana y se ponía por otro, trazando un arco en el firmamento como una bola de cañón.

Me bebía siete cafés al día y meaba a cada hora. Poco a poco, fui perdiendo el apetito.

—¿Y si publicáramos un anuncio en el periódico —propuso ella— pidiéndole a tu amigo que se ponga en contacto con nosotros?

—No es mala idea —dije yo. Era mucho mejor que no hacer nada, independientemente de que fuese o no a funcionar.

Me pasé por cuatro periódicos para que pusieran un anuncio por palabras de tres líneas en la edición matutina del día siguiente.

RATA, LLÁMAME
¡URGENTE!
DOLPHIN HOTEL 406

Y los dos días siguientes esperé en la habitación del hotel a que me llamase. El teléfono sonó tres veces en esos dos días. La primera llamada era de un ciudadano interesado en saber qué significaba «Rata».

—Es el mote de un amigo —contesté.

Él colgó satisfecho.

La segunda llamada fue una broma telefónica.

—Ñiii, ñiii —dijeron al otro lado de la línea imitando a una rata—. Ñiii, ñiii.

Colgué. Mira que son sitios raros las grandes ciudades.

La tercera era una voz femenina tremendamente suave.

—A mí todo el mundo me llama Rata —dijo. Su voz era como un cable del tendido eléctrico mecido por el viento en la lejanía.

—Muchas gracias por haberse molestado en llamar, pero yo busco a un hombre —le dije.

—Ya me lo imaginaba —dijo ella—. Pero como a mí también me llaman Rata, pensé que quizá sería mejor llamar y...

—Muchas gracias.

—No, no hay de qué. ¿Y ha encontrado a esa persona?

—Todavía no —dije yo—. Desgraciadamente.

—Ojalá hubiera sido yo. Pero como resulta que no lo soy...

219

—Exacto. Es una lástima.

Ella se quedó callada. Mientras tanto, yo me rascaba detrás de la oreja con la punta del meñique.

—Es que, en realidad, quería charlar contigo —dijo ella.

—¿Conmigo?

—No lo sé, cuando vi el anuncio en el periódico esta mañana, no sabía si llamar o no. Pensé que seguramente solo molestaría...

—Entonces, lo de que te llaman Rata ¿es mentira?

—Sí —contestó ella—. Nadie me llama Rata. De hecho, ni siquiera tengo amigos. Por eso quería hablar con alguien.

Yo suspiré.

—Bueno, gracias de todos modos.

—Te pido disculpas. ¿Eres de Hokkaidō?

—Soy de Tokio —contesté.

—¿Has viajado desde Tokio para buscar a un amigo?

—Efectivamente.

—¿Qué edad tiene tu amigo?

—Acaba de cumplir los treinta.

—¿Y tú?

—Los cumplo dentro de dos meses.

—¿Estás soltero?

—Sí.

—Yo tengo veintidós. ¿Cumplir años facilita ciertas cosas?

—Pues... —dije yo—. No lo sé. Hay cosas que se vuelven más fáciles y otras que no.

—Me encantaría poder quedar para comer y hablar con más calma...

—Lo siento, pero tengo que quedarme esperando aquí todo el rato hasta que llamen.

—Ah, claro —dijo ella—. Perdona la molestia.

—Nada, gracias por llamar.

Y colgó el teléfono.

Pensándolo bien, quizá fuese una llamada para intentar captar clientes para un servicio de prostitución. O quizá, si me lo tomaba al pie de la letra, la llamada era de una chica solitaria. Me daba igual. A fin de cuentas, no me proporcionaba ninguna pista.

Al día siguiente solo hubo una llamada de un loco que me dijo: «Lo del Rata déjelo en mis manos». Se tiró quince minutos contándome que durante su internamiento en un campo de trabajo en Siberia se había peleado con un tal Rata. Era una anécdota curiosa, pero no me servía como pista.

Me senté al lado de la ventana, en un sofá cuyos muelles empezaban a soltarse, y mientras esperaba a que sonase el teléfono me pasé el día contemplando el trajín de la oficina que había en la tercera planta del edificio de enfrente. Después de pasarme un día entero observándolo, fui incapaz de adivinar cuál era la actividad de aquella empresa. Había una decena de empleados y gente que entraba y salía constantemente, como en un reñido partido de baloncesto. Uno le entregaba un documento a otro, otro lo sellaba, otra persona distinta lo metía en un sobre y salía disparado de la oficina. Durante la pausa del mediodía, una oficinista de grandes pechos servía té a todo el mundo. Por la tarde, varios trabajadores se encargaban de ir a buscar el café. A mí también me entraron ganas de tomarme un café, así que le pedí al recepcionista que tomara nota del recado si llamaban y me fui a una cafetería del barrio; de paso, aprovecharía para comprar un par de latas de cerveza. Al volver, el número de trabajadores en la empresa se había reducido a cuatro. La oficinista de pechos grandes bromeaba con un empleado joven. Me centré en ella y seguí observando la actividad de la empresa, mientras me tomaba una cerveza.

Cuanto más miraba sus pechos, más desmesurados me parecían. El sujetador que llevaba debía de ser como los cables de acero del Golden Gate. Diría que había varios empleados jóvenes que se querían acostar con ella. Percibí su libido incluso a través de las dos ventanas y la calle de por medio. Resulta raro sentir la libido ajena. Acabas teniendo la ilusión engañosa de que podría tratarse de tu propia libido.

Cuando dieron las cinco y ella regresó ataviada con un vestido rojo, yo había cerrado las cortinas y estaba viendo una reposición de Bugs Bunny en la televisión. Así llegaba a su fin el octavo día en el hotel.

♀

—Madre mía —dije yo. La expresión «madre mía» estaba empezando a convertirse en una muletilla—. Ha pasado un tercio del mes y todavía no hemos llegado a ninguna parte.

—Es verdad —dijo ella—. ¿Qué tal estará *Sardina*?

Después de cenar, nos sentamos a descansar en aquellos sofás naranjas de mal gusto que había en el vestíbulo del Hotel Delfín. Aparte de nosotros, solo estaba el recepcionista de los tres dedos, que no paraba de hacer cosas, subía a una escalera de mano y cambiaba una bombilla, limpiaba los cristales de las ventanas, doblaba los periódicos. Aunque se suponía que había algún cliente más en el hotel aparte de nosotros, daba la impresión de que se habían encerrado todos en sus habitaciones, sin hacer el menor ruido, como momias colocadas a la sombra.

—¿Cómo le va el trabajo? —me preguntó tímidamente el recepcionista mientras regaba las plantas.

—No acaba de arrancar —contesté.

—He visto que ha puesto usted un anuncio en la prensa.

—Sí —dije yo—. Es que estoy buscando a una persona por un asunto relacionado con la herencia de un terreno.

—¿Una herencia?

—Sí. Resulta que el heredero ha desaparecido.

—Ajá —dijo él, convencido—. Vaya profesión más curiosa.

—No es para tanto.

—Pues guarda cierto parecido con la historia de *Moby Dick*.

—¿*Moby Dick*? —dije yo.

—Sí. Lo de seguirle el rastro a algo es una labor apasionante.

—¿Mamuts y esas cosas? —preguntó mi novia.

—Sí. Cualquier cosa, da igual —dijo el recepcionista—. De hecho, el nombre de Hotel Delfín se lo puse por una escena del *Moby Dick* de Melville en la que aparecen delfines.

—¡Vaya! —dije yo—. Pues entonces pudo haberle puesto Hotel Ballena...

—Es que la imagen de la ballena no me convence —dijo él con pena.

—Hotel Delfín me parece un nombre estupendo —dijo mi novia.

—Es usted muy amable. —El recepcionista sonrió—. Por cierto, ya que se alojan aquí durante tantos días, en señal de agradecimiento me gustaría ofrecerles una copa de vino o de lo que deseen.

—¡Qué bien! —exclamó ella.

—Muchas gracias —dije yo.

Él se retiró a un cuarto que había al fondo y, al cabo

de un rato, apareció con una botella fría de vino blanco y tres copas.

—Aunque ahora mismo estoy de servicio, como muestra de gratitud quisiera brindar con ustedes.

—Por supuesto, por supuesto —dijimos nosotros.

Y bebimos. No era un vino de categoría, pero resultaba ligero y agradable al paladar. Las copas eran bastante chic, con unas filigranas en forma de uvas.

—¿Le gusta *Moby Dick?* —se me ocurrió preguntarle.

—Sí, cuando era pequeño quería ser marinero por *Moby Dick.*

—¿Y cómo es que ahora regenta un hotel? —preguntó ella.

—Como ven, perdí varios dedos —explicó él—. Se me engancharon en el cabrestante cuando desembarcaba el cargamento de un barco.

—¡Pobre! —dijo ella.

—En esa época perdí el rumbo por completo, ¿saben? Pero, bueno, la vida da sorpresas. Al final acabé comprando este hotel. No es ninguna maravilla, pero más o menos voy tirando. Ya hace unos diez años que lo tengo.

Conque no era solo el recepcionista, sino también el gerente.

—Es un hotel magnífico —lo animó ella.

—Es usted muy amable —dijo el gerente, y nos sirvió más vino.

—Pues, no sé, para ser de hace diez años, la verdad es que el edificio tiene personalidad —me atreví a comentar.

—Sí, es que se construyó poco después de terminar la guerra. Lo conseguí barato, debido a cierta circunstancia.

—¿A qué estaba destinado antes de convertirse en hotel?

—Se llamaba Casa del Ganado Ovino de Hokkaidō. Se

encargaban de recabar datos y diversas tareas relacionadas con el ganado ovino y...

—¿Ganado ovino? —pregunté.

—Sí, ovejas —dijo el hombre.

◊

—El edificio fue propiedad de la Asociación de Ganado Ovino de Hokkaidō hasta 1967; después, con el estancamiento de la cría de ovejas en la prefectura, acabó cerrando —dijo el hombre, y tomó un trago de vino—. De hecho, el director del centro era mi padre, que le tenía tanto cariño a la Casa del Ganado Ovino que dijo que no soportaría que cerrara sin más y convenció a la asociación para que me vendieran el edificio y el terreno por un precio asequible, a condición de conservar todo el material documental sobre ganado ovino. Por eso el segundo piso está ocupado por una sala de documentación sobre ovejas. Con documentación me refiero a antiguallas, no hay nada realmente útil, pero bueno, digamos que era la afición del viejo, y el resto del edificio lo aprovecho como hotel.

—¡Qué coincidencia! —exclamé.

—¿A qué se refiere?

—A que la persona que estamos buscando guarda relación con el mundo de las ovejas. Nuestra única pista es una fotografía de unas ovejas que me envió él.

—¡Caramba! —exclamó él—. Si es posible, me gustaría verla.

Saqué del bolsillo la fotografía, que había metido en medio de una libreta, y se la pasé al hombre. Él cogió las gafas que había sobre el mostrador y la miró detenidamente.

—Esto me suena de algo —dijo.

—¿Le suena?

—Sí, sin duda —afirmó el hombre, entonces agarró la escalera que se había quedado abierta bajo la bombilla, se la llevó a la pared opuesta, descolgó una fotografía enmarcada que había cerca del techo y bajó de la escalera de mano. Luego limpió con un paño el polvo que se había acumulado en el marco y me lo entregó.

—¿No es el mismo paisaje?

El marco era bastante viejo, pero la fotografía del interior era más vieja todavía y estaba descolorida, tirando a marrón. En ella también aparecían ovejas. En total habría unas sesenta. Había un cercado, abedules y una montaña. La forma de los abedules era completamente distinta a la de la fotografía del Rata, pero la montaña del fondo era sin duda la misma. Incluso el encuadre de la foto era idéntico.

—Madre mía —le dije a mi novia—. Hemos estado pasando todos los días delante de esta foto.

—Por eso te dije que debíamos quedarnos en el Hotel Delfín —contestó ella con toda naturalidad.

—Vayamos a lo que importa —me dirigí al hombre tras soltar un suspiro—: ¿dónde se tomó esta fotografía?

—No lo sé —dijo el hombre—. Ha estado colgada en el mismo sitio desde la época de la Casa del Ganado Ovino.

—Uf —dije yo.

—Pero hay un modo de averiguarlo.

—¿Cuál?

—Vayan a preguntárselo a mi padre. Vive en la habitación del segundo piso. Prácticamente se pasa el día allí encerrado, leyendo material bibliográfico sobre ovejas. Ya hace casi quince días que no le veo el pelo, pero no cabe duda de que sigue vivo porque, cuando dejo comida delante de la puerta, al cabo de media hora los platos están vacíos.

—Si se lo preguntamos a su padre, ¿cree que averiguaremos dónde se tomó la fotografía?

—Quizá sí. Como les he dicho, mi padre fue director de la Casa del Ganado Ovino y lo sabe todo sobre las ovejas. Tanto es así que públicamente se le conoce como «el profesor Ovino».

—El profesor Ovino —dije yo.

3

El profesor Ovino come y habla en abundancia

Según el gerente del Hotel Delfín, hijo del profesor Ovino, la vida de su padre no había sido precisamente dichosa.

—Nació en 1905, era el hijo primogénito de un viejo linaje de samuráis de Sendai —contó el gerente—. Si les parece bien, seguiré el calendario occidental para referirme a los años.

—Claro que sí —dije yo.

—No eran especialmente acaudalados, pero era una familia de cierto abolengo, que tenía casas arrendadas y, en el pasado, habían llegado a trabajar como oficiales encargados de gobernar un castillo durante la ausencia de su señor. Al final de la época feudal, la familia dio también un reputado agrónomo.

El profesor Ovino había destacado por su excelso expediente académico desde pequeño; no había nadie en Sendai que no conociera a aquel niño prodigio. Y no solo sacaba buenas notas, sino que era un excelente violinista y, en la secundaria, fue obsequiado con un reloj de oro por haber interpretado una sonata de Beethoven frente a la familia imperial durante una visita de esta a la prefectura.

Su familia deseaba que se especializase en derecho y siguiera por esa vía, pero el profesor Ovino se negó en redondo.

—No me interesa el derecho —dijo el joven profesor Ovino.

—Pues entonces podrías seguir por la vía musical —dijo su padre—. No estaría mal que hubiese un músico en la familia.

—Tampoco me interesa la música —contestó el profesor.

Se hizo el silencio.

—En ese caso —abrió la boca el padre—, ¿qué camino quieres seguir?

—Me interesa la agricultura. Me gustaría aprender a administrar una explotación agrícola.

—Que así sea —dijo poco después el padre. No le quedaba otro remedio. El profesor Ovino era un chico dulce y obediente, pero cuando se proponía algo, jamás daba el brazo a torcer. Ni siquiera su padre fue capaz de interponerse.

Al año siguiente, tal y como deseaba, el profesor Ovino se matriculó en la Facultad de Agricultura de la Universidad Imperial de Tokio. Las prodigiosas cualidades que había demostrado durante su infancia no decayeron al entrar en la universidad. Todo el mundo lo tenía en un pedestal, profesores incluidos. Sus notas seguían siendo sobresalientes, la gente lo respetaba. En definitiva, era un hombre de élite al cual no se le podía reprochar nada. No se daba a malos vicios, en su tiempo libre leía, y cuando se hartaba de los libros, salía al jardín de la universidad y tocaba el violín. Siempre llevaba consigo aquel reloj de oro, metido en el bolsillo del uniforme.

Gracias a que se graduó el primero de su promoción y a ser miembro de una súper élite, logró entrar en el Ministerio de Agricultura y Silvicultura. Su proyecto de graduación había versado, en pocas palabras, sobre la industrialización planificada de la agricultura a gran escala en el conjunto de la metrópolis japonesa y las colonias de Corea y Taiwán, y pese a una pequeña tendencia a un excesivo idealismo, en su momento dio mucho que hablar.

Tras curtirse durante dos años en el ministerio, se desplazó a la península coreana para investigar el cultivo de arroz. Posteriormente, propondría en un informe un «Anteproyecto para el cultivo de arroz en la península coreana» que fue adoptado por el ministerio.

En 1934 lo llamaron de vuelta a Tokio y le presentaron a un joven general del ejército. Este le dijo que quería crear un sistema autosuficiente de producción de lana con vistas a una próxima campaña militar a gran escala en el norte de la China continental. Así fue como se produjo el primer encuentro entre el profesor Ovino y las ovejas. Después de idear un plan general para fomentar la cría de ganado lanar en Japón, Manchuria y Mongolia, en la primavera del año siguiente el profesor se desplazó a Manchuria para una inspección *in situ*. Ahí fue donde empezó a torcerse su destino.

La primavera de 1935 transcurrió sin contratiempos. Pero en julio tuvo lugar un incidente: el profesor Ovino se montó en su caballo para ir a examinar los rebaños y no volvió.

Pasaron tres y cuatro días y el profesor seguía sin regresar. El equipo de búsqueda, formado en parte por soldados, peinó desesperadamente los páramos sin ningún resultado. La gente pensaba que lo habían atacado los lobos o que quizás había sido secuestrado por bandidos. Pero una semana más tarde, cuando ya todo el mundo había perdido la esperanza, al caer el sol, el profesor Ovino regresó al campamento con aspecto demacrado. Traía la cara chupada, estaba herido y, sin embargo, conservaba la luz en sus ojos. Además, había perdido el caballo y el reloj de oro. Su explicación, que nadie puso en duda, fue que se había extraviado por el camino y el caballo se había malherido.

No obstante, al cabo de un mes, en la oficina gubernamental empezó a difundirse un extraño rumor. Corría la voz de que había mantenido una «relación especial» con una oveja, aunque nadie sabía qué significaba eso de una «relación especial». Entonces su superior lo llamó a su despacho y lo interrogó sobre lo que había sucedido. Estaban en una sociedad colonial y los rumores no se podían pasar por alto.

—¿Es verdad que mantuvo una relación especial con una oveja? —preguntó su superior.

—Sí, la mantuve —contestó el profesor Ovino.

A continuación, se reproduce su diálogo:

P: Con una relación especial, ¿se refiere a un acto sexual?

R: No se trata de eso.

P: Quiero que me lo explique.

R: Es un acto espiritual.

P: Esa explicación no me sirve.

R: Me faltan palabras para describirlo, pero creo que se asemeja a una sesión de espiritismo.

P: ¿Me está diciendo que hizo espiritismo con una oveja?

R: Afirmativo.

P: ¿Hizo espiritismo con una oveja durante la semana que estuvo desaparecido?

R: Afirmativo.

P: ¿No cree que ha incumplido con su deber?

R: Mi deber consiste en estudiar las ovejas.

P: Me niego a aceptar el espiritismo como método de estudio. A partir de hoy mismo quiero que se abstenga de practicarlo. Usted, que se ha graduado con las mejores notas de la Facultad de Agricultura de la Universidad Imperial de Tokio y que tantos éxitos ha cosechado en el ministerio, está destinado a ser el encargado de la futura política agraria de Asia Oriental. Asuma el puesto.

R: Entendido.

P: Olvídese del espiritismo. Las ovejas no son más que reses.

R: Me resulta imposible olvidarlo.

P: Exijo una explicación.

R: Es que llevo un carnero dentro de mí.

P: Esa explicación no me sirve.

R: No puedo explicarle nada más.

En febrero de 1936, le ordenaron que regresase a Japón y, tras plantearle una y otra vez las mismas preguntas, esa primavera lo destinaron al archivo documental del ministerio. Se encargaba de realizar repertorios bibliográficos y ordenar estanterías, entre otras cosas. En resumidas cuentas, lo habían desterrado del núcleo de la política agraria de Asia Oriental.

—El carnero me ha abandonado —le dijo el profesor Ovino a un amigo íntimo en cierta ocasión—. Pero antes estaba dentro de mí.

En 1937, el profesor Ovino renunció a su puesto en el ministerio y, aprovechando el plan de reproducción para conseguir tres millones de ovejas en Japón y las colonias manchú y mongola, a cuyo cargo había estado una vez, se marchó a Hokkaidō a criar ovejas con un crédito del Ministerio de Agricultura: 56 reses.

1939: el profesor Ovino contrae matrimonio, 128 reses.

1942: nacimiento del primer hijo (el actual gerente del Hotel Delfín), 181 reses.

1946: la granja del profesor Ovino es confiscada para ser utilizada como base de entrenamiento de las fuerzas aliadas, 62 reses.

1947: empieza a trabajar en la Asociación de Ganado Ovino de Hokkaidō.

1949: su esposa fallece de tuberculosis.

1950: toma de posesión del cargo de director de la Casa del Ganado Ovino de Hokkaidō.

1960: su hijo pierde dos dedos en el puerto de Otaru.

1967: cierre de la Casa del Ganado Ovino de Hokkaidō.

1968: apertura del Hotel Delfín.

1978: joven agente inmobiliario pregunta por fotografía de ovejas.

—Ese soy yo.

—Madre mía —dije.

—Me encantaría poder conocer a su padre —dije.

—No hay ningún problema en que lo conozca. Pero como a mí me detesta, les pido, por favor, que vayan ustedes dos solos —dijo el hijo del profesor Ovino.

—¿Que le detesta?

232

—Es porque, además de haber perdido dos dedos, estoy medio calvo.

—Ah —dije yo—. Debe de ser una persona muy peculiar.

—Sí, muy peculiar, se lo digo yo que soy su hijo. Desde que empezó a relacionarse con las ovejas, se transformó por completo. Tiene muy mal genio, y a veces resulta hasta cruel. Pero en el fondo es un buen hombre. Si lo oyeran tocar el violín, se darían cuenta. Las ovejas le han hecho daño. Y me hacen daño a mí a través de mi padre.

—Se ve que quiere a su padre, ¿no? —preguntó ella.

—Sí, es verdad. Lo quiero —dijo el gerente del Hotel Delfín—. Pero él me odia. Jamás me abrazaba. Nunca me ha mostrado cariño. Y desde que perdí los dedos y empezó a caérseme el pelo, suele meterse conmigo por ello.

—Seguro que no es su intención meterse con usted —lo consoló ella.

—Yo opino igual —dije.

—Muchas gracias —dijo el gerente.

—¿Nos recibirá si nos presentamos directamente? —pregunté yo.

—No lo sé —dijo el gerente—. Pero supongo que los dejará pasar si prestan atención a dos cosas: la primera es dejarle bien claro que quieren preguntarle algo acerca de ovejas.

—¿Y la segunda?

—No le digan que han hablado conmigo.

—Comprendo —dije yo.

Le dimos las gracias al hijo del profesor Ovino y subimos las escaleras. Arriba, el aire se notaba húmedo y gélido. La luz era macilenta y el polvo se acumulaba en las esquinas del pasillo. Toda la zona hedía a papel viejo y olor

233

corporal. Enfilamos aquel largo pasillo y, tal como nos había indicado el hijo, llamamos a la vieja puerta del fondo. Encima de la puerta había pegado un viejo rótulo de plástico: DESPACHO DEL DIRECTOR. No hubo respuesta. Probé a llamar una vez más. Tampoco hubo respuesta. Cuando golpeé por tercera vez, se oyó un gruñido procedente del interior.

—¡Basta ya! —dijo un hombre—. ¡Basta!

—Hemos venido por un tema relacionado con ovejas.

—¡Idos a comer mierda! —gritó el profesor Ovino desde el interior. Para sus setenta y tres años, tenía una voz potente.

—Nos gustaría conocerle —grité yo a través de la puerta.

—¿Qué me vais a decir vosotros a mí sobre ovejas? ¡Imbéciles! —exclamó el profesor Ovino.

—Pero es que tenemos que hablar —dije yo—. Es sobre el carnero desaparecido en 1936.

Se produjo un silencio, tras el cual la puerta se abrió de golpe. El profesor Ovino se hallaba delante de nosotros.

Tenía el cabello largo y blanco como la nieve. Sus cejas eran canas y le caían sobre los ojos como carámbanos. Medía, aproximadamente, un metro sesenta y cinco y tenía el cuerpo erguido. Era de constitución gruesa y, en medio de la cara, la nariz se le proyectaba con aire desafiante hacia delante, en el mismo ángulo que una rampa de salto de esquí.

La habitación estaba impregnada de olor a humanidad. Bueno, en realidad, ni siquiera se podía decir que aquello fuese olor a humanidad. Rebasado cierto punto, el olor se había fusionado para constituir un todo con la luz y el tiempo. En la amplia estancia se apilaban libros y legajos antiguos, de tal modo que apenas se veía el suelo. La mayor parte de los libros eran manuales científicos escritos en lenguas extranjeras, y todos ellos estaban llenos de manchas. En la pared de la derecha había una cama cubierta de roña; junto a la ventana de enfrente, una mesa enorme de caoba y una silla giratoria. La mesa estaba relativamente ordenada y, sobre los documentos, había un pisapapeles de cristal con forma de oveja. El cuarto estaba mal iluminado por una única lámpara de mesa cubierta de polvo que arrojaba luz de sesenta vatios sobre el escritorio.

El profesor Ovino vestía una camisa gris, una chaqueta de lana negra y unos bastos pantalones de espiga que prácticamente habían perdido la forma. La camisa gris y la chaqueta negra parecían una camisa blanca y una chaqueta gris debido al efecto de la luz. O tal vez fuesen esos sus colores originales.

Tomó asiento en la silla giratoria que había frente a la mesa y nos indicó con el dedo que nos sentásemos en la cama. Tras pasar entre los libros como si atravesásemos un campo de minas, logramos llegar a la cama y sentarnos. Estaba tan sucia que temí que mis Levi's pudieran quedarse pegados a las sábanas para siempre. El profesor Ovino se quedó mirándonos fijamente con los dedos entrelazados sobre la mesa. Los tenía cubiertos de vello negro, hasta en las articulaciones. El vello negro ofrecía un extraño contraste con las canas resplandecientes.

A continuación, el profesor cogió el teléfono y gritó al auricular: «¡Tráeme de comer enseguida!».

—Bien —dijo—. Así que habéis venido a hablarme de lo del carnero que desapareció en 1936.

—Exacto —dije yo.

—¡Hm! —profirió. Acto seguido, se sonó ruidosamente la nariz con un pañuelo de papel—. ¿Queréis contarme algo? ¿O es para hacerme preguntas?

—Para ambas cosas.

—Entonces contad primero lo que sabéis.

—Sabemos qué ha sido del carnero que se escapó de su rebaño en la primavera de 1936.

—¡Hm! —volvió a proferir el profesor Ovino—. ¿Me estás diciendo que sabes lo que llevo cuarenta y dos años intentando averiguar, aquello por lo que he renunciado a todo?

—Sí —dije yo.

—Tiene que ser una patraña.

Saqué del bolsillo el mechero plateado y la fotografía que me había enviado el Rata y los coloqué sobre la mesa. Él extendió sus manos peludas, cogió el mechero y la fotografía y los examinó detenidamente bajo la luz de la lámpara. El silencio flotó por la estancia durante un buen rato como si de partículas se tratara. La robusta ventana con doble acristalamiento contenía todo el ruido de la ciudad, de modo que el crepitar de la vieja lámpara era lo único que realzaba la gravedad de aquel silencio.

Cuando el anciano terminó de inspeccionar los objetos, apagó con un *clic* la lámpara y se frotó los ojos con sus gruesos dedos. Era como si estuviera intentando empujarse los globos oculares hacia el interior del cráneo. Al apartar los dedos, sus ojos estaban enrojecidos y vidriosos como los de un conejo.

—Lo siento —dijo el profesor Ovino—. Me he pasado tanto tiempo rodeado de imbéciles, que he perdido la fe en la gente.

—No pasa nada —dije yo.

Mi novia sonrió de oreja a oreja.

—¿Eres capaz de imaginarte una situación en la que te han arrancado de cuajo la posibilidad de expresarte y todo lo que te queda es reflexionar?

—No —dije.

—Es un infierno. Un infierno formado únicamente por un remolino de pensamientos. Un infierno en el fondo de la tierra, adonde no llega ni un solo haz de luz, donde no hay ni una gota de agua. Esa ha sido mi vida durante cuarenta y dos años.

—¿Por culpa del carnero?

—Sí, por culpa del carnero. Me metió en esto y me dejó tirado. Eso ocurrió en la primavera de 1936.

—Y dejó su trabajo en el ministerio para buscarlo, ¿no?

—Todos los funcionarios son unos idiotas. No tienen ni idea de lo que valen realmente las cosas. Esos ineptos nunca entenderán lo importante que es ese carnero.

Se oyó un golpe en la puerta y una voz femenina que dijo: «¡Aquí le traigo la comida!».

—¡Déjala ahí! —gritó el profesor Ovino.

Se oyó el ruido de la bandeja al ser posada en el suelo y, luego, unos pasos que se alejaban. Mi novia abrió la puerta, cogió la bandeja y la llevó hasta la mesa del profesor. Había sopa, ensalada, albóndigas y un bollo de pan para el profesor y dos cafés para nosotros.

—¿Habéis comido? —preguntó el profesor Ovino.

—Sí —contestamos.

—¿Qué habéis comido?

—Estofado de ternera al vino —dije yo.

—Gambas a la plancha —dijo ella.

—¡Hm! —gruñó el profesor. Acto seguido, tomó un poco de sopa y mordisqueó un picatoste—. Si no os importa, os escucharé mientras como. Me muero de hambre.

—Coma, coma usted —dijimos nosotros.

El profesor Ovino empezó con la sopa y nosotros nos bebimos el café a sorbos. Él se tomaba la sopa mirando fijamente el plato.

—¿Sabe dónde está el prado que aparece en la foto? —le pregunté.

—Sí, lo sé. Lo conozco bien.

—¿Podría decirnos dónde?

—No te apures —repuso el profesor. Y apartó a un lado el plato vacío—. Cada cosa a su tiempo. Para empezar, hablemos de 1936. Primero hablo yo y luego, vosotros.

Asentí con la cabeza.

—Os lo explicaré de un modo sencillo —dijo el profesor Ovino—: el carnero se metió dentro de mí en el verano de 1935. Me había perdido durante un trabajo de campo para estudiar el pastoreo cerca de la frontera entre Mongolia y Manchuria, me guarecí en una cueva que me encontré de casualidad y pasé la noche allí. En sueños se me apareció un carnero y me preguntó si se podía meter dentro de mí. Le dije que no había ningún inconveniente. En ese instante no le di importancia, porque, al fin y al cabo, sabía que era un sueño. —El viejo se rió, je, je, mientras comía—. Era de una raza que yo jamás había visto. Por mi profesión, conocía todas las ovejas del mundo, pero aquel carnero era especial. Tenía los cuernos curvados, apuntando en una dirección rara, las patas rechonchas y los ojos de color transparente como el agua de un manantial. La lana era de un blanco puro, pero en la espalda le crecía un mechón de lana acastañada en forma de estrella. No existía en ninguna parte un carnero como aquel. Por eso mismo le contesté que no había ningún inconveniente en que entrara dentro de mí. Como investigador ovino que soy, no podía pasar por alto un ejemplar tan precioso.

—¿Qué se siente al tener un carnero dentro del cuerpo?

—Nada especial. Simplemente sientes que hay un carnero. Te levantas por la mañana y lo notas: tengo un carnero dentro. Es todo muy natural.

—¿No sufrió dolor de cabeza?

—Nunca en mi vida he tenido dolor de cabeza.

El profesor Ovino mojó una albóndiga en la salsa, se la llevó a la boca y se puso a masticarla.

—En el norte de China y ciertas regiones de Mongolia no es tan raro eso de que te entre una oveja en el cuerpo. Entre los nativos, el hecho de llevar una oveja dentro se considera una bendición divina. Por ejemplo, en un libro publicado durante la dinastía Yuan se cuenta que Gengis Kan llevaba una «oveja blanca estrellada» en su interior. ¿Qué? Curioso, ¿verdad?

—Sí que lo es.

—Se cree que las ovejas que pueden entrar en el cuerpo de los humanos son inmortales. Y la persona que lleva una oveja en su interior también lo es. Pero si la oveja escapa, la inmortalidad desaparece. Todo depende de la oveja. Si se encuentra a gusto, puede pasarse décadas en el mismo sitio; si no, se va. A las personas que se han quedado sin oveja se las conoce como «desovinadas». Eso es precisamente lo que soy yo.

Ñam, ñam.

—Desde que el carnero entró en mí, empecé a estudiar el folclore y las tradiciones populares relacionadas con ovejas. Pregunté a la gente de la zona, investigué en libros antiguos. Al poco tiempo, se extendió el rumor entre ellos de que yo tenía el carnero dentro, y acabó llegando a oídos de mi superior. A él no le hizo ninguna gracia. Fue entonces cuando me etiquetaron de «perturbado mental» y me mandaron de vuelta a casa. Lo llamaron «el mal del colono».

Tras dar buena cuenta de tres albóndigas, el profesor Ovino atacó el pan. Comía con un apetito que daba gusto solo mirarlo.

—La estupidez que caracteriza la esencia de la modernidad japonesa se debe a que no aprendimos nada del intercambio con otros pueblos asiáticos. Lo mismo ocurre con las ovejas: el fracaso de la cría de ganado ovino en Japón se debe a que solo se las consideró un medio para autoabastecerse de lana y carne. Faltaba una filosofía de vida doméstica. Procuramos ser eficientes y nos apropiamos exclusivamente de las conclusiones, desligadas de su contexto. Nos pasó con todo. Es decir, no teníamos los pies en la tierra. No es de extrañar que perdiéramos la guerra.

—El carnero también se vino con usted a Japón, ¿verdad? —Devolví la conversación a su cauce.

—Sí —dijo el profesor—. Regresé en barco desde Busan. El carnero me siguió.

—¿Cuál cree que era el objetivo del carnero?

—Ni idea —escupió el profesor—. Es que no lo sé. Él no me lo contó. Pero, desde luego, aspiraba a algo grande. Eso sí que me consta. Tenía un plan descomunal que transformaría para siempre el mundo y la humanidad.

—¿Un solo carnero pretendía hacer eso?

El profesor Ovino asintió y, tras engullir el último pedazo de pan, se sacudió las manos.

—No hay de qué sorprenderse. Pensad en lo que hizo Gengis Kan.

—Cierto —dije yo—, pero ¿por qué a estas alturas? ¿Y por qué eligió el carnero Japón?

—Seguro que fue porque lo desperté. Debía de llevar siglos durmiendo dentro de aquella cueva. Y, aquí donde me veis, voy yo y lo despierto.

—No es culpa suya —dije yo.

—Sí —dijo el profesor—. Sí que lo es. Debí haberme dado cuenta mucho antes. Así habría tomado medidas. Pero tardé demasiado en reaccionar. Cuando lo hice, el carnero ya se había escapado.

El profesor se calló y se frotó con los dedos sus cejas

blancas como carámbanos. El peso de los cuarenta y dos años había calado en cada rincón de su cuerpo.

—Una mañana, al despertarme, el carnero no estaba. Entonces comprendí por fin qué significaba ser un «desovinado»: es un infierno. Lo único que te deja el carnero es reflexión. Y sin él no puedes expulsar esas reflexiones. En eso consiste ser un «desovinado».

El profesor Ovino volvió a sonarse la nariz con el pañuelo de papel.

—Ahora os toca hablar a vosotros.

Le conté qué sucedió cuando el carnero se alejó de él. Le dije que se había introducido en el cuerpo de un joven ultraderechista encarcelado. Que, poco después de salir del presidio, el joven se convirtió en un pez gordo de la ultraderecha. Que a continuación viajó a la China continental y se forjó una fortuna y creó una amplia red de información. Que se convirtió en un criminal de guerra de clase A, pero que lo dejaron libre a cambio de esa red de información en China. Que en la posguerra, gracias a la fortuna que se había llevado consigo del continente, se hizo con el poder en el submundo de la política, de la economía y de la información, etcétera.

—He oído hablar de él —dijo con gesto amargo el profesor—. Parece que el carnero encontró al candidato idóneo, ¿eh?

—Sin embargo, este año, por primavera, el carnero abandonó su cuerpo. Ahora mismo, esa persona está inconsciente y a punto de morir, porque durante todo este tiempo el carnero le frenó una disfunción cerebral.

—Pues es una suerte. Para un «desovinado», estar inconsciente lo hace todo más llevadero.

—¿Por qué habrá abandonado el carnero su cuerpo, después de haber logrado construir una organización tan grande a lo largo de los años?

El profesor ovino soltó un profundo suspiro.

—¿Todavía no te has dado cuenta? Su caso es idéntico al mío: se ha vuelto inservible. Todos tenemos un límite y al carnero no le interesan las personas que han rebasado ese límite. Seguro que ese señor no supo entender qué quería el carnero realmente. Su función era construir esa organización enorme y, una vez conseguido el objetivo, fue desechado. El carnero me utilizó a mí del mismo modo como medio de transporte.

—Entonces, ¿qué habrá sido del carnero?

El profesor levantó la fotografía de la mesa y le dio unos golpecitos con los dedos.

—Habrá estado deambulando por todo Japón. En busca de un nuevo huésped, claro. Posiblemente se proponga poner a otra persona a la cabeza de la organización.

—¿Qué es lo que quiere conseguir?

—Como he dicho antes, desgraciadamente soy incapaz de expresarlo con palabras. Pretende materializar una reflexión ovina.

—¿Eso es bueno?

—Lo es, sin duda, para la reflexión ovina.

—¿Y para usted?

—No lo sé —dijo el anciano—. De veras que no lo sé. Desde que me abandonó el carnero, ya ni siquiera sé hasta qué punto sigo siendo yo y hasta qué punto soy la sombra del carnero.

—¿Qué clase de medidas son esas que ha mencionado antes?

El profesor Ovino sacudió la cabeza.

—No pienso decírtelo.

242

De nuevo, el silencio se apoderó de la habitación. Fuera, la lluvia empezó a caer con fuerza. La primera lluvia desde que estábamos en Sapporo.

—Por último, querría que nos dijera dónde está el sitio que aparece en la fotografía —dije yo.

—Es la granja donde viví durante nueve años. Me dedicaba a criar ovejas. Poco después de terminar la guerra, las tropas estadounidenses la confiscaron y, cuando me la devolvieron, se la vendí a un ricachón como casa de campo con granja. Todavía debe de pertenecer al mismo propietario.

—¿Sigue criando ovejas?

—No lo sé. Pero a juzgar por la foto parece que sí. El sitio está muy apartado, mires a donde mires no se ve ninguna casa. En invierno, la carretera queda cortada. El dueño solo la usa dos o tres meses al año. Pero es un lugar estupendo, muy tranquilo.

—¿Alguien se ocupa del sitio cuando no se usa?

—En invierno no debe de haber nadie. A nadie más que a mí se le ocurriría pasar el invierno en un sitio así. Pagando, se pueden dejar las ovejas al cuidado de una ganadería municipal que hay al pie de la montaña. El tejado está diseñado para que la nieve caiga de forma natural, y no hay peligro de robo. Sería bastante complicado robar algo en medio de esa montaña y conseguir llegar hasta un pueblo. Sobre todo, por la cantidad de nieve que cae.

—¿Habrá alguien allí ahora?

—¡Vete a saber! Supongo que no. Ya se acerca la temporada de nieve y los osos andan merodeando en busca de comida para pasar el invierno... ¿Es que pensáis ir hasta allí?

—Creo que vamos a tener que ir. No nos queda otro remedio.

El profesor Ovino cerró la boca durante un rato. Tenía las comisuras de los labios manchadas de salsa de tomate de las albóndigas.

—En realidad, hubo otra persona que vino a preguntarme por la granja. Debió de ser en febrero de este año. Tendría, hmm, más o menos tu edad. Dijo que había visto la fotografía en el vestíbulo del hotel y le había picado la curiosidad. Como yo estaba pasando justo por una época aburrida, le conté bastantes cosas. Decía que quería usarlo como material para escribir una novela.

Me saqué del bolsillo una foto en la que salíamos el Rata y yo y se la pasé al profesor. Nos la había hecho Jay durante el verano de 1970 en el Jay's Bar. Yo estaba de perfil, fumando un cigarrillo; el Rata miraba al objetivo con los pulgares hacia arriba. Ambos éramos jóvenes y estábamos muy morenos.

—Uno eres tú. —El profesor Ovino observaba la foto a la luz de la lámpara—. Estás más joven.

—La foto tiene ocho años —dije yo.

—El otro debe de ser ese hombre. Estaba un poco más viejo y llevaba barba, pero casi seguro que es él.

—¿Barba?

—Llevaba el bigote bien arreglado y barba de varios días.

Intenté imaginarme al Rata con barba, pero fui incapaz.

El profesor nos dibujó un mapa detallado de la granja. Había que realizar un transbordo a una línea secundaria cerca de la ciudad de Asahikawa, y, tras tres horas de viaje, se llegaba a un pueblo al pie de una montaña. Desde ese pueblo hasta la granja había otras tres horas de viaje en coche.

—Se lo agradezco de todo corazón —le dije.

—Si quieres que te diga la verdad, creo que lo mejor que podéis hacer es olvidaros de ese carnero. A mi ejemplo me remito. Nadie que haya tenido relación con ese carnero ha conseguido ser feliz. Los valores de un solo individuo no tienen ningún poder frente a la presencia del carnero. Pero, bueno, supongo que tendrás tus razones.

—Efectivamente.

—Id con cuidado —dijo el profesor Ovino—. Y dejad la bandeja enfrente de la puerta, por favor.

4
Adiós, Hotel Delfín

Nos pasamos todo el día preparándonos para la partida.

Nos proveímos de material de montaña y víveres en una tienda de productos de deporte, y en unos grandes almacenes compramos jerséis gruesos de pescador y calcetines de lana. En la librería compré un mapa de la región de escala 1:50.000 y un libro sobre la historia de la zona. Como calzado elegimos unas botas recias con crampones para caminar por la nieve, y de ropa interior, unas prendas recias con aislamiento térmico que protegen contra el frío.

—Creo que no es la ropa más adecuada para mi profesión —dijo ella.

—Cuando estás en medio de la nieve, no puedes permitirte pensar en esas cosas —dije yo.

—¿Pretendes quedarte allí hasta la época de las grandes nevadas?

—No lo sé. Pero a finales de octubre ya empieza a nevar y es mejor que vayamos preparados, ¿no crees? Nadie sabe lo que podría suceder.

Regresamos al hotel, empaquetamos todo dentro de una

mochila grande y decidimos dejar al cuidado del gerente del Hotel Delfín el equipaje sobrante que habíamos traído de Tokio. En realidad, prácticamente todo lo que ella llevaba en su bolso sobraba: un estuche de maquillaje, cinco libros, seis casetes, un vestido y zapatos de tacón, una bolsa de papel llena de medias y ropa interior, camisetas y pantalones cortos, un despertador de viaje, un bloc de dibujo y un juego de lápices de veinticuatro colores, sobres y sellos, una toalla de baño, un minikit de primeros auxilios, un secador de pelo y bastoncillos para las orejas.

—¿Para qué has traído el vestido y los zapatos de tacón? —pregunté yo.

—¿Y si nos invitan a una fiesta? —dijo ella.

—Pero ¿cómo va a haber una fiesta? —dije yo.

Con todo, al final metió dentro de mi mochila el vestido, bien enrollado, y los zapatos de tacón. En lugar del estuche de maquillaje, compró un pequeño set de viaje en una tienda cercana.

El gerente se ocupó atentamente del equipaje que sobraba. Le pagué el dinero que le debíamos hasta el día siguiente y le dije que volveríamos en una o dos semanas.

—¿Les ha servido de algo hablar con mi padre? —nos preguntó preocupado. Le contesté que mucho.

—A veces pienso que ojalá pudiera buscar algo yo también —dijo el gerente—. Pero es que no se me ocurre qué demonios podría ser. Mi padre es un hombre que siempre ha ido detrás de algo. Incluso ahora. De pequeño, siempre me hablaba del carnero blanco que se le aparecía en sueños. Acabó haciéndome creer que en eso consiste vivir. Que la vida de verdad es andar dando vueltas detrás de algo.

El vestíbulo del Hotel Delfín estaba tan silencioso como siempre. Una señora de la limpieza entrada en años subía y bajaba las escaleras con una mopa.

—Pero mi padre ha cumplido setenta y tres años y todavía no ha encontrado el carnero. Yo ya ni siquiera sé si realmente existe. Me da la impresión de que no ha llevado una vida demasiado feliz. Me gustaría que, aunque sea ahora, consiguiera ser feliz, pero él me toma por tonto y no escucha nada de lo que le digo. Eso es, en parte, porque no tengo ningún objetivo en mi vida.

—Pero si tienes el Hotel Delfín... —dijo amablemente mi novia.

—Además, la búsqueda del carnero de su padre ya ha terminado —añadí yo—. Ahora somos nosotros quienes nos hacemos cargo.

El gerente sonrió.

—Entonces no hay nada más que decir. De ahora en adelante, deberíamos vivir los dos felices.

—Ojalá sea así —dije yo.

♀

—¿Conseguirán de veras ser felices esos dos? —me preguntó ella poco después, cuando nos quedamos a solas.

—Tal vez necesiten algo de tiempo, pero seguro que les irá bien, porque el vacío de cuarenta y dos años se ha llenado. El papel del profesor Ovino ha terminado. Ahora somos nosotros quienes tenemos que seguirle el rastro al carnero.

—Me caen muy bien el padre y el hijo.

—A mí también.

Una vez hecha la maleta, copulamos y luego salimos a la calle y fuimos a ver una película. En la película, también había muchas parejas que copulaban. Me pareció que ver cómo copulan otros tampoco estaba nada mal.

Capítulo octavo
La caza del carnero III

1
Origen, desarrollo y declive de Jūnitaki

En el primer tren de la mañana que partía de Sapporo en dirección a Asahikawa estuve leyendo un voluminoso libro que iba dentro de un estuche de cartón y que se titulaba *Historia de Jūnitaki*, mientras me tomaba una cerveza. Jūnitaki era el pueblo donde estaba la granja del profesor Ovino. Quizá no me serviría de mucho, pero leerlo no me haría daño. Ponía que el autor, nacido en Jūnitaki en 1940, «había desarrollado su actividad en el ámbito de la historiografía local tras graduarse en la Facultad de Literatura de la Universidad de Hokkaidō». En el «desarrollo de su actividad», aquel era el único libro que había escrito. Se había publicado en 1970 y era, por supuesto, la primera edición.

Según el libro, los primeros colonos se habían asentado en el terreno en el que actualmente se halla Jūnitaki a comienzos del verano de 1880. Eran dieciocho en total, todos campesinos arrendatarios pobres venidos de Tsugaru, cuyas únicas pertenencias eran unos pocos aperos de labranza, vestimenta y ropa de cama, además de ollas y cuchillos.

Se habían acercado a un poblado ainu próximo a Sapporo y, con el poco dinero que tenían, habían contratado como guía a un joven ainu. Era un chico delgado de ojos oscuros cuyo nombre, en lengua ainu, significaba «Luna creciente y menguante» (el autor conjeturaba que quizá padeciera de episodios maniaco-depresivos).

No obstante, como guía resultó ser mucho mejor de lo que parecía. Aunque prácticamente no entendía el idioma, condujo a los dieciocho lúgubres campesinos, de carácter tremendamente desconfiado, hacia el norte del río Ishikari. Fuera a donde fuese, el muchacho sabía cómo encontrar tierras fértiles.

Al cuarto día, el grupo llegó a su destino. Era un sitio amplio, con mucha agua y cubierto de bellas flores.

—Aquí bueno —dijo satisfecho el muchacho—. Pocas bestias, tierra fértil, coger salmones.

—No —sacudió la cabeza el líder de los campesinos—. Vayamos más hacia el interior.

El joven se dijo que quizá los campesinos creían que encontrarían mejores tierras en el interior. De acuerdo. Avancemos hacia el interior, pues.

El grupo caminó dos días hacia el norte. Y encontraron un altozano en el que, aunque menos fecundo que el primer sitio, no había peligro de inundación.

—¿Qué tal? —preguntó el joven—. Aquí también bueno. ¿Qué tal?

Los campesinos movieron la cabeza hacia los lados.

Después de que la misma reacción se repitiese unas cuantas veces, acabaron alcanzando la actual Asahikawa. Estaba a siete días de viaje, ciento cuarenta kilómetros desde Sapporo.

—¿Aquí qué tal? —preguntó el joven sin demasiada esperanza.

—No —contestaron los campesinos.

—Pero, a partir de aquí, caminar montañas —dijo el joven.

—No importa —contestaron contentos los campesinos. Y así fue como cruzaron el puerto de Shiokari.

Si los campesinos habían evitado las planicies fértiles en busca de tierras vírgenes del interior era, naturalmente, por una razón: todos habían huido de noche de su aldea natal para eludir una importante deuda que habían contraído, de modo que debían evitar en la medida de lo posible llanuras en las que pudieran llamar la atención.

Obviamente, el joven ainu no sabía nada de eso. Le sorprendió, se inquietó, se sintió confuso, desconcertado, y llegó a perder la confianza en sí mismo ante un grupo de campesinos que rechazaba terrenos labrantíos fértiles a fin de seguir avanzando hacia el norte.

Sin embargo, para cuando atravesaron el puerto de montaña de Shiokari, el joven, que por lo visto tenía un carácter bastante complicado, ya se había resignado a su inexplicable misión de seguir guiando a los campesinos hacia el norte. Para satisfacción de ellos, eligió adrede los caminos más intransitables y los pantanos más peligrosos.

Al cuarto día de trayecto hacia el norte, después de haber atravesado Shiokari, el grupo llegó a un río que fluía de este a oeste. Tras deliberarlo, decidieron dirigirse hacia el este.

Tanto el camino como el terreno eran ciertamente espantosos. Se abrieron paso por un exuberante océano de plantas como de bambú, anduvieron durante media jornada entre hierbas por encima de sus cabezas, cruzaron un pantano de barro que les llegaba hasta el pecho y treparon una montaña rocosa, siempre hacia el este. De noche, desplegaron sus tiendas a la orilla de un río y durmieron con los aullidos de los lobos de fondo. Tenían las manos ensangrentadas por culpa de las hojas de *kumazasa;* los mosquitos y las moscas negras se les adherían por todas partes, e incluso se le metían en los oídos para chupar su sangre.

Al quinto día de trayecto hacia el este llegaron a un punto en que una montaña les cortaba el camino. El joven les anunció que, ahora sí, de ahí en adelante las condiciones serían totalmente inhóspitas. Los campesinos se detuvieron al fin. Era el 8 de julio de 1880 y habían recorrido doscientos sesenta kilómetros desde Sapporo.

En primer lugar, investigaron la configuración del terreno, la calidad del agua y de la tierra, y descubrieron que era apto para el cultivo. Luego, tras repartirse el terreno entre las distintas familias, construyeron una choza comunal de madera.

El joven ainu se acercó a un grupo de congéneres que, casualmente, había ido a cazar en las proximidades y les preguntó cómo se llamaba aquella tierra. «¡Cómo va a tener nombre esta mierda de sitio!», le contestaron.

Por ese motivo, la colonia no tuvo nombre durante algún tiempo. Un poblado sin casas en sesenta kilómetros a la redonda (en caso de que las hubiera, seguro que no deseaban mantener contacto con ellos) no necesitaba nombre. En 1888, una delegación de funcionarios del gobierno regional que fueron para elaborar un censo de todos los integrantes de la colonia se quejaron de que el poblado no tuviese nombre, pero para los colonos no representaba ningún inconveniente. Es más, los colonos se congregaron en la choza comunal con sus hoces y sus azadas y resolvieron «no ponerle nombre al poblado». Pero a los funcionarios no les quedó más remedio y lo bautizaron con el nombre de Jūnitaki o «poblado de las doce cascadas», por las doce cascadas que se formaban en el río que corría a la vera del lugar; informaron al gobierno regional y, a partir de entonces, recibió el nombre oficial de poblado de Jūnitaki (posteriormente, aldea de Jūnitaki). Pero eso ocurrió más tarde, claro. Volvamos a 1880.

El terreno se hallaba entre dos montañas que formaban un profundo valle, en un ángulo de aproximadamente sesenta grados, por cuyo centro discurría un río. Desde luego, el sitio era una mierda. El suelo estaba infestado de plantas enanas de bambú, y unas grandes coníferas extendían sus raíces bajo tierra. Por los alrededores campaban lobos, ciervos, osos, roedores de campo y diversas aves de todos los tamaños en busca de las escasas hojas, de carne y de pescado. Había una auténtica nube de moscas y mosquitos.

—Vosotros, ¿seguro que querer vivir aquí? —preguntó el joven ainu.

—Por supuesto —respondieron los colonos.

No se sabe por qué, en vez de regresar a su pueblo natal, el joven ainu se quedó en aquella tierra con los colonos. El autor conjeturaba que tal vez por curiosidad (la verdad es que el autor lanzaba conjeturas con bastante frecuencia). Pero era altamente improbable que los colonos hubieran podido sobrevivir a aquel invierno de no haber sido por la presencia del joven. Él fue quien les enseñó a recolectar verdura de invierno, a protegerse de la nieve, a pescar en ríos congelados, a fabricar cepos para lobos, a espantar a los osos antes de la hibernación, a adivinar el tiempo por la orientación del viento, a prevenir lesiones por congelación, a cocinar las raíces de bambú, a talar las coníferas en un sentido determinado. Así fue como los colonos empezaron a considerar al joven como uno más y él recuperó la autoestima. Posteriormente, se casó con la hija de un colono, tuvo tres hijos y recibió un nombre japonés. Ya nunca más se llamó «Luna creciente y menguante».

Sin embargo, pese al afán del joven ainu por integrarse, la vida de los colonos era tremendamente ardua. En agosto construyeron cabañas para cada familia, pero no eran más que pilas de troncos irregulares cortados en vertical y, en invierno, las ventiscas calaban sin piedad en el interior. Por la mañana, cuando se levantaban, solían encontrarse unos treinta centímetros de nieve al pie de la cama. Por lo general, solo había un futón por casa y los hombres dormían, envueltos en esteras de paja, frente a las hogueras que encendían. Cuando se les terminaban los víveres, la gente pescaba peces en el río o escarbaba en la nieve en busca de tallos y brotes ennegrecidos. Fue un invierno particularmente duro, pero no hubo ningún muerto. Ni disputas, ni lamentos. Lo único que les ayudó a sobrevivir fue la pobreza en la que habían nacido.

Llegó la primavera. Nacieron dos niños y la población aumentó a veintiuna personas. Las mujeres embarazadas trabajaban en el campo hasta dos horas antes de dar a luz, y a la mañana siguiente volvían a salir a los campos. Plantaban maíz y patatas, mientras que los hombres cortaban leña, quemaban rastrojos y roturaban terrenos baldíos. La vida emergió a la superficie cargada de frutos tempranos y, justo cuando la gente suspiraba de alivio, apareció una plaga de langostas.

Llegaron de más allá de las montañas. Al principio, parecía una nube oscura gigantesca. Luego se oyó como si retumbase la tierra. Nadie entendía qué estaba ocurriendo. Solo el joven ainu lo sabía. Ordenó a los hombres que prendieran fuego en distintos puntos de los cultivos. Vertieron todo el queroseno que tenían sobre todos sus muebles y les prendieron fuego. Dijo a las mujeres que llevasen sus ollas y las golpeasen con todas sus fuerzas. Hizo todo lo que estaba en su poder (como así reconocerían más tarde todos). Pero fue en vano: miles y miles de langostas descendieron sobre los cultivos y devastaron la cosecha a su antojo. No quedó nada.

Cuando las langostas se marcharon, el joven lloró de bruces sobre el campo. Entre los campesinos, nadie derramó una lágrima. Recogieron las langostas muertas y, una vez quemadas, enseguida retomaron la roturación de las tierras.

La gente volvió a pasar el invierno alimentándose de peces del río, y de los tallos y brotes que encontraban. Cuando llegó la primavera, nacieron tres niños y la gente cultivó el campo. En verano volvieron las langostas y arrasaron los cultivos. Esa vez, el joven ainu no lloró.

Al tercer año, por fin cesaron los ataques de las langostas. Una lluvia prolongada había hecho que los huevos de los insectos se pudrieran. Pero, al mismo tiempo, la excesiva exposición a las lluvias causó estragos en la cosecha. Al año siguiente sufrieron una proliferación anormal de escarabajos, y en el verano del año siguiente hizo un frío espantoso.

Llegado a ese punto, cerré el libro, me bebí otra cerveza, saqué de la bolsa el *bentō** de huevas de salmón y me lo comí.

Ella dormía con los brazos cruzados en el asiento de enfrente. El sol de otoño que entraba aquella mañana por la ventana cubría suavemente sus rodillas como un tenue paño de luz. Una pequeña polilla que se había colado por alguna parte aleteaba como un trozo de papel mecido por el

---

* Bandeja de comida preparada para llevar que suele incluir diversos ingredientes y, a menudo, se puede comprar en la estación de tren. (*N. del T.*)

viento. Entonces se posó sobre su pecho y, tras descansar un instante, volvió a echarse a volar. Cuando la polilla se marchó, me dio la sensación de que ella había envejecido una pizca.

Me fumé un cigarrillo, abrí el libro y seguí leyendo la *Historia de Jūnitaki*.

Cumplido el sexto año, la colonia por fin empezó a dar síntomas de vigor. La cosecha maduró, se reparó la choza comunal, la gente se adaptó a vivir en aquella región tan fría. Con ingenio, las cabañas de troncos se convirtieron en casas bien hechas, se construyeron hornos y se colgaron linternas. La gente cargó en barcas los pocos productos del campo que habían sobrado, pescado seco y cuernos de ciervo y, en dos días, los transportaron a los pueblos cercanos, donde compraron sal, ropa y aceite. Varias personas aprendieron a fabricar carbón a partir de la madera partida durante la roturación. Río abajo se formaron algunos poblados del mismo tipo con los que estrecharon lazos.

A medida que la explotación del terreno avanzaba, la escasez de mano de obra se convirtió en un problema grave; los aldeanos se reunieron en una asamblea y, tras dos días de debates, decidieron traer a gente de su pueblo natal. La deuda que habían dejado sin pagar era un problema, pero lo consultaron furtivamente mediante una carta y les respondieron que el acreedor había desistido por completo de recuperar el dinero. Así pues, el hombre más anciano envió otra carta a varios antiguos compañeros de la aldea para preguntarles si querrían unirse a ellos y trabajar juntos en la labranza. Corría el año 1888, el mismo en que los funcionarios realizaron el censo y bautizaron aquel poblado con el nombre de Jūnitaki.

Al año siguiente, diecinueve nuevos colonos pertenecientes a seis familias llegaron al poblado. Fueron recibidos en la choza comunal recién remozada. La gente derramó lágrimas y se regocijó por el reencuentro. A los nuevos moradores se les asignó un terreno y, con la ayuda de sus vecinos, labraron la tierra y construyeron viviendas.

En 1892 aparecieron cuatro familias, dieciséis personas en total. En 1896, veinticuatro personas repartidas entre siete familias.

De este modo, el número de habitantes fue aumentando. Se amplió la choza comunal, que se convirtió en una formidable sala de reuniones y, a su lado, se edificó un pequeño templo sintoísta. El poblado de Jūnitaki pasó a ser la aldea de Jūnitaki. La principal fuente de alimento seguía siendo el mijo cocido, pero de vez en cuando lo mezclaban con arroz blanco. También empezaron a dejarse ver repartidores de correo, aunque de forma irregular.

Esto no quiere decir que no hubiese infortunios, claro. Los funcionarios comenzaron a presentarse a menudo para recaudar impuestos y reclutar soldados. Al joven ainu era a quien más le desagradaba todo aquello (en esa época rondaba ya los treinta y cinco). No entendía qué necesidad había de levas y recaudaciones.

—Me parece que estábamos bien como estábamos —dijo él.

Con todo, la aldea siguió desarrollándose.

En 1902 se descubrió que una meseta próxima a la aldea valdría como pastizal y se construyó una explotación comunal de ganado ovino. Los funcionarios del gobierno regional fueron y supervisaron la fabricación del redil, la traída de aguas y la construcción de un establo. Luego llevaron reos condenados a trabajos forzados para que arreglasen el camino que bordeaba el río y, poco tiempo después, la gente de la aldea pudo conducir hasta la meseta un rebaño de ovejas que le había comprado al Gobierno por una miseria. Los campesinos no tenían ni idea de por qué el Gobierno se estaba portando tan bien con ellos. Muchos creyeron que, después de todo por lo que habían pasado, alguna cosa buena tenía que venir.

Pero, naturalmente, el Gobierno no les ofrecía aquel rebaño por pura generosidad: en realidad, la cúpula militar había presionado al Gobierno con el objetivo de pertrecharse con lana para protegerse del frío y así prepararse para las futuras incursiones en el continente asiático. El Gobierno, a su vez, había ordenado al Ministerio de Agricultura y Comercio que ampliase las explotaciones de ganado lanar y el ministerio había apremiado al gobierno regional. El estallido de la guerra ruso-japonesa era inminente.

La persona de la aldea más interesada en el ganado ovino era el joven ainu. Se pegó a los funcionarios para aprender a criar a los animales y lo nombraron encargado de la granja. No se sabe por qué le interesaban tanto las ovejas. Quizá no acababa de acostumbrarse a la vida de aquella aldea en la que, con el aumento de la población, habían comenzado a complicarse las cosas de manera drástica.

A la explotación habían traído treinta y seis southdown, veintiuna shropshire y dos border collie que ayudarían en el pastoreo. El joven ainu se convirtió enseguida en un excelente ovejero y el número de cabezas de ganado y de perros fue aumentando cada año. Las ovejas y los perros se convirtieron en su auténtica pasión. Los funcionarios estaban satisfechos. Granjas de distintas zonas adoptaron a los cachorros de aquellos perros porque eran excelentes perros pastores.

Cuando estalló la guerra ruso-japonesa, cinco muchachos de la aldea fueron reclutados y enviados al frente en

China. De los tres que estaban en la misma unidad, dos murieron en una contienda por una pequeña colina y el tercero perdió el brazo izquierdo como consecuencia de una granada enemiga que explotó en el flanco derecho de la milicia. Tres días después terminó la batalla y los otros dos recogieron los restos desperdigados de sus paisanos caídos en combate. Todos eran hijos de colonos de la primera y de la segunda tanda. Uno de los caídos era hijo del joven ainu que se había hecho pastor. Habían muerto con el abrigo de lana de oveja del ejército puesto.

—¿Por qué tienen que declararle la guerra a un país extranjero? —preguntó el pastor ainu a la gente que se encontraba. En esa época ya había cumplido los cuarenta y cinco años.

Nadie le dio una respuesta. El pastor se alejó de la aldea, se encerró en la granja y empezó a vivir bajo el mismo techo que las ovejas. Su mujer había fallecido de una pulmonía cinco años atrás y las dos hijas que le quedaban ya estaban casadas. A cambio de ocuparse de las ovejas, la aldea le ofrecía alimentos y un exiguo estipendio.

Cuando perdió a su hijo, se convirtió en un viejo arisco, y acabó muriendo a los sesenta y dos años. El muchacho que lo ayudaba a cuidar las ovejas se lo encontró en el suelo del establo una mañana de invierno. Había muerto congelado. A un costado del cadáver, dos perros, nietos de la primera generación de border collies, lo olfateaban con ojos desconsolados. Las ovejas pastaban la hierba que alfombraba el interior del aprisco, ajenas a todo. El *clac* de sus dientes al morder resonaba en el silencioso establo como un concierto de castañuelas.

La historia de Jūnitaki continuaba, pero la historia del joven ainu terminaba. Me levanté para ir al baño y meé las dos latas de cerveza. Al volver a mi asiento, ella se había despertado y observaba ensimismada el paisaje que discurría por la ventanilla. Fuera se extendían arrozales. De vez en cuando, también se veía algún silo. Pasamos junto a un río que se iba acercando y alejando de la vía. Mientras fumaba, contemplé un rato el paisaje y también me fijé en cómo ella, de perfil, hacía lo propio. No dijo ni una palabra. Terminado el cigarrillo, volví a la lectura. La sombra de un puente de hierro tembló sobre el libro.

Concluida la historia del desdichado ainu que murió siendo un viejo pastor, el resto de la crónica perdía interés. Aparte de los daños temporales que las heladas causaban en las cosechas y de que, un año, diez reses murieron de timpanismo, la aldea siguió desarrollándose favorablemente hasta ascender a la categoría de pueblo en la era Taishō. El pueblo se volvió próspero y, cada vez, estaba mejor preparado. Se construyó una escuela primaria, un ayuntamiento y una sucursal de correos. Prácticamente se podía dar por concluida la fase de asentamiento de la colonia en Hokkaidō.

Como los campos de cultivo se agotaron, entre los hijos de los pequeños campesinos empezó a haber quien abandonaba el pueblo en busca de nuevas tierras en Manchuria y en la isla de Sajalín. En el apartado sobre el año 1937 había un texto en el que se mencionaba al profesor Ovino. Se decía que el señor... (32 años), tras completar su formación en Corea y Manchuria como técnico del Ministerio de Agricultura, había dejado su puesto debido a cierta circunstancia y había establecido una granja de ganado lanar en la cuenca situada en las montañas al norte de Jūnitaki. Esa era la única referencia al profesor. Ya en la era Shōwa, parecía que el historiador que había escrito el libro perdía el interés por la historia del pueblo, porque la escritura se volvía rancia y fragmentaria. El estilo también perdía frescura, comparado con el de la parte en que hablaba del joven ainu.

Decidí saltarme los años comprendidos entre 1938 y 1969 y leer el apartado «El pueblo en la actualidad». No obstante, con «actualidad» el libro se refería a 1970 y no a la verdadera actualidad. La verdadera actualidad era el mes de octubre de 1978. Pero escribir la historia de un pueblo requiere, desde luego, mencionar al final la «actualidad». Porque, aunque esa actualidad pierda enseguida su calidad de actual, nadie puede negar que la actualidad es la actualidad. Si la actualidad dejase de ser la actualidad, la Historia dejaría de ser la Historia.

Según la *Historia de Jūnitaki*, en abril de 1969 la población era de quince mil habitantes, seis mil menos que diez años atrás, un descenso que correspondía básicamente a la gente que había abandonado las labores en el campo. Señalaba que, además de la transformación estructural de las industrias bajo el *boom* económico de la posguerra, las particulares condiciones climáticas de Hokkaidō en las que había que ejercer las labores agrícolas explicaban aquel índice tan elevado de personas que desertaban del arado.

¿Y qué sucedió con los terrenos de cultivo que abandonaron? Que fueron reconvertidos en terreno forestal. Los nietos reforestaron las tierras que sus bisabuelos habían roturado con el sudor de su frente, después de haber talado todos los árboles. Curioso.

Así las cosas, las principales actividades económicas de Jūnitaki eran, en la actualidad, la silvicultura y la industria maderera. En el pueblo había varios aserraderos donde se fabricaban muebles de madera para televisores, marcos de espejos, y osos y figuras ainu que se vendían como recuerdos. La antigua choza comunal era ahora un museo de la época colonial donde se exhibían viejos enseres y aperos de labranza. Objetos personales de los jóvenes de la aldea que habían caído en combate durante la guerra ruso-japonesa. También una caja para llevar el almuerzo con la marca de los dientes de un oso pardo. Se conservaba además la carta en que pedían noticias al pueblo natal sobre el acreedor.

Sin embargo, siendo francos, Jūnitaki era hoy en día un pueblo terriblemente anodino. De regreso a casa, después de la jornada laboral, la mayoría de los habitantes veían sus cuatro horas de media de televisión y se acostaban. El índice de participación en las elecciones era bastante elevado, pero se sabía de antemano quién iba a salir elegido. El lema del pueblo era NATURALEZA FÉRTIL EN TORNO A UNA HUMANIDAD FÉRTIL. Al menos eso era lo que decía el letrero que había delante de la estación de tren.

Tras cerrar el libro, bostecé y me quedé dormido.

2
Más sobre el declive de Jūnitaki y sobre sus ovejas

En Asahikawa cambiamos de tren y atravesamos el puerto de Shiokari en dirección al norte. Era prácticamente el mismo camino que habían recorrido, noventa y ocho años atrás, el joven ainu y los dieciocho campesinos pobres.

El sol otoñal iluminaba con claridad los remanentes de los bosques vírgenes y los serbales, rojizos como si estuvieran en llamas. El aire era purísimo. Tanto que, si uno se quedaba mirando fijamente, empezaban a dolerle los ojos.

Al principio, el tren iba vacío, pero durante el trayecto se llenó de estudiantes de instituto que acudían a las clases; el vagón se inundó con sus susurros, sus gritos de alborozo, el olor a caspa, las conversaciones absurdas y su irrefrenable libido. Tras media hora aguantando aquella situación, los jóvenes se apearon en una estación y desaparecieron en un abrir y cerrar de ojos. Una vez más, el vagón se quedó vacío, sin que se oyera una voz.

Ella y yo contemplábamos el paisaje, cada uno por su cuenta, mientras masticábamos una chocolatina que habíamos partido por la mitad. La luz incidía suavemente sobre la tierra. Muchas de las cosas parecían más lejanas de lo normal, como cuando se mira por el extremo opuesto de un telescopio. Ella se puso a silbar un rato por lo bajo la melodía de *Johnny B. Goode*, con un soplo áspero. Nunca habíamos permanecido tanto tiempo callados.

Nos bajamos del tren pasadas las doce. En el andén me desperecé y respiré hondo. El aire era tan puro que parecía que me oprimía los pulmones. Los rayos del sol eran cálidos y agradables, pese a hacer, con toda seguridad, dos grados menos que en Sapporo.

A lo largo de las vías del tren había varios depósitos viejos de ladrillo y, a su lado, un montón de troncos de tres metros de diámetro apilados en forma de pirámide y teñidos de negro a causa de la lluvia de la noche anterior. Cuando el tren que nos había traído se marchó, no quedó ni un alma, salvo los macizos de clavelones que se agitaban con el viento frío.

Desde el andén, la ciudad parecía la típica población pequeña de provincias. Había un pequeño centro comercial, una calle principal caótica, una estación de autobús de la que partían unas diez líneas y una oficina de turismo. Se veía de inmediato que era una ciudad aburrida.

—¿Hemos llegado a nuestro destino? —preguntó ella.

—No. Aquí nos subiremos a otro tren. Nuestro destino es un pueblo mucho más pequeño.

Bostecé y volví a desperezarme.

—Esto solo es un punto de tránsito. Aquí cambiaron su rumbo hacia el este los primeros colonos.

—¿Los primeros colonos?

Mientras esperábamos el siguiente tren, nos sentamos frente a la estufa apagada de la sala de espera y le resumí la historia de Jūnitaki. Como empecé a hacerme un lío con las fechas, dibujé un sencillo esquema cronológico en las páginas del cuaderno, basándome en un anexo de la *Historia de Jūnitaki*. En el lado izquierdo anotaba la historia del pueblo; en el derecho, los principales sucesos históricos de Japón. Me quedó una tabla cronológica estupenda.

Por ejemplo, en el año 1905 (año 38 de la era Meiji) se produjo la rendición de Port Arthur y el hijo del joven ainu murió en combate. Si no recuerdo mal, también fue el año en que nació el profesor Ovino. Poco a poco, la Historia empezaba a encajar.

—Visto desde esa perspectiva, parece que los japoneses hayamos vivido siempre entre guerras —dijo la chica mientras comparaba ambos lados de la tabla.

—Eso parece —dije yo.

—¿Por qué ha sido así?

—Es complejo. Me llevaría tiempo explicártelo.

—Vaya.

La sala de espera, como la mayoría de las salas de espera, estaba vacía y resultaba insulsa. Los asientos eran tremendamente incómodos, el cenicero estaba repleto de colillas empapadas de agua y no corría el aire. En la pared habían pegado varios pósteres turísticos y una lista de huidos de la justicia. Aparte de nosotros, solo había un anciano con un jersey color arena y una madre con su hijo de unos cuatro años. El anciano, que no se movía ni un pelo, estaba enfrascado en la lectura de una revista literaria. Pasaba las páginas como quien arranca esparadrapos. Desde que pasaba una página hasta la siguiente transcurrían aproximadamente quince minutos. La madre y su hijo parecían un matrimonio desencantado.

—Al fin y al cabo, todo el mundo era pobre, y seguro que pensaban que, si funcionaba, lograrían escapar a la pobreza —dije yo.

—¿Como la gente de Jūnitaki?

—Exacto. Por eso labraban las tierras como locos. Pero la mayoría de los colonos murieron pobres.

—¿Por qué?

—Por culpa del terreno. En Hokkaidō, cada tantos años el frío provoca estragos. Si no se cosecha, no hay nada para llevarse a la boca, y sin ingresos, no se puede comprar petróleo, ni semillas ni plantas para el año siguiente. Así que hipotecaban sus tierras a cambio de préstamos con altos intereses. Pero el rendimiento agrícola en esa región no era lo bastante bueno para costear esos intereses. Finalmente les expropiaban las tierras. Así fue como muchos de los campesinos acabaron convirtiéndose en arrendatarios.

Hojeé rápidamente la *Historia de Jūnitaki*.

—En 1930, el sector de población que trabajaba sus propias tierras había caído al cuarenta y seis por ciento. Se debía a que, a principios de la era Shōwa, coincidieron la Gran Depresión y los estragos de las heladas.

—Así que, a pesar de haber pasado tantas fatigas para explotar la tierra y trabajar en el campo, no lograron escapar a las deudas...

Como todavía quedaban cuarenta minutos, ella se fue sola a dar un paseo por la ciudad. Yo me quedé en la sala de espera, bebiendo Coca-Cola y pasando las páginas de un libro que tenía empezado, pero diez minutos más tarde me di por vencido y me guardé el libro en el bolsillo. No me entraba nada en la cabeza. Las ovejas de Jūnitaki se comían todas las letras que yo mandaba al interior de mi mente. Cerré los ojos y dejé escapar un suspiro. Sonó la sirena de un tren de mercancías que pasaba por allí.

Diez minutos antes de que partiera el tren, ella volvió cargada con una bolsa de manzanas. Nos las comimos como almuerzo y nos subimos al vagón.

El tren estaba a un paso de acabar en el desguace. Los tablones del suelo se habían desgastado y combado de tal modo que, al caminar por el pasillo, te balanceabas hacia los lados. El tapizado de los asientos prácticamente había desaparecido y los cojines estaban duros como panes de hacía un mes. En el vagón se respiraba un aire fatídico en el que se entremezclaba el olor a grasa y a retrete. Después de diez minutos intentando levantar la ventanilla, logré respirar un poco de aire fresco, pero el polvillo que producía el tren en marcha me obligó a cerrarla de nuevo, lo cual me llevó otros diez minutos.

El tren constaba de dos vagones, en los que viajaban unos quince pasajeros en total. Todos tenían en común el aire de indiferencia y de hastío. El anciano del jersey de color arena seguía leyendo la revista. A juzgar por el ritmo con que avanzaba, no sería de extrañar que fuese un número de hacía tres meses. Una mujer oronda de mediana edad tenía la mirada perdida, con la misma expresión que pondría un crítico de música al escuchar las sonatas para piano de Scriabin. Intenté seguir su mirada, pero no había nada en el aire.

Los niños estaban tranquilos. Ninguno armaba jaleo, ninguno correteaba, ni siquiera miraban el paisaje. De vez en cuando alguien tosía con un ruido seco similar al sonido que se produce al golpear la cabeza de una momia con unas pinzas para carbón.

Cada vez que el tren se detenía en una estación, alguien se bajaba. Al bajarse, el revisor lo acompañaba y le cogía el billete; cuando el revisor subía de nuevo, el tren arrancaba. El revisor era tan inexpresivo que habría podido atracar un banco sin necesidad de enmascararse. No se subió ningún otro pasajero al tren.

Al otro lado de la ventanilla, corría un río. La lluvia que recogía a su paso enturbiaba de marrón sus aguas. Parecía un canal de desagüe de café con leche refulgiendo bajo el sol otoñal. Un camino pavimentado aparecía y desaparecía a lo largo del río. De vez en cuando se veían pasar camiones enormes cargados de madera que se dirigían hacia el oeste, pero en general circulaban pocos vehículos. Los paneles publicitarios colocados a lo largo de la carretera lanzaban mensajes sin destino a un espacio desierto. Para matar el tiempo, observé aquellos paneles de aire elegante y urbano que, uno tras otro, iban apareciendo. En ellos, una chica bronceada en bikini bebía Coca-Cola, un actor secundario de mediana edad fruncía el ceño mientras empinaba una copa de whisky escocés, un chorro de agua caía ostentosamente sobre un reloj sumergible o una modelo se hacía la manicura en una elegante y lujosísima habitación. Los nuevos colonos del negocio publicitario se abrían paso habilidosamente en aquellas tierras.

El tren llegó a su destino, la estación de Jūnitaki, a las dos y cuarenta. Nosotros debimos de quedarnos dormidos en algún momento, porque no oímos cómo anunciaban el nombre de la estación. Cuando el motor diésel emitió su último aliento, se produjo un silencio total. Aquel silencio que escocía en la piel fue lo que me despertó. Cuando me di cuenta, ya no quedaba ningún otro pasajero en el vagón.

Bajé nuestro equipaje del estante para las maletas, le di unos golpecitos a ella en el hombro y nos apeamos. El frío viento que soplaba en el andén me recordó que ya estábamos a finales de otoño. El sol se deslizó cielo abajo antes de lo previsto e hizo reptar las sombras negras de las montañas sobre el suelo, como manchas fatídicas. Dos sierras que apuntaban en distinta dirección convergieron al pie de la ciudad y la envolvieron como dos manos protegiendo del viento la llama de una cerilla. El alargado andén era un frágil barco a punto de romperse contra una ola gigantesca.

Nosotros nos quedamos estupefactos ante aquella escena.

—¿Dónde está la antigua granja del profesor Ovino? —preguntó ella.

—En lo alto de la montaña. Se tarda tres horas en coche.

—¿Vamos a ir ahora mismo?

—No —dije yo—. Si vamos ahora se nos hará de noche por el camino. Pararemos en algún sitio y saldremos mañana por la mañana.

Frente a la estación había una pequeña rotonda desierta con una glorieta. En la parada de taxis no había ni un solo taxi y la fuente con forma de pájaro en medio de la glorieta no tenía agua. El pájaro, con el pico abierto, miraba al cielo inexpresivo. La fuente estaba rodeada de macizos de clavelones. Saltaba a la vista que el pueblo había degenerado, en comparación con hacía diez años. Apenas se veía gente por las calles y los pocos con los que se cruzaban tenían en el rostro ese gesto inasible propio de quien vive en un pueblo venido a menos.

A la izquierda de aquella rotonda, se extendía media docena de viejos depósitos edificados en la época en que el transporte de mercancías se confiaba a los trenes. Eran de ladrillo viejo y con el tejado alto, y habían repintado las puertas de hierro una y otra vez, antes de abandonarlos. Sobre el tejado de los depósitos, una hilera de cuervos enormes oteaba el pueblo en silencio. En el solar colindante crecía una selva de varas de oro de Canadá y, en medio de esta, había dos coches antiguos expuestos a la intemperie. A ambos les faltaban los neumáticos y tenían el capó abierto, con las entrañas desparramadas por fuera.

En aquella rotonda que recordaba una pista de hielo cerrada había un letrero con un mapa del pueblo, pero el viento y la lluvia habían borrado la mayoría de las letras. Lo único legible eran las palabras «Jūnitaki» y «Punto más septentrional en el cultivo de arroz a gran escala».

Frente a la rotonda había una pequeña calle comercial. Se parecía a la mayor parte de las calles comerciales de otros pueblos, pero la calzada era demasiado amplia, y eso le confería un aire más deprimente todavía. A ambos lados de la amplia calle se extendían serbales de un vistoso color rojizo, y, sin embargo, no por ello menos deprimente. El frío se adueñaba de todo ser vivo, sin ningún tipo de consideración con su destino. Los habitantes y sus humildes ocupaciones cotidianas quedaban absorbidos por aquella gelidez.

Con la mochila al hombro, caminé unos quinientos metros hasta el otro extremo de la calle en busca de un hostal. No había. Un tercio de los locales tenía la persiana echada. El letrero de la relojería, medio suelto, se balanceaba con el viento.

Donde la zona comercial se terminaba de golpe había un gran aparcamiento cubierto de malas hierbas con un Nissan Fairlady y un Toyota Celica deportivo de color rojo. Ambos coches eran nuevos. Me pareció extraño, pero la impersonal modernidad de los vehículos no desentonaba con el ambiente solitario del pueblo. Más allá de la calle no había casi nada. El amplio camino se convertía en una suave pendiente que bajaba al río y, en el punto en el que se encontraban, se dividía a izquierda y derecha, en forma de T. A ambos lados de la pendiente había pequeñas casas de madera de una sola planta, con árboles de color semejante al polvo que proyectaban sus ramas bruscamente hacia el cielo. Todos estaban podados de forma extraña. En todas las entradas de las casas habían instalado grandes depósitos de combustible y, a juego, cajas para meter las botellas de leche que se repartían a domicilio. En todos los tejados había una abrumadora cantidad de antenas parabólicas. Extendían sus tentáculos plateados por el aire, como desafiando las sierras que se erigían al fondo del pueblo.

—¿No será que no hay ningún hostal? —dijo ella, inquieta.

—No te preocupes. En todos los pueblos tiene que haber un hostal.

Regresamos a la estación y preguntamos a los empleados dónde podíamos dormir. Los dos, que por la edad podrían ser padre e hijo y parecían muertos de aburrimiento, nos dieron explicaciones con suma amabilidad.

—Hay dos hostales —dijo el mayor—. Uno es bastante caro; y el otro, barato. El caro se usa cuando viene alguien importante del gobierno de la prefectura o cuando se celebra algún convite formal.

—Se come muy bien —dijo el joven.

—En el otro se alojan comerciantes, jóvenes, es decir, gente normal y corriente. No tiene muy buen aspecto, pero es limpio. Los baños están muy bien.

—Aunque las paredes son finas —dijo el joven.

A continuación, los dos discutieron un rato sobre la delgadez de las paredes.

—Nos quedamos en el caro —dije yo. Todavía quedaba bastante dinero en el sobre y no veía ningún motivo para ahorrar.

El empleado más joven arrancó una hojita y nos anotó el camino al hostal.

—Muchas gracias —les dije—. La verdad es que, en comparación con hace diez años, el pueblo está bastante muerto.

—Sí, es cierto —dijo el más viejo—. Ahora solo queda una fábrica maderera, no hay más industria, la agricultura ha perdido fuelle y la población ha disminuido.

—Parece que incluso en los colegios tienen problemas para formar clases —añadió el joven.

—¿Cuántos habitantes hay?

—Se dice que unos siete mil, pero en realidad no somos tantos. Supongo que unos cinco mil —dijo el más joven.

—La línea de ferrocarril también acabará desapareciendo tarde o temprano. Es la tercera más deficitaria de todo el país —dijo el mayor.

Lo que me sorprendió fue que existiesen dos líneas todavía más ruinosas que aquella. Les di las gracias y nos alejamos de la estación.

El hostal estaba bajando la cuesta que había al otro lado de la calle comercial, girando a la derecha y avanzando trescientos metros a lo largo de la orilla del río. Era un hostal viejo pero encantador, en el que persistía un vestigio de los tiempos en que el pueblo era más próspero. Se hallaba frente al río, tenía un amplio jardín bien cuidado y, en un rincón, un cachorro de pastor alemán cenaba con el hocico metido en el plato.

—¿Han venido a hacer montañismo? —nos preguntó la camarera que nos condujo hasta nuestra habitación.

—Sí —contesté escuetamente.

En el piso superior solo había dos habitaciones. Eran grandes, y desde el pasillo se divisaba el mismo río de color café con leche que había visto por la ventanilla del tren.

Mi novia me dijo que quería darse un baño, así que aproveché para ir solo al ayuntamiento. Estaba en una calle desierta a dos manzanas al oeste de la zona comercial y era un edificio mucho más nuevo y con mejor pinta de lo que me había imaginado.

Me dirigí a la oficina que se ocupaba de los asuntos relacionados con la ganadería y saqué una tarjeta con el nombre de una revista que solía usar cuando, dos años atrás, me hacía pasar por escritor *freelance*. Dije que tenía unas preguntas acerca de la crianza de ganado ovino. Que una revista femenina de tirada semanal quisiese hacer un reportaje sobre ganado ovino era extraño, pero la persona que me atendió no sospechó nada y me dejó pasar al momento.

—Actualmente hay en el pueblo unas doscientas cabezas de ganado, todas de la raza suffolk. Es decir, destinadas a la producción de carne. La carne tiene muy buena fama y se envía a los hostales y a los restaurantes de la zona.

Yo había sacado mi libreta y hacía algunas anotaciones al azar. Me imaginé que durante las próximas semanas el funcionario se compraría aquella revista femenina. Solo de pensarlo, se me encogió el corazón.

—¿Le interesa la gastronomía u otro aspecto? —me preguntó tras explicarme durante un rato los pormenores de la crianza de ganado lanar.

—En parte sí —dije yo—. Pero, más bien, pretendemos ofrecer una perspectiva global sobre la oveja.

—¿Una perspectiva global?

—Me refiero a su hábitat y naturaleza.

—¡Oh! —dijo el funcionario.

Cerré el cuaderno y me tomé el té que me habían servido.

—He oído hablar de una vieja granja en la cima de la montaña.

—Sí, la hay. Antes de la guerra estaba en buenas condiciones, pero después se la incautó el ejército estadounidense, ¿sabe?, y ahora está en desuso. Durante los diez años siguientes a su devolución, un rico la utilizó como casa de campo, pero como las conexiones son malas, al poco tiempo dejaron de venir y quedó prácticamente abandonada. Así que nos la dejaron prestada al pueblo. Lo ideal hubiera sido comprarla y hacer una granja turística, pero para un pueblo sin recursos como el nuestro es complicado. Primero habría que arreglar las carreteras.

—¿Prestada?

—En verano se llevan a la montaña unas cincuenta cabezas de la granja del pueblo. La finca es buena y los pastizales municipales no son suficientes para todas. Luego, a finales de septiembre, cuando el tiempo empieza a empeorar, se traen de vuelta.

—¿Sabe en qué fechas hay ovejas allá arriba?

—Suele variar ligeramente cada año, pero más o menos entre principios de agosto y mediados de septiembre.

—¿Cuántas personas conducen el rebaño?

—Una. Es el mismo pastor desde hace unos diez años.

—Me gustaría conocerlo.

El empleado hizo una llamada al criadero municipal.

—Si quiere, ahora está allí —dijo él—. Lo puedo acompañar en coche.

Al principio decliné la oferta, pero después me enteré de que solo se podía ir en coche particular. En el pueblo no había taxis ni coches de alquiler y andando se tardaba hora y media.

El turismo conducido por el funcionario pasó por delante del hostal hacia el oeste. Tras cruzar un largo puente de hormigón, atravesó una desoladora zona pantanosa y subió por una suave pendiente que se adentraba en la montaña. La gravilla crepitaba al paso de los neumáticos.

—Viniendo de Tokio, el pueblo le parecerá que está muy muerto, ¿no? —dijo él.

Yo respondí con una evasiva.

—De hecho, se está muriendo. Mientras haya tren, aún, pero cuando deje de llegar hasta aquí, morirá de verdad. Resulta extraño que un pueblo se muera. Entiendo que la gente se muera, pero un pueblo...

—¿Qué pasará si el pueblo se muere?

—¿Que qué pasará? No lo sé. Huiremos todos sin llegar a saberlo. Cuando la población baje de los mil habitantes, cosa que es perfectamente posible, casi todos perderemos el trabajo y sin duda tendremos que huir.

Le ofrecí un cigarrillo y se lo encendí con el Dupont en el que figuraba el emblema del carnero.

—En Sapporo me espera un buen trabajo. Mi tío tiene una imprenta y necesita personal. El negocio es estable, porque trabajan para colegios. En realidad, sería lo mejor. Mucho mejor que llevar la cuenta de los cargamentos de reses.

—Seguramente —dije yo.

—Pero cada vez que me planteo dejar el pueblo, me resulta imposible. ¿Me comprende? Si el pueblo ha de morir, quiero verlo con mis propios ojos.

—¿Nació usted aquí? —le pregunté.

—Sí —dijo, y no añadió nada más. Un tercio de aquel sol de aire melancólico se había escondido ya tras la montaña.

En la entrada del criadero se erguían dos postes que aguantaban un letrero que rezaba: CRIADERO LANAR MUNICIPAL DE JŪNITAKI. Al traspasar el umbral, había una cuesta que se adentraba en una arboleda teñida de los colores del otoño.

—Al otro lado del bosque hay un establo, y, detrás, está la vivienda del pastor. ¿Cómo piensa volver?

—Como es cuesta abajo, iré caminando. Muchas gracias.

Cuando perdí de vista el coche, pasé entre los postes y subí la cuesta. Los últimos rayos de sol añadían tonalidades naranjas a las amarillentas hojas de los arces. Los árboles eran altos y los haces de luz incidían sobre el camino de grava que atravesaba el soto.

Al pasar la arboleda, vi un establo alargado en la pendiente de la colina y me llegó olor a ganado. El tejado del establo era abuhardillado, de chapas de cinc rojas y tenía tres chimeneas de ventilación.

En la entrada había una caseta de perro. Al verme, un pequeño border collie atado con una cadena ladró dos o tres veces. Era un perro viejo de ojos somnolientos que ladraba sin animadversión; le acaricié el cuello y se calmó enseguida. Frente a la caseta habían dejado un bol de plástico amarillo con agua y pienso. Cuando dejé de acariciar al perro, este volvió satisfecho a su caseta y se tumbó en el suelo con las patas delanteras bien estiradas.

El establo se hallaba en penumbra y no había ni un alma. En el centro, un amplio corredor de cemento comunicaba a ambos lados con los rediles donde estaban encerradas las ovejas. Bordeando el corredor había un surco con forma de U al que iban a parar los orines de las ovejas y el agua de la limpieza. En las paredes recubiertas de madera había alguna que otra ventana de cristal a través de las cuales se veía la cresta de las montañas. El ocaso tiñó las ovejas de la derecha de rojo y una sombra de un azul apagado comenzó a proyectarse sobre las de la izquierda.

Cuando entré en el establo, las doscientas ovejas se volvieron a la vez hacia mí. La mitad estaba de pie; y la otra mitad, echada sobre la paja que alfombraba el suelo. Sus ojos eran de un azul poco natural, como dos pequeños pozos que hubieran brotado a ambos lados de sus caras. Al recibir la luz de frente, brillaban como si fueran prótesis oculares. Me observaban fijamente. Ninguna hacía el más mínimo movimiento. Solo se oía cómo varias de ellas rumiaban incansablemente. Otras, que poco antes habían estado bebiendo agua con la cabeza fuera del redil, se quedaron quietas sin dejar de mirarme. Daba la impresión de que pensaban en grupo. En el momento en que me planté en la entrada, sus pensamientos se interrumpieron temporalmente. Todo se paralizó, todas aplazaron sus dictámenes. Al ponerme en movimiento, sus intelectos se reactivaron. Las ovejas comenzaron a moverse en aquel aprisco dividido en ocho partes. En los cercados de las hembras, estas se apiñaron alrededor del semental; y los carneros retrocedían en los suyos en posición defensiva. Tan solo las más curiosas se quedaron observándome sin alejarse del redil.

En las orejas negras y alargadas que les sobresalían a ambos lados de la cabeza llevaban un crotal identificativo de plástico. Unas ovejas lo tenían de color azul; otras, amarillo y otras, rojo. En el lomo les habían pintado también una marca grande.

Caminé despacio, sin hacer ruido, para no asustarlas. Me acerqué al redil intentando aparentar indiferencia, y estiré el brazo y acaricié la cabeza de un joven carnero. El animal se limitó a sacudir el cuerpo con un pequeño temblor, no huyó. Los demás me miraban con recelo sin apartar la vista. El joven carnero se puso tenso y me observaba nervioso, como un tentáculo vacilante que el conjunto del rebaño hubiese extendido con sigilo.

Las suffolk son unas ovejas que despiden un halo un tanto extraño. Son todas negras, excepto su lana, que es blanca. Tienen las orejas grandes, desplegadas hacia los lados como las alas de una polilla. Sus ojos azules, brillantes en la oscuridad, y su largo y recio tabique nasal les dan un aire exótico. Me observaban sin rechazarme ni aceptarme; como si fuese, por así decirlo, una mera estampa pasajera. Varias de las ovejas orinaron con ganas, ruidosamente. La orina corrió por el suelo, se concentró en el surco con forma de U y pasó de largo delante de mis pies. El sol se hundía tras las montañas. Una pálida sombra de color añil cubrió la ladera del monte como tinta diluida en agua.

Cuando salí del establo, tras acariciar una vez más la cabeza del border collie, respiré hondo, di la vuelta al establo y me dirigí a la vivienda del pastor, al otro lado de un puente de madera levantado sobre un arroyo. Era una casa pequeña de una sola planta que, al lado, tenía un enorme granero para guardar la paja y los aperos de labranza. El granero era mucho más grande que la casa.

El pastor estaba amontonando sacos de plástico de desinfectante al lado de una zanja de cemento de un metro de ancho y un metro de profundidad que había junto al granero. Al acercarme, me miró una vez de reojo desde la distancia y siguió trabajando sin prestarme demasiada atención. Cuando llegué a la zanja, por fin dejó lo que estaba haciendo y se secó el sudor de la cara con la toalla que llevaba enroscada al cuello.

—Mañana tengo que desinfectar a todas las ovejas —dijo el hombre. Acto seguido, sacó un cigarrillo arrugado de un bolsillo de su traje de faena y, tras estirarlo con los dedos, lo encendió—. Echo el líquido desinfectante aquí y pongo a todas las ovejas a nadar. Si no, durante el invierno se infestan de bichos.

—¿Lo hace solo?

—¡No, hombre! Vienen dos personas a ayudarme. Lo hacemos entre ellos, el perro y yo. El perro es el más trabajador. Además, las ovejas confían en él. Para ser perro pastor, las ovejas tienen que confiar en ti.

El hombre era cinco centímetros más bajo que yo, pero estaba fornido. Pasaba de los cuarenta y cinco, y tenía el corto y recio cabello de punta como un cepillo para el pelo. Se quitó los guantes de trabajo como si se arrancase la piel de los dedos, los sacudió contra la cintura y se los metió en el bolsillo de parche del pantalón. Más que un criador de ganado ovino, parecía un suboficial encargado de formar a reclutas.

—Venías a preguntarme algo, ¿no?

—Sí.

—Adelante.

—¿Lleva mucho tiempo ejerciendo este trabajo?

—Diez años —contestó el hombre—. Podría decirse que es mucho tiempo, como que no lo es. Pero, básicamente, lo sé todo sobre las ovejas. Antes de eso estuve en las Fuerzas de Autodefensa.*

Se enrolló la toalla al cuello y miró al cielo.

—¿Siempre pasa el invierno aquí?

—Bueno —dijo el hombre—. Sí, así es. —Carraspeó—. No tengo otro lugar al que ir, y en invierno siempre hay bastante que hacer. Por esta zona, la nieve llega a alcanzar los dos metros, y si no se retira, el tejado se desplomaría y aplastaría al rebaño. Hay que darles pienso, limpiar el establo, de todo un poco.

—Me han dicho que en verano se lleva a medio rebaño a la montaña.

—Así es.

—¿Le resulta difícil guiarlas andando?

—No tiene ningún misterio. La gente lo viene haciendo toda la vida. Lo de que los pastores se establezcan en zonas de pasto es muy reciente, ¿sabes? Antes se pasaban todo el año desplazándose con el rebaño. En la España del siglo XVI había una vía que se extendía por todo el país y solo los ovejeros podían usarla. Ni siquiera el rey podía entrar en ella.

El pastor escupió en el suelo y frotó las botas de faena contra la hierba.

—De todos modos, las ovejas, si no se las asusta, son animales dóciles. Ellas siguen al perro en silencio, sin rechistar.

Saqué del bolsillo la fotografía que me había enviado el Rata y se la pasé.

—Este es el pastizal de la montaña, ¿no?

* Ejército japonés. (N. del T.)

—Sí —contestó el hombre—. Sin duda. Las ovejas también son de mi rebaño.

—¿Y este? —Con la punta del bolígrafo, señalé el carnero con la marca en forma de estrella en el lomo.

El hombre se quedó mirando fijamente la fotografía durante un rato.

—Este no. No es mío. Pero me parece raro. Uno así jamás se me habría colado. Todo el perímetro está cercado con alambre y cada día las examino una a una, por la mañana y al anochecer. Aparte de que, si entrara una extraña, el perro se daría cuenta. Las propias ovejas se alborotarían. Para empezar, es la primera vez en mi vida que veo un carnero de esa raza.

—Desde que llevó el rebaño a la montaña en mayo de este año hasta que las trajo de vuelta, ¿no sucedió nada raro?

—No, nada —dijo el hombre—. Todo estuvo en calma.

—Pasó el verano usted solo en la montaña, ¿cierto?

—Solo no. Cada dos días venía un funcionario del pueblo y, de vez en cuando, un inspector. Una vez a la semana bajaba al pueblo y un sustituto se ocupaba de las ovejas, porque necesito avituallarme con comida y otras cosas.

—O sea, que usted no está solo y aislado en la montaña, ¿no?

—En efecto. Mientras no nieve, en *jeep* se tarda hora y media en llegar a la granja. Es casi un paseo. Sin embargo, como nieve una vez, los coches ya no llegan y entonces no me queda más remedio que pasar solo el invierno.

—¿Ahora no hay nadie allá arriba?

—No, aparte del dueño de la casa de campo.

—¿El dueño? Me han dicho que la casa ha estado todo este tiempo vacía.

El pastor tiró el cigarrillo al suelo y lo aplastó con la bota.

—*Estaba* vacía. Pero ahora vive alguien. La casa está lista para ser habitada en cualquier momento, basta con que uno se lo proponga. Yo mismo me encargo de mantenerla, ¿sabes? Tiene luz, gas, teléfono y no hay ni un solo cristal roto.

—El empleado del ayuntamiento me dijo que no había nadie.

—Hay muchas cosas de las que no están al tanto. Durante todo este tiempo, aparte de trabajar para el municipio, lo he estado haciendo a nivel particular para el dueño de la finca y procuro no hablar más de la cuenta con nadie. Me lo han prohibido.

Sacó el paquete de tabaco de su bolsillo, pero estaba vacío. Yo le ofrecí una cajetilla de Lark medio llena junto con un billete de diez mil yenes doblado por la mitad. Se quedó mirándolo un instante y los cogió, luego se llevó un cigarrillo a la boca y guardó el resto en el bolsillo del pecho.

—Gracias.

—¿Y desde cuándo está ahí el dueño?

—Desde la primavera. Todavía no había empezado el deshielo, sería marzo. Hacía unos cinco años que no venía. No sé por qué le ha dado ahora por venir, pero eso es asunto suyo, a nosotros no nos incumbe. Me pidió que no se lo dijera a nadie, así que supongo que tendrá sus razones. El caso es que está allí arriba desde entonces. La comida y la gasolina se las compro yo a escondidas y se las voy llevando en el *jeep*. Con las existencias que tiene ahora mismo, podrá aguantar otro año más.

—¿Ese hombre es aproximadamente de mi edad y tiene barba?

—Sí —dijo el pastor—, así es.

—Madre mía —dije yo. No hizo falta enseñarle la fotografía.

3
Jūnitaki de noche

Gracias a que lo había untado, la negociación con el pastor fue fluida. A las ocho de la mañana siguiente, el hombre nos recogería en el hostal y nos llevaría a la granja de la montaña.

—Bueno, a las ovejas ya las desinfectaré por la tarde —dijo el pastor. Era un hombre decidido y con los pies en la tierra—. Pero hay algo que me preocupa. Con la lluvia que cayó ayer, el terreno se ha embarrado, ¿sabes?, y puede que a partir de cierto tramo el coche no pueda pasar. En ese caso, tendréis que seguir a pie. La culpa no es mía, por supuesto.

—No pasa nada —dije yo.

Mientras regresaba caminando por el sendero de la montaña, recordé que el padre del Rata tenía una casa de campo en Hokkaidō. El propio Rata me había hablado de ella en varias ocasiones. La cima de la montaña, un enorme prado, una vieja casa de dos pisos. Siempre me acuerdo tarde de las cosas importantes. Debí recordarlo en cuanto recibí la carta. Así habría tenido más pistas para informarme.

Harto de mí mismo, caminé cabizbajo por el sendero hasta el pueblo, mientras, a cada paso, iba oscureciendo. En hora y media tan solo me crucé con tres vehículos. Dos de ellos, camiones que transportaban madera, y el otro, un tractor pequeño. Los tres bajaban hacia el pueblo, pero ninguno se ofreció a llevarme. De todos modos, casi lo agradecía.

Llegué al hostal pasadas las siete, cuando ya era noche cerrada. Tenía el cuerpo helado hasta la médula. El pastor alemán asomó la cabeza por la caseta y olfateó hacia donde yo me encontraba. Mi novia llevaba puestos unos vaqueros y un jersey de cuello redondo que era mío, y estaba absorta jugando a un videojuego en la sala de recreo que había cerca de la entrada. Al parecer, aquella sala había sido reformada a partir de una antigua sala para las visitas, de la que quedaba una espléndida chimenea. Una chimenea de verdad, de las de leña. En la habitación había cuatro videoconsolas y dos *pinballs*, pero estas últimas eran máquinas obsoletas y de mala calidad hechas en España. No había por dónde cogerlas.

—Tengo un hambre que me muero —dijo ella, hastiada de tanto esperar.

Después de encargar la cena, me di un baño y, mientras me secaba, me pesé por primera vez en bastante tiempo. Sesenta kilos, igual que hacía diez años. Los michelines que se me habían formado en los costados habían desaparecido en tan solo una semana.

Cuando regresé a la habitación, la cena estaba lista. Mientras picaba directamente de la cazuela de *nabe** y me tomaba una cerveza, le hablé a ella del criadero de ovejas y del pastor que había estado en las Fuerzas de Autodefensa.

—Por fin te estás acercando a la meta, ¿no?

—Ojalá sea así —dije yo.

---

* Especie de cocido preparado con una base de caldo y diversos ingredientes (verdura, tofu, setas, carne, pescado, etc.). *(N. del T.)*

Tras ver una película de Hitchcock en la televisión, nos acostamos en el futón y apagamos la luz. El reloj que había en el piso de abajo dio las once.

—Que mañana hay que madrugar —dije.

No hubo respuesta. Ella, ya dormida, respiraba acompasadamente. Yo puse en hora el despertador de viaje y me fumé un cigarrillo a la luz de la luna. No se oía nada más que el rumor del río. El pueblo entero parecía dormido.

Estaba exhausto por lo mucho que había caminado durante todo el día, pero tenía la mente despejada y era incapaz de conciliar el sueño. Un molesto ruido se me había metido en la cabeza.

Me quedé quieto y, aguantando la respiración en medio de aquella silenciosa negrura, el paisaje del pueblo fue hundiéndose a mi alrededor. Las casas se derruían, la vía del tren se oxidó hasta quedar en un estado deplorable, los campos de cultivo se llenaron de hierbajos. Así fue como acabaron los escasos cien años de la historia del pueblo y este se hundió en la tierra. El tiempo retrocedió como una película rebobinada. En la tierra aparecieron ciervos, osos y lobos; una nube de langostas cubrió el cielo de negro, el viento otoñal acarició un mar de *kumazasa* y las frondosas coníferas ocultaron el Sol.

Cuando ya se hubo desvanecido toda huella humana, solo quedaron las ovejas. Sus ojos resplandecían en la oscuridad y me miraban de hito en hito. Simplemente me observaban, sin decir ni pensar nada. Eran decenas de millares. El monótono ruido de sus dientes invadió la superficie de la tierra.

Cuando el reloj de péndulo dio las dos, las ovejas desaparecieron.

Y yo me quedé dormido.

4
Tomando una curva funesta

Aquella mañana el aire era fresco y estaba ligeramente nublado. Sentí pena por las ovejas, que con semejante día tendrían que nadar en líquido desinfectante. Aunque puede que a ellas el frío les trajera sin cuidado. Seguramente.

El breve otoño de Hokkaidō llegaba a su fin. Las gruesas nubes de color gris anunciaban nieve. Al haber saltado del mes de septiembre en Tokio al mes de octubre en Hokkaidō, era como si me hubiera perdido la mayor parte del otoño de 1978. Hubo un principio y un final, pero no la parte intermedia.

Me desperté a las seis, me lavé la cara y me senté solo en el pasillo y observé cómo corría el río hasta que nos sirvieron el desayuno. Su caudal había disminuido un poco y se veía más diáfano, en comparación con el día anterior. Al otro margen del río, y hasta donde alcanzaba la vista, se extendían los arrozales, donde las espigas ya maduras dibujaban extrañas ondulaciones al capricho del viento matutino. Un tractor cruzaba el puente de hormigón en dirección a la montaña. Transportado por el viento, el ruido del motor se oía a lo lejos. Aparecieron tres cuervos entre los abedules rojizos que volaron en círculo sobre el río y se posaron sobre el pretil. Allí quietos, parecían comparsas de una obra de teatro vanguardista. Pero cuando se cansaron de ese rol, alzaron el vuelo uno detrás del otro y remontaron el río.

◊

A las ocho en punto, el viejo *jeep* del pastor aparcó frente al hostal. Tenía una capota que se cerraba en forma de caja y debía de ser un vehículo oficial desechado, porque a un lado del capó todavía podía leerse el nombre de cierta unidad de las Fuerzas de Autodefensa.

—Ha pasado algo raro —dijo el pastor en cuanto me vio—. Ayer llamé al teléfono de la montaña y no funcionaba.

Mi novia y yo nos montamos en los asientos traseros. Dentro del coche olía ligeramente a gasolina.

—¿Cuándo fue la última vez que llamó por teléfono? —le pregunté.

—Debió de ser... el mes pasado. Sobre el día veinte del mes pasado. Desde entonces no había vuelto a ponerme en contacto. Por lo general es él quien me llama cuando necesita algo. Para la compra y esas cosas.

—¿Ni siquiera daba tono?

—No, no se oía nada. Quizá se haya cortado la línea eléctrica en alguna parte. A veces pasa, como cuando cae una nevada grande.

—Pero si no está nevando...

El pastor miró hacia el techo e hizo crujir el cuello girándolo hacia un lado.

—Bueno, en cualquier caso, vayamos a ver. Así sabremos qué pasa.

Yo asentí en silencio. El olor a gasolina me había atontado.

El coche atravesó el puente de hormigón y ascendió la montaña siguiendo el mismo itinerario que el día anterior.

Cuando pasamos por delante del criadero de ganado ovino, los tres miramos hacia los postes y el letrero. Reinaba el más absoluto silencio. Dentro, las ovejas tendrían sus ojos azules clavados en aquel espacio silente.

—¿Las va a desinfectar esta tarde?

—Sí, supongo. Pero no es urgente. Basta con que lo haga antes de la primera nevada.

—¿Y cuándo suele ser eso?

—No me extrañaría que nevara la semana que viene —dijo el pastor. Y a continuación tosió un rato mirando hacia abajo con la mano puesta en el volante—. Porque en noviembre empieza a cuajar. ¿Sabes cómo es el invierno por esta zona?

—No —dije yo.

—Cuando ha cuajado, la nieve no para de acumularse, como un dique roto. Y cuando eso pasa, no hay nada que hacer. Te encierras en casa y te encoges de hombros. Esta es una tierra inhóspita para el ser humano.

—Pero usted lleva viviendo aquí toda la vida, ¿no?

—Es que me gustan las ovejas. Son animales cordiales, que se acuerdan de tu cara. Cuando te ocupas de ellas, el año pasa en un plis plas, y luego se repite lo mismo, una y otra vez. En otoño se aparean, pasan el invierno, en primavera nacen las crías y en verano salen a pastar. Los corderos se hacen grandes y en otoño se aparean. Y así constantemente. Cada año unas ovejas sustituyen a las otras y el único que envejece soy yo. Cuanto mayor te haces, más pereza da salir del pueblo.

—¿Qué hacen las ovejas en invierno? —preguntó ella.

Sin soltar la mano del volante, el pastor se volvió hacia mi novia y se quedó mirándola con fijeza, como si acabara de darse cuenta de su presencia. Sentí que un sudor frío me recorría la espalda, aunque no tenía por qué pasar nada,

289

dado que ningún coche circulaba en sentido contrario por la recta carretera de asfalto.

—En invierno, las ovejas se quedan quietas en el establo —dijo el pastor, mirando, por fin, hacia delante.

—¿No se aburren?

—¿A ti te parece aburrida tu vida?

—No lo sé.

—Pues con las ovejas pasa algo parecido —dijo el pastor—. No piensan en esas cosas, y aunque lo hicieran, no sabrían qué decir. Comen heno, mean, riñen entre ellas y pasan el invierno pensando en las crías que llevan en el vientre.

La montaña era cada vez más empinada y la carretera comenzó a trazar grandes curvas en forma de S. El paisaje campestre fue desapareciendo y dando paso a un oscuro bosque que, irguiéndose como un acantilado, se apoderó de ambos lados de la vía. De vez en cuando se divisaban entre los árboles algunas llanuras.

—Cuando la nieve cuaja, es imposible circular en coche por esta zona —dijo el pastor—. Aunque realmente no hay necesidad de hacerlo.

—¿No hay estaciones de esquí o rutas de senderismo? —pregunté.

—No. No hay nada. Y como no hay nada, tampoco vienen turistas. Por eso el pueblo está muerto. Hasta principios de los sesenta, aproximadamente, había bastante vida, porque era el prototipo de pueblo agrícola de zona fría, pero desde que empezó a haber superproducción de arroz, todo el mundo perdió el interés por seguir dedicándose a la agricultura en un congelador. Lo cual tiene su lógica, claro.

—¿Y qué pasó con los aserraderos?

—Como no había mano de obra suficiente, se marcharon a otros sitios. En el pueblo todavía quedan algunos aserraderos pequeños, pero no son gran cosa. Los árboles que se cortan en la montaña los llevan directos a Nayoro o Asahikawa. Por eso las carreteras son tan buenas, pero el pueblo está muerto. Por lo general, a los tráileres con cadenas en las ruedas les trae sin cuidado las carreteras nevadas.

Me llevé un cigarrillo a la boca de forma inconsciente, pero me inquietó el olor a gasolina y volví a guardarlo en la cajetilla. En vez de fumar, decidí chupar el caramelo de limón que me quedaba en el bolsillo. El sabor a limón y el olor a gasolina se mezclaron dentro de mi boca.

—¿Las ovejas se pelean? —preguntó ella.

—Se pelean a menudo —contestó el pastor—. Todos los animales gregarios lo hacen, pero es que, además, en el mundo de las ovejas, cada una tiene su sitio en el rebaño. Cuando metes a cincuenta ovejas en un cercado, van a estar juntas desde la número uno hasta la número cincuenta. Y todas son conscientes del sitio que ocupan.

—Impresionante —dijo ella.

—Así me facilitan a mí el trabajo de controlarlas, porque basta con que me lleve a la más distinguida para que el resto me siga en silencio.

—Pero si ya hay un rango establecido, ¿por qué se molestan en pelearse?

—Si una oveja se lastima o se desanima, su posición en el rebaño se desestabiliza. Entonces, la oveja de abajo la desafía para intentar escalar un peldaño. Cuando eso sucede, andan a la greña durante unos tres días.

—Pobre...

—Bueno, a cada una le llega su turno. Las que fueron desbancadas también desbancaron a otras en sus tiempos mozos. Además, cuando las sacrificas, el rango poco importa. Acaban todas en la barbacoa, como buenas amigas.

—Uf —dijo ella.

—El que más pena da es, sin duda, el semental. ¿Sabéis algo de los harenes de ovejas?

—No —contestamos.

—Cuando crías ovejas, lo más importante es controlar el apareamiento. Por eso se segregan los machos con los machos y las hembras con las hembras, y en el aprisco de las hembras se mete a un solo macho, que, por lo general, suele ser el macho más fuerte, el número uno. Es decir, se les proporciona un semen de buena calidad. Después de un mes de faena, se devuelve al semental al redil de los machos. Pero, entretanto, dentro del redil se ha formado una nueva jerarquía. El semental no tiene posibilidades de ganar en una pelea, porque a fuerza de aparearse se ha quedado en la mitad de su peso. Sin embargo, lo obligan a luchar contra el resto de los carneros, uno por uno. Pobre criatura...

—¿Cómo pelean los carneros?

—Haciendo chocar sus cabezas. Tienen la frente hueca por dentro y dura como el hierro.

Ella se quedó callada, sumida en sus pensamientos. Quizá se estaba imaginando un combate entre carneros a cabezazo limpio.

Tras media hora de trayecto, el camino dejó de repente de estar asfaltado y se estrechó a la mitad. El sombrío bosque virgen que lo flanqueaba se abalanzó hacia el vehículo como una ola gigante. El aire se enfrió unos cuantos grados.

El camino era agreste y el coche se bamboleaba como la aguja de un sismógrafo. El bidón de gasolina que llevaba a los pies empezó a hacer un ruido funesto. Como unos sesos desparramándose dentro de un cráneo. Solo oírlo, me entró dolor de cabeza.

Aquel tramo duró unos veinte o treinta minutos más. Ni siquiera era capaz de leer correctamente las agujas de mi reloj. Nadie dijo una palabra en todo el rato. Yo me agarré con fuerza al cinturón que salía de la parte posterior del asiento, ella se sujetó a mi brazo derecho y el pastor iba concentrado al volante.

—A la izquierda —dijo escuetamente el pastor un rato después.

Yo, sin saber de qué se trataba, miré hacia el lado izquierdo de la carretera. El muro sombrío y viscoso que formaba el bosque se desvaneció como si hubiera sido arrancado de raíz, y la tierra se hundió en la nada. Era un valle colosal. Las vistas eran espectaculares, pero carecían de calidez. Las paredes de roca espantaban toda forma de vida y, no contentas con ello, exhalaban su funesto aliento sobre el paisaje circundante.

Al frente de aquel camino que discurría a lo largo del valle se veía una montaña extrañamente cónica. La cima estaba deformada, como si una fuerza descomunal la hubiese torcido.

El pastor apuntó con la barbilla hacia la montaña, sin dejar de agarrar el trémulo volante.

—Vamos a rodearla e ir a la parte de atrás.

Una pesada ráfaga de viento que soplaba del valle alzó con una caricia la hierba verde que crecía en la ladera derecha. La arenilla que levantaba el coche a su paso golpeaba las ventanillas con un ruido crepitante.

Dejamos atrás varias curvas pronunciadas y, a medida que el vehículo se aproximaba a lo alto del cono, la ladera derecha se fue transformando en una abrupta montaña rocosa hasta convertirse en una roca vertical. De tal modo que acabamos en un angosto saliente tallado en aquel enorme muro liso.

El cielo se descomponía a ritmo acelerado. Desencantado por la frágil inestabilidad del tiempo, aquel gris claro en el que se entremezclaba alguna que otra pincelada azul dio paso a un gris oscuro hacia el que afluía un negro desigual como el hollín. Las montañas que nos rodeaban también se fueron tiñendo de aquella lúgubre sombra negra.

En la zona del valle, el viento formó un remolino que parecía un mortero e hizo un ruido desagradable, como al expeler aire con la lengua enroscada. Me limpié el sudor de la frente con el dorso de la mano. Un sudor frío me corría también bajo el jersey.

Sin despegar los labios, el pastor tomaba una curva tras otra. Luego aflojó poco a poco el acelerador, inclinándose hacia delante, con cara de intentar captar algo, y pisó el freno en una zona en la que el camino se ensanchaba un poco. Cuando se paró el motor, nos vimos inmersos en un gélido silencio. Solo se percibía el rumor del viento que soplaba en aquel paraje.

El pastor permaneció largo rato callado, con ambas manos sobre el volante. Luego se apeó del *jeep* y golpeó el suelo con la suela de las botas de faena. Yo también me bajé, me puse a su lado y observé el estado del camino.

—Ya sabía yo que iba a pasar esto —dijo el pastor—. Ha llovido con mucha más intensidad de la que me esperaba.

A mí no me pareció que el suelo estuviese tan húmedo. Más bien, parecía seco y duro.

—Está húmedo por dentro —me explicó—. Puede inducir a engaño. Es que este lugar, ¿sabes?, es un poco peculiar.

—¿Peculiar?

Él, en vez de responder, sacó un cigarrillo del bolsillo de la chaqueta y encendió una cerilla.

—Bueno, caminemos un poco.

Caminamos unos doscientos metros hasta la siguiente curva. Un frío desagradable atenazó mi cuerpo. Cerré la cremallera del anorak hasta el cuello y levanté las solapas. Aun así, el frío no se me iba.

El pastor se paró al tomar la curva y, sujetando el cigarrillo en la comisura de los labios, clavó la vista en el barranco que se erigía a nuestra derecha. A la mitad del barranco, más o menos, manaba agua que descendía formando una pequeña corriente y cruzaba lentamente el camino. El barro que arrastraba enturbiaba el agua y la teñía de marrón. Al pasar los dedos por las zonas húmedas del barranco, la superficie de la roca, mucho más frágil de lo que parecía, se desmoronaba.

—Esta curva no me gusta nada —dijo el pastor—. El suelo está muy blando. Pero eso no es todo. No sé, me da mala espina. Hasta las ovejas se asustan cuando pasan por aquí.

Tosió un par de veces y tiró el cigarrillo al suelo.

—Lo siento, pero no quiero tentar a la suerte.

Yo asentí en silencio.

—¿Se puede pasar a pie?

—Caminar no supone ningún problema. El peligro son las vibraciones.

El pastor volvió a patear con fuerza la tierra. Se produjo un ruido sordo. Era un sonido aterrador.

—Sí, podréis pasar sin problema.

Regresamos al *jeep*.

—Faltan unos cuatro kilómetros —dijo el pastor mientras caminaba a mi lado—. Aun yendo con ella, llegaréis en hora y media. El camino es recto y apenas hay cuestas. Perdona que no os acompañe hasta el final.

—No pasa nada. Se lo agradezco.

—¿Os quedaréis allí arriba mucho tiempo?

—No lo sé. Puede que volvamos mañana o quizá dentro de una semana. Depende de cómo vayan las cosas.

Él se llevó otro cigarrillo a los labios, pero esta vez tosió antes de encenderlo.

—Deberías andarte con ojo. Me parece que este año va a nevar antes. Te advierto que, si cuaja, os quedaréis atrapados.

—Tendré cuidado —dije yo.

—Hay un buzón frente a la entrada de la casa. La llave está en el fondo. Podéis usarla en caso de que no haya nadie.

Descargamos el equipaje del *jeep* bajo aquel cielo encapotado. Yo me quité la fina parka y me puse una sudadera gruesa de montañismo. Aun así, el frío me calaba hasta los huesos.

Tras chocar varias veces contra el barranco, el pastor consiguió realizar un cambio de sentido en la angosta carretera. Cada vez que chocaba, fragmentos de tierra caían al suelo. Cuando acabó de girar, el pastor tocó el claxon y nos saludó con la mano. Nosotros le devolvimos el saludo. El *jeep* desapareció al tomar la curva y nosotros nos quedamos allí solos. Me sentí como si me hubieran abandonado en el fin del mundo.

Dejamos las mochilas en el suelo y, sin nada en particular que decir, observamos el paisaje. En el profundo valle del fondo, un río plateado trazaba una suave y fina línea sinuosa a cuyos lados se extendía la verde espesura de un bosque. Al otro lado del valle había una cordillera de montañas bajas teñidas de rojo y con crestas ondulantes; y, más allá, se veía de forma borrosa la zona de llanura. En ella se levantaban varios hilos de humo, fruto de quemar los residuos del arroz tras la cosecha. Como panorama, era estupendo, pero, por más que lo mirásemos, no nos hacía gracia: todo resultaba distante y, en cierto modo, poco ortodoxo.

El cielo se cubrió de nubes grises cargadas de humedad. Más que nubes, parecían una tela uniforme. Bajo ellas, se desplazaban nubarrones negros a poca altura. Tan poca que daba la impresión de que, solo con estirar el brazo, se podrían tocar con la punta de los dedos. Se dirigían hacia el este a una velocidad increíble. Eran nubes pesadas que atravesaban el mar del Japón desde la China continental, cruzaban Hokkaidō y avanzaban hacia Ojotsk. Al quedarme mirando fijamente esos bancos de nubes que, uno tras otro, venían y se marchaban, la incertidumbre de dónde tenía puestos los pies empezó a resultarme insoportable. Con una caprichosa ráfaga de aire, aquellas nubes podrían arrastrarnos hasta el fondo de aquel valle tanto a nosotros como a aquella frágil curva pegada a la pared de un precipicio.

—Démonos prisa —dije, y me eché la pesada mochila a la espalda. Quería acercarme lo máximo posible a un lugar techado antes de que lloviese o cayese aguanieve. No me apetecía empaparme en un sitio tan desapacible.

Pasamos la «curva funesta» a paso ligero. Como había dicho el pastor, había algo en ella que daba mala espina. Primero era el cuerpo el que captaba la vaga sensación de mal agüero, y luego ese vago mal agüero te alertaba asestándote un golpe en un punto de la cabeza. Era como cuando, al vadear un río, de pronto metes el pie en una zona cuya agua está a una temperatura distinta.

Durante los quinientos metros que anduvimos, el ruido al pisar la tierra cambió varias veces. Varios regueros serpenteantes de agua de manantial atravesaban el camino.

Aun después de haber dejado atrás la curva, seguimos caminando sin aflojar el paso para poner algo de distancia de por medio. Cuando, tras media hora de caminata, el gradiente del barranco se fue suavizando y empezaron a verse algunos árboles, por fin tomamos aliento y nos relajamos.

A partir de aquel punto, avanzar no suponía ningún problema. El camino se allanaba, la hosquedad del entorno se diluía y, gradualmente, daba paso a un apacible paisaje mesetario.

Una media hora más tarde, nos habíamos alejado totalmente de aquella extraña montaña cónica y nos encontrábamos en un extenso altiplano, liso como una mesa. Estaba rodeado de montañas que recortaban el paisaje. Era como si la mitad superior de un enorme volcán se hubiera hundido. Un océano rojo de abedules se expandía en todas direcciones. Entre los árboles crecían arbustos de tonalidades vivas y vegetación blanda de sotobosque, y de vez en cuando había algún abedul derribado por el viento que se había puesto marrón por efecto de la descomposición.

—Parece un buen lugar —dijo ella.

Desde luego, tras haber dejado atrás aquella curva, daba la impresión de que nos encontrábamos en un buen lugar.

El camino consistía en una recta que atravesaba el océano de abedules. Era lo suficientemente ancho para que pasase un *jeep*, y tan recto que podría provocar dolor de cabeza. No había curvas ni cuestas empinadas. Al mirar hacia delante, todo quedaba concentrado en un punto. Las nubes negras flotaban sobre él.

La calma reinante era espantosa. Aquella vasta arboleda se tragaba incluso el sonido del viento. De vez en cuando, unas gruesas aves negras rasgaban el aire enseñando sus lenguas rojas, pero, cuando desaparecían, el silencio llenaba los huecos que dejaban como en una gelatina blanda. Las hojas que cubrían el suelo estaban empapadas de la lluvia que había caído dos días atrás. Aparte de los pájaros, nada más quebraba el silencio. Tanto los abedules como el camino se extendían hasta el infinito. Vistas entre la arboleda, las nubes bajas que hasta hacía un rato nos habían apabullado tenían ahora un halo de irrealidad.

Caminamos otro cuarto de hora y nos topamos con un arroyo de aguas cristalinas. Sobre él habían tendido un robusto puente con baranda, hecho con troncos de abedul atados, y a ambos lados se abría una explanada donde se podía descansar. Dejamos allí el equipaje y bajamos al río a beber. En mi vida había probado un agua tan buena. Era dulce y tan fría que se me enrojecieron las manos. Olía a tierra.

El cielo presentaba el mismo aspecto, parecía que aguantaba. Ella se volvió a atar el calzado y yo me fumé un cigarrillo sentado sobre la baranda. Se oía el rumor de una cascada río abajo. A juzgar por el rumor que nos llegaba, no debía de ser muy grande. Un golpe de viento caprichoso vino por la izquierda y encrespando la capa de hojas amontonadas se marchó por la derecha.

Acabé de fumar y, cuando aplastaba la colilla con la suela, vi que había otra al lado. La recogí y la examiné de cerca. Era un Seven Stars chafado. No estaba mojado, así que alguien lo había arrojado allí después del chaparrón. Quizás el día anterior o ese mismo día.

Intenté recordar qué marca de tabaco fumaba el Rata. No lo logré. Ni siquiera me acordaba de si fumaba o no. Dándome por vencido, lo arrojé al río. La corriente lo arrastró corriente abajo en un periquete.

—¿Qué pasa? —preguntó ella.

—He encontrado una colilla reciente —contesté—. Creo que alguien ha estado aquí sentado hace poco, fumando como yo.

—¿Tu amigo?

—No lo sé. No tengo ni idea.

Ella se sentó a mi lado, se recogió el cabello con ambas manos y me mostró las orejas, como hacía tiempo que no hacía. De pronto, el rumor de la cascada se desvaneció dentro de mi conciencia y, un instante después, regresó.

—¿Todavía te gustan mis orejas? —me preguntó.

Yo sonreí, estiré el brazo y le toqué una oreja con la yema de los dedos.

—Claro que me gustan —contesté.

A quince minutos de allí, el camino terminaba bruscamente. El océano de abedules también se interrumpía, como si lo hubieran cercenado. Y ante nosotros se abrió una pradera extensa como un lago.

Alrededor de la pradera habían clavado cada cinco metros unas estacas unidas entre sí con alambre. Era alambre viejo y oxidado. Al parecer, habíamos llegado a los pastos de las ovejas. Entré empujando el portillo desgastado de doble batiente. La hierba era mullida; la tierra, húmeda y oscura.

Las nubes negras discurrían sobre la pradera. Avanzaban hacia una montaña alta y abrupta. El ángulo era otro, pero no cabía duda de que aquella era la montaña que salía en la fotografía del Rata. No me hizo falta sacarla para comprobarlo.

Fue extraño ver con mis propios ojos aquel paisaje que había visto en foto cientos de veces. La profundidad que tenía aquel paisaje me resultaba tremendamente artificial. Más que haber llegado al sitio, era como si alguien hubiera fabricado a toda prisa aquel paisaje a imagen y semejanza de la fotografía.

Apoyado contra el portillo, solté un suspiro. Sea como fuere, habíamos dado con el sitio. Habíamos dado con el sitio, independientemente de lo que signifique dar con el sitio.

—Hemos llegado —dijo ella agarrándome del brazo.

—Hemos llegado —dije yo. No hacían falta más palabras.

Enfrente, al otro lado de la pradera, se veía una vieja casa de madera de dos plantas de estilo rústico estadounidense. La había construido el profesor Ovino hacía cuarenta años y se la había comprado el padre del Rata. Desde lejos era difícil hacerse una idea exacta del tamaño de la casa, ya que no había ningún punto de referencia para comparar; lo único que parecía evidente es que era sólida e impersonal. La pintura blanca adquiría un funesto tono sucio bajo el cielo encapotado. Del centro de la buhardilla de color mostaza, tirando al color del óxido, se elevaba hacia el cielo una chimenea cuadrada de ladrillo. La casa no tenía verja; en vez de eso, un conjunto añejo de árboles perennes desplegaba sus ramas y protegía la edificación de las inclemencias del tiempo. En la casa no se percibía ningún vestigio de vida, por extraño que parezca. Se notaba a primera vista que era una casa rara. No causaba mala impresión, ni resultaba desapacible; la forma del edificio no era singular, ni estaba tan vieja que no valiese para nada. Simplemente era... rara. Parecía una criatura enorme que hubiese envejecido sin lograr expresar sus sentimientos. No es que no supiera cómo expresarse, sino que no sabía qué expresar.

Olía a lluvia. Habíamos hecho bien en darnos prisa. Atravesamos la pradera en línea recta hacia la casa. Por el oeste se aproximaban unas gruesas nubes cargadas de lluvia, no como las que habíamos visto hasta entonces, que parecían jirones esparcidos por el cielo.

La pradera era inmensa. Por muy deprisa que caminásemos, no tenía la sensación de avanzar. Era difícil calcular las distancias.

Bien pensado, jamás había caminado por un terreno tan llano y extenso. Daba la impresión de que hasta el viento más lejano estaba al alcance de la mano. Una bandada de pájaros sobrevoló nuestras cabezas en dirección norte, cruzándose con la corriente de nubes.

Cuando, al cabo de un buen rato, llegamos al edificio, ya habían empezado a caer algunas gotas. La casa era mucho más grande y vieja que vista desde lejos. La pintura blanca se desconchaba por todas partes como costras, y los huecos que quedaban pelados se ponían negros a causa de la lluvia. Para volver a pintarla, primero habría que decapar toda la pintura vieja. A pesar de que no me atañía, solo imaginarme el trabajo que daría ya me agotaba. Las casas deshabitadas acaban cayéndose a pedazos. Sin lugar a duda, aquella villa había superado el punto de no retorno.

En contraste con aquella mansión ruinosa, los árboles crecían sin descanso y rodeaban el edificio, como la casa del bosque que sale en *El robinsón suizo*. Los árboles extendían las ramas a su antojo, debido a que hacía tiempo que habían dejado de podarlos.

Me costaba imaginar cómo el profesor Ovino había podido transportar por semejante camino todo el material para construir aquella casa cuarenta años atrás. Seguramente había invertido todos sus esfuerzos y su capital. Al recordar al profesor, encerrado en aquel oscuro cuarto del segundo piso del hotel en Sapporo, sentí un dolor en el pecho. Si existiese una categoría llamada «vida no recompensada», la vida del profesor encajaría perfectamente en ella. De pie bajo la fría lluvia, levanté la vista hacia la mansión.

Al igual que de lejos, no se sentía ninguna presencia

humana. En las persianas de madera que tapaban las altas ventanas se habían acumulado capas de polvo. Con la lluvia se fijaba el polvo, que adoptaba extrañas formas, y sobre él se acumulaba más polvo que la lluvia volvía a fijar.

En la puerta de la entrada, a la altura de los ojos, había un ventanuco cuadrado de cristal que medía diez centímetros de ancho, pero estaba tapado con una cortinilla por dentro. Al tocar el pomo de latón cayó un poco de polvo. El pomo estaba flojo como una muela vieja, pero la puerta no se abrió. Aquella vieja puerta, formada por tres gruesos tablones de roble, era mucho más recia de lo que parecía a primera vista. Llamé dando unos golpes con los nudillos, pero, tal como esperaba, no hubo respuesta. Solo conseguí que me doliese la mano. El viento sacudió las enormes ramas de un *shii** con un ruido semejante a cuando se desmorona una montaña.

Tal como me indicó el pastor, busqué en el fondo del buzón. La llave pendía en la parte de atrás. Era una llave de latón antigua, gastada por donde se agarraba.

—¿No es un poco imprudente dejar siempre la llave aquí? —preguntó ella.

—No creo que nadie venga hasta aquí ex profeso para robar y marcharse con las cosas a cuestas —dije yo.

La llave encajaba en la cerradura con increíble perfección. Giró dentro de mi mano y el pestillo se abrió con un agradable *chac*.

Dentro de la casa había una oscuridad extraña, quizá porque las persianas habían estado demasiado tiempo cerra-

* Nombre japonés de las especies pertenecientes al género *Castanopsis*. *(N. del T.)*

303

das, y los ojos necesitaban tiempo para acostumbrarse. La oscuridad impregnaba hasta el último rincón de cada estancia.

Los espacios eran amplios. Amplios, silenciosos y con olor a granero viejo. A ese olor que había sentido de pequeño. El olor a tiempo pasado que desprenden los muebles antiguos y las alfombras abandonadas. Al cerrar la puerta a mis espaldas, el ruido del viento se cortó de golpe.

—¡Hola! —saludé en voz alta—. ¿Hay alguien?

Por supuesto, fue en vano. ¿Quién iba a haber? La única presencia era el reloj de péndulo que, golpe a golpe, marcaba el tiempo al lado de la chimenea.

Me quedé aturdido durante unos segundos. Inmerso en aquella negrura, fue como si el tiempo se hubiera alterado y se solaparan distintos lugares. Recuerdos de sensaciones opresivas se derrumbaron como arena seca. Pero fue solo durante un instante. Cuando abrí los ojos, todo estaba en su sitio. Frente a mí se abría un espacio extrañamente gris y monótono.

—¿Estás bien? —preguntó ella preocupada.

—No me pasa nada —dije—. Subamos.

Mientras ella buscaba el interruptor de la luz, yo examiné el reloj de péndulo en la penumbra. Se le daba cuerda tirando de tres contrapesos enganchados por cadenas. Los tres estaban ya abajo del todo, pero el reloj seguía moviéndose, exprimiendo hasta la última pizca de fuerza. A juzgar por la longitud de las cadenas, los contrapesos debían de tardar una semana en descender. Es decir, que alguien había estado allí hacía una semana y le había dado cuerda al reloj.

Tiré de los tres contrapesos hasta lo más alto, me senté en el sofá y estiré las piernas. El sofá era cómodo, pese a que parecía un mueble viejo de antes de la guerra. No era blando, ni duro, y el cuerpo se amoldaba a él. Olía como la palma de la mano.

Al cabo de un rato, la luz se encendió con un *clic*, y apareció ella, que venía de la cocina. Después de inspeccionar con desenvoltura distintas partes del salón, se sentó en el sofá y fumó un cigarrillo mentolado. Yo hice lo mismo. Desde que salía con ella, me había aficionado poco a poco a los cigarrillos mentolados.

—Se diría que tu amigo pretendía pasar aquí el invierno —dijo ella—. He echado un vistazo a la cocina y hay suficientes víveres y combustible. Parece un supermercado.

—Solo falta él.

—¿Miramos en el piso de arriba?

Subimos por las escaleras que había al lado de la cocina. A medio camino, se doblaban en un ángulo extraño. Una vez arriba, tuve la impresión de que el aire era distinto.

—Me duele un poco la cabeza —dijo ella.

—¿Es un dolor muy fuerte?

—No, no es para tanto. No te preocupes: estoy acostumbrada.

Arriba había tres dormitorios: a la izquierda del pasillo, una habitación grande; a la derecha, dos pequeñas. Abrimos por orden las tres puertas. Todas contenían un mínimo de mobiliario, estaban a oscuras y no había nadie. En la más amplia había dos camas gemelas, o, mejor dicho, dos somieres desnudos, y un tocador. Olía a tiempo muerto.

La habitación pequeña del fondo era la única que olía a humano. La cama estaba hecha, en la almohada se apreciaba una ligera concavidad, y a los pies había un pijama liso, doblado, de color azul. En la mesilla de noche había una lámpara antigua y, a su lado, un libro colocado boca abajo. Era una novela de Conrad.

Dentro de los cajones de la cómoda junto a la cama

había ropa de hombre bien colocada: jerséis, camisas, pantalones, calcetines y ropa interior. Los jerséis y las camisas eran viejos y estaban raídos o descosidos, pero eran de buena calidad. Algunas de las prendas me sonaban. Eran del Rata. Camisas con 37 cm de cuello, pantalones con 73 cm de cintura. No cabía duda.

Junto a la ventana había un escritorio y una silla de diseño simple y anticuado que hoy en día apenas se ve. Dentro de un cajón del escritorio había una estilográfica de poco valor, tres recambios de tinta y un juego de papel de carta y sobre. El papel estaba en blanco. En el segundo cajón, una caja de caramelos para la tos medio vacía y una miscelánea de objetos pequeños. El tercer cajón estaba vacío. No había ni diarios, ni libretas ni blocs de notas. Era como si hubiesen reunido todas las cosas inservibles y se hubieran deshecho de ellas. Todo estaba demasiado ordenado, y eso no me gustó. Al pasar un dedo por la mesa, se quedó manchado de blanco. No había demasiado polvo. Se confirmaba lo anterior: había pasado una semana.

Levanté la ventana de guillotina que daba a la pradera y la persiana. El viento que soplaba sobre el prado era más intenso y los nubarrones negros se veían más bajos que antes. La hierba se revolvía con el viento como una criatura agonizante. Más allá estaban los abedules, las montañas. El mismo paisaje que aparecía en la fotografía. Solo que no había ovejas.

♀

Bajamos y volvimos a sentarnos en el sofá. Los carillones del reloj de péndulo sonaron durante un rato y, acto seguido, el reloj dio las doce. Permanecimos callados hasta que el aire apagó el último sonido.

—¿Qué piensas hacer ahora? —me preguntó ella.

—Me parece que no queda más remedio que esperar —dije—. El Rata estuvo aquí hasta hace una semana. Ha dejado sus cosas. Seguro que volverá.

—Pero si nieva antes de que venga, tendremos que pasar aquí el invierno y entonces se terminará el plazo de un mes.

Tenía razón.

—¿Tus orejas no te dicen nada?

—No. Cuando intento abrirlas, me entra dolor de cabeza.

—Pues entonces descansaremos y esperaremos a que el Rata regrese —dije yo.

En resumen, no podíamos hacer otra cosa.

Mientras ella preparaba café en la cocina, yo di una vuelta al amplio salón e inspeccioné cada rincón. En el centro de una de las paredes había una chimenea de verdad. Nada indicaba que la hubiesen utilizado recientemente, pero estaba preparada para ser usada en cualquier momento. Unas cuantas hojas de roble se habían colado por el conducto interior. También habían dispuesto una estufa grande de queroseno para los días en que no hacía tanto frío como para quemar leña. La aguja del indicador de combustible marcaba «lleno».

Al lado de la chimenea había una librería empotrada con puertas de cristal, atiborrada de libros antiguos. Cogí y hojeé varios de ellos, pero todos eran libros de antes de la guerra; y la mayoría, de escaso valor. Geografía, ciencia, historia, filosofía; muchos trataban de política, y ninguno servía para nada salvo para conocer la formación básica de un intelectual ordinario de hacía cuarenta años. También había alguna obra publicada en la posguerra, pero, en términos de valor, no cambiaba la cosa. Tan solo unos pocos libros habían sobrevivido a la erosión del tiempo, como las

Vidas paralelas de Plutarco y una *Antología de teatro clásico griego*. Posiblemente serían bastante útiles en caso de tener que pasar allí aquel largo invierno. En cualquier caso, era la primera vez que veía una colección tan grande de libros inservibles reunidos en un solo lugar.

Al lado de la librería había unos estantes, también empotrados, con un equipo de música formado por un par de altavoces, un amplificador y un tocadiscos de los que estaban de moda a mediados de los sesenta. Los cerca de doscientos vinilos que había se veían muy rayados, pero al menos tenían algo de valor. La música envejece mejor que las ideas. Encendí el amplificador de válvulas, elegí un disco al azar y puse la aguja sobre él. Nat King Cole cantó *South of the Border*. En la estancia, el ambiente pareció haber retrocedido a los años cincuenta.

En la pared de enfrente se alineaban cuatro ventanas de guillotina de casi dos metros de alto, todas equidistantes. Al otro lado una lluvia gris caía sobre el prado. Las precipitaciones habían cobrado fuerza y las montañas se veían borrosas a lo lejos.

El suelo de la sala era de listones de madera, con una amplia alfombra de casi once metros cuadrados en el centro, sobre la cual habían colocado un juego de mesa y tresillo y una lámpara de pie. La robusta mesa de comedor había sido apartada a una esquina y estaba cubierta de polvo blanco.

En realidad, aquella sala estaba medio vacía.

En una de las paredes había una puerta poco llamativa que daba a un trastero de unos once metros cuadrados. Dentro se amontonaban muebles, alfombras y vajillas sobrantes, un juego de palos de golf, objetos decorativos, una guitarra, un colchón, abrigos, calzado de montaña y revistas viejas. Incluso había libros de texto para prepararse para la prueba de acceso a secundaria y un avión teledirigido. La mayor parte de los objetos había sido producida entre la mitad de los años cincuenta y la mitad de los sesenta.

Dentro de aquella vivienda, el tiempo transcurría de un modo peculiar. Era como el viejo reloj de péndulo que había en el salón: la gente venía cuando le daba la gana y subía los contrapesos. Mientras no descendiesen del todo, el tiempo corría golpe a golpe. Pero la gente se marchaba, y cuando los contrapesos llegaban al suelo, el tiempo se detenía. Entonces, los fragmentos de tiempo estático se apilaban sobre el suelo en capas de vida descolorida.

Regresé al salón con varias revistas antiguas de cine y las hojeé. En una, había un fotorreportaje sobre la película *El álamo*. Decía que con ella John Wayne se estrenaba como director y que contaba con todo el apoyo de John Ford. John Wayne había declarado que quería hacer una película espectacular, que quedase grabada en el corazón de todos los estadounidenses. Sin embargo, la gorra de piel de mapache le sentaba mal.

Ella apareció con el café y nos lo tomamos sentados uno frente al otro. Las gotas de lluvia golpeaban la ventana intermitentemente. De vez en cuando, el tiempo se volvía más pesado y, mezclado con la gélida penumbra, penetraba en la estancia. La luz amarilla de la lámpara flotaba en el aire como polen.

—¿Estás cansado? —me preguntó ella.

—Supongo que sí —dije mirando distraído hacia fuera—. Es que tras haber estado dando vueltas todo el tiempo, ahora nos hemos parado de pronto. No estoy acostumbrado. Además, después de todo el esfuerzo, llegamos al lugar de la foto y no están ni el Rata ni el carnero.

—Duerme un poco, anda. Entretanto prepararé la comida.

Fue a buscar una manta al piso de arriba y me tapó con ella. Luego encendió la estufa, me puso un cigarrillo entre los labios y le prendió fuego.

—Anímate. Seguro que todo va a salir bien.

—Gracias.

Ella se marchó la cocina.

Al quedarme solo, mi cuerpo se volvió de pronto más pesado. Después de dos caladas, apagué el cigarrillo, tiré de la manta hasta el cuello y cerré los ojos. A los pocos segundos me quedé dormido.

5

Ella abandona la montaña. El hambre me acucia

Me desperté en el sofá cuando el reloj dio las seis. La luz estaba apagada y la habitación, sumida en una densa oscuridad. Sentí un entumecimiento desde la médula hasta las yemas de los dedos. Era como si aquella oscuridad del color de la tinta hubiese impregnado todo mi cuerpo.

Al otro lado de la ventana se oía un canto de aves nocturnas, como si hubiese escampado ya. La llama de la estufa de queroseno creaba una extraña y laxa sombra sobre la pared blanca. Me levanté del sofá, encendí la lámpara, fui a la cocina y bebí dos vasos de agua fría. Encima del fogón había una olla con un guiso que llevaba bechamel y que todavía estaba tibio. En el cenicero se erguían las dos colillas aplastadas de los cigarrillos mentolados que mi novia se había fumado.

Intuitivamente percibí que se había marchado de casa. Ya no estaba allí.

Apoyé las manos en la encimera e intenté poner mi cabeza en orden.

Ella ya no está aquí. Era indiscutible. No era un razonamiento ni una deducción: realmente no estaba. Lo sabía por el aire desolado de la casa. El mismo aire que me hizo sufrir lo indecible durante los dos meses transcurridos desde que mi mujer se marchó de nuestro piso hasta que la conocí a ella.

Por si acaso, inspeccioné una a una las tres habitaciones de arriba, incluso llegué a abrir las puertas de los armarios. No estaba por ninguna parte. Su bolso y el plumífero también habían desaparecido. Las botas de montaña ya no estaban en el zaguán. Sin lugar a dudas, se había ido. Recorrí uno por uno todos los sitios en los que podría haber dejado una nota, pero no había ninguna. Dada la hora que era, ya habría llegado al pie de la montaña.

Me costó asimilar el hecho de que se hubiese marchado. Acababa de levantarme y todavía estaba amodorrado; y aunque no lo hubiera estado, entender cada uno de los acontecimientos que estaban ocurriendo a mi alrededor traspasaba los límites de mis capacidades. Es decir, que no quedaba más remedio que dejarse llevar.

Me senté en el sofá del salón, alienado, cuando de pronto me di cuenta de que tenía un hambre atroz. Un apetito fuera de lo normal.

Bajé por las escaleras de la cocina hasta el sótano que servía de despensa, abrí una botella de vino tinto al azar y la degusté. Estaba un punto demasiado frío, pero sabía bien. Regresé a la cocina, corté el pan que había en la encimera y, de paso, pelé una manzana. Mientras se calentaba el guiso, me tomé tres vasos de vino.

Cuando el guiso ya estuvo listo, dispuse el vino y la comida en la mesa del salón y cené con la *Perfidia* de Percy

Faith y su orquesta de fondo. Después de comer, me tomé el café que quedaba en el cazo e hice un solitario con una baraja que encontré encima de la chimenea. Era un juego que se había inventado en la Inglaterra del siglo XIX, y aunque estuvo en boga durante una época, había pasado de moda en un momento dado debido a su excesiva complejidad. Según los cálculos de cierto matemático, las probabilidades de que saliese bien eran de una entre doscientas cincuenta mil. Solo lo intenté tres veces y no lo conseguí. Después recogí la baraja y la mesa y seguí bebiendo hasta acabarme la botella.

Fuera había anochecido. Cerré las persianas y, tumbado en el sofá, escuché varios discos antiguos de sonido crepitante.

¿Volvería el Rata en algún momento?

Quizá, porque había reservas de comida y combustible para pasar el invierno.

Pero tan solo era un *quizá*. Cabía la posibilidad de que se hubiera hartado de todo y hubiese regresado a «la ciudad», o que hubiera decidido irse a vivir con una chica al mundo terrenal. No se podía descartar esa posibilidad.

En ese caso, me vería en un aprieto. Si el plazo de un mes terminase sin haber encontrado ni al Rata ni al carnero, el hombre de negro me arrastraría a su *Götterdämmerung*, por así decirlo. Lo haría, sin duda alguna, a sabiendas de que el hecho de arrastrarme carecía de sentido. Así era él.

Ya casi había pasado medio mes. Era la segunda semana de octubre, la época en la que la gran ciudad se mostraba en todo su esplendor. Si nada hubiese ocurrido, seguramente me hallaría en un bar, bebiendo whisky y tomándome una tortilla francesa. La época idónea a la hora idónea: un anochecer después de la lluvia, sentado a una recia barra de madera oyendo el crujido de los cubitos de hielo en la copa, mientras el tiempo fluye lentamente como un río manso.

Absorto en mis pensamientos, empecé a sentirme como si en este mundo existiese otro yo que en ese preciso momento estaba tomándose ricamente un whisky en algún bar. Y cuanto más pensaba, más me parecía que ese era el yo real. En algún momento se había producido un desliz y mi yo verdadero había dejado de ser el yo real.

Sacudí la cabeza para desembarazarme de esa fantasía.

Fuera, los pájaros nocturnos seguían cantando con voz grave.

¶

Subí al piso de arriba e hice la cama que había en el dormitorio pequeño, el que el Rata no usaba. El colchón, las sábanas y las mantas estaban apilados en el armario que había junto a las escaleras.

Los muebles eran exactamente los mismos que había en la habitación del Rata: una mesilla de noche, un escritorio, una cómoda y una lámpara. De estilo anticuado, eran productos de una época en la que las cosas se hacían para que durasen, pensando solo en su función. No tenían ni un solo detalle superfluo.

Por la ventana que había al lado del cabezal se divisaba, cómo no, el prado. Había parado de llover completamente y las gruesas nubes empezaban a deshilacharse aquí y allá. De cuando en cuando asomaba por los intersticios una media luna preciosa que realzaba el paisaje de la pradera. Parecía el fondo de un profundo océano iluminado por un foco reflector.

Me metí en la cama vestido y observé aquella escena que aparecía y desaparecía. Al cabo de un rato se interpuso la imagen de mi novia, que al bajar sola la montaña pasaba por aquella funesta curva; y cuando esa imagen desapareció, vi las ovejas y al Rata, que estaba fotografiándolas. Pero la luna se ocultó y, cuando volvió a salir, ya habían desaparecido.

Encendí la lámpara de la mesilla de noche y leí *Las aventuras de Sherlock Holmes*.

6
Una cosa que descubrí en el garaje / Una cosa que me vino a la mente en medio del prado

Igual que los adornos de un árbol de Navidad, una bandada de pájaros de una especie que yo desconocía trinaba en las ramas del *shii* que había frente a la entrada. Todo estaba mojado y resplandecía en medio de la luz matinal.

Tosté pan en una vieja tostadora que me trajo buenos recuerdos, puse un poco de mantequilla en la sartén para hacer unos huevos fritos y me bebí dos vasos del zumo de uva que había en la nevera. Estaba triste porque la echaba de menos, pero tenía la impresión de que el hecho de poder sentir esa tristeza me proporcionaba cierto consuelo. La soledad no era un mal sentimiento. Era como el silencio del *shii* cuando los pajarillos se echaban a volar.

Después de fregar los platos, me limpié en el lavabo los restos de yema que tenía en la comisura de los labios y me cepillé bien los dientes durante cinco minutos. Luego, tras dudar un rato, acabé afeitándome. En el lavabo había espuma de afeitar y una Gillette sin estrenar. Cepillos y pasta de dientes, jabón facial e incluso loción hidratante y colonia. En los estantes se apilaba una decena de toallas de diferentes colores bien dobladas. Esa meticulosidad era típica del Rata. No había ni una sola mancha en el espejo o en la pila.

Lo mismo ocurría con el inodoro y la bañera. Había fregado las juntas de los azulejos con un producto y un cepillo viejo hasta dejarlas impolutas. Era digno de ver. El ambientador del baño desprendía un perfume semejante al de la ginebra con lima de los bares de lujo.

Al salir del baño me senté en el sofá del salón y me fumé el cigarrillo de la mañana. Dentro de la mochila tenía todavía tres cajetillas de Lark y sanseacabó. Luego no me quedaría más remedio que abstenerme. Mientras pensaba en ello, me fumé otro cigarrillo. La luz matinal era muy agradable y el sofá se ajustaba como un guante a mi cuerpo. Cuando me di cuenta, había transcurrido una hora. El reloj dio despreocupadamente las nueve.

Me pareció entender por qué el Rata se había dedicado a ordenar los enseres de la casa, a dejar relucientes las juntas de los azulejos del baño, a plancharse las camisas y a afeitarse, pese a la nula expectativa de encontrarse con alguien. En aquel lugar, uno perdía la noción del tiempo si no se mantenía constantemente en movimiento.

Me levanté del sofá y di una vuelta por la sala con los brazos cruzados, pero no se me ocurrió nada que hacer. El Rata ya lo había limpiado todo. Incluso había retirado el hollín adherido al alto techo.

Bueno, no importa, ya me vendrá algo a la mente.

Por el momento, decidí dar un paseo alrededor de la casa. Hacía un tiempo estupendo. Franjas de nubes blancas, como pintadas a brocha, discurrían por el cielo, y por todos los lados se oía el trino de los pájaros.

En la parte de atrás de la casa había un gran garaje. Delante del viejo portón de doble batiente vi una colilla tirada. Era un Seven Stars. La colilla era bastante antigua y el filtro había quedado al descubierto, porque se le había desprendido el papel. Recordé que en los ceniceros de la casa no había ninguna. De hecho, eran ceniceros viejos sin señales de haber sido usados durante mucho tiempo. Porque el Rata no fumaba. Hice rodar el filtro en la palma de la mano durante un rato y lo tiré en el mismo sitio.

Al retirar la pesada tranca y abrir la puerta del garaje, descubrí que el interior era enorme, y la luz que se colaba entre los tablones dibujaba líneas paralelas en el suelo negro. Olía a tierra y a gasolina.

El coche era un viejo Toyota Land Cruiser. No había restos de barro en la carrocería ni en los neumáticos. Tenía el depósito casi lleno. Busqué donde el Rata siempre dejaba la llave. Como me había imaginado, allí estaba. Al meter la llave y girarla, el motor produjo en el acto un agradable sonido. Al Rata siempre se le había dado bien conservar los coches en buen estado. Apagué el motor, devolví la llave a su sitio y, sin levantarme del asiento, miré a mi alrededor. Dentro del vehículo no había gran cosa. Tan solo un mapa de carreteras, una toalla y media chocolatina. En los asientos de atrás había un rollo de alambre y unos alicates grandes. Los asientos estaban bastante sucios, lo cual era impropio del Rata. Abrí la puerta trasera, recogí la porquería que había en el asiento en la palma de la mano y la puse a la luz del sol que se colaba por las rendijas de los tablones de madera. Parecía relleno de la tapicería. O tal vez lana de oveja. Saqué del bolsillo un pañuelo de papel, envolví con él la pelusa y me lo guardé en el bolsillo del pecho.

No entendía por qué el Rata no había usado el coche. Que el vehículo estuviese en el garaje quería decir que o bien había bajado la montaña a pie, o bien seguía en la montaña, y las dos posibilidades carecían de lógica. Hasta hacía tres días, el camino era perfectamente practicable y dudaba mucho que el Rata hubiese dejado la casa abierta y hubiese acampado al raso en algún punto del altiplano.

No quise pensar más en ello, cerré la puerta del garaje y salí al prado. Por más vueltas que le diese, era imposible extraer una conclusión racional de una situación irracional.

A medida que el sol ascendía, la pradera comenzó a desprender vapor, lo cual provocaba que la montaña de enfrente se viese borrosa. Por todas partes olía a hierba.

Fui pisando sobre la hierba húmeda hasta llegar al centro del prado. Justo en el centro había un viejo neumático abandonado. El caucho estaba agrietado y se había vuelto totalmente blanco. Me senté en él y eché un vistazo a mi alrededor. La casa de la que acababa de salir parecía una roca blanca que sobresalía en la orilla del mar.

Estando allí sentado yo solo, en medio del prado, me vinieron a la mente las competiciones de natación de larga distancia en las que participaba de pequeño. Al llegar a la mitad del recorrido entre dos islas, me detenía y miraba el paisaje a mi alrededor. Entonces siempre me invadía una sensación extraña: me parecía raro hallarme en medio de dos puntos y también me resultaba raro pensar que lejos, en tierra firme, la gente seguía con su vida cotidiana. Pero, sobre todo, que la sociedad pudiese prescindir de mí y seguir su marcha.

Tras un cuarto de hora sentado, abstraído en mis pensamientos, me eché a andar, volví a casa, me senté en el sofá del salón y seguí leyendo *Las aventuras de Sherlock Holmes*.

A las dos vino el hombre carnero.

7
Llega el hombre carnero

Inmediatamente después de que el reloj diese dos campanadas, alguien llamó a la puerta. Primero con dos golpes, y un par de suspiros más tarde, tres más.

Me llevó un rato asimilar que estaban llamando a la puerta. No me cabía en la cabeza que alguien pudiese llamar a la puerta de aquella casa. Si fuese el Rata, habría entrado sin llamar; al fin y al cabo, era su casa. El pastor habría dado un solo golpe y habría entrado de inmediato, sin esperar una respuesta. Ella... No, no podía ser ella. Ella habría entrado calladamente por la puerta de la cocina y estaría sola tomándose un café. No era de las que llaman a la puerta principal.

Cuando abrí, allí estaba el hombre carnero. Se quedó parado a unos dos metros de la puerta, sin mostrar ningún interés ni hacia la puerta que se abría ni hacia quién la abría, o sea yo, y clavó la vista en el buzón, como si fuese un objeto extraño. De estatura, era un poco más alto que el buzón. Un metro cincuenta más o menos. Encima, estaba encorvado y tenía las piernas torcidas.

A eso había que añadir que entre el suelo de la casa y el de la calle había un desnivel de quince centímetros, lo cual hacía que pareciera que estuviese mirando a alguien desde la ventanilla de un autobús. El hombre carnero se había puesto de lado y seguía mirando fijamente y con verdadero interés el buzón, como si pretendiese obviar esa determinante diferencia de niveles. Dentro del buzón no había nada, por supuesto.

—¿Te importa que pase? —me preguntó a toda velocidad y sin mirar de frente. Por su modo de hablar, parecía de mal humor.

—Claro que no —dije yo.

Él se agachó y se desató ágilmente los cordones de las botas. Estas tenían costras de barro adheridas, que parecían la corteza de un bollo. Tras descalzarse, agarró las botas y, con un gesto hábil, golpeó una contra la otra. La gruesa capa de barro cayó al suelo con resignación. A continuación, el hombre carnero se calzó unas zapatillas y echó a andar, como si quisiera decirme que conocía a la perfección el interior de la casa; se sentó en el sofá y puso cara de desfallecimiento.

El hombre carnero llevaba un vellón de carnero que lo cubría desde la cabeza hasta los pies. Su complexión robusta encajaba perfectamente en aquel atuendo. La parte de los brazos y las piernas eran añadidos. La capucha que le cubría el cráneo también estaba cosida aparte, pero los dos cuernos enroscados que la coronaban eran de verdad. A ambos lados de la capucha sobresalían en horizontal dos orejas planas a las que debía de haber dado forma con alambre. El antifaz de cuero que le cubría media cara, los guantes y los calcetines eran negros, a juego. Desde el cuello hasta la entrepierna había una cremallera que le permitía ponerse y quitarse fácilmente el traje.

En los brazos también tenía bolsillos con cremallera para guardar el tabaco y las cerillas. El hombre carnero se llevó un Seven Stars a los labios, lo encendió y expulsó el humo con un suspiro. Yo fui a la cocina y volví con un cenicero recién lavado.

—Me apetece un trago —dijo él. Fui otra vez a la cocina y encontré una botella de Four Roses por la mitad. Cogí también dos vasos y hielo.

Cada uno se preparó su whisky con hielo y bebimos sin haber brindado antes. El hombre carnero estuvo farfullando alguna cosa hasta que se acabó la copa. Tenía la nariz grande en relación con el cuerpo y, cada vez que respiraba, las fosas nasales se expandían hacia los lados como alas. Acechando con los ojos tras los agujeros de la máscara, recorrió nerviosamente con la mirada el espacio que me rodeaba. Cuando se terminó la copa, pareció un poco más tranquilo. Apagó el cigarrillo y, metiéndose los dedos de las manos por debajo del antifaz, se frotó los ojos.

—Se me mete lana en los ojos —dijo el hombre carnero.

Como no supe qué decir, me quedé callado.

—Llegasteis ayer por la mañana, ¿no? —dijo él, mientras se frotaba los ojos—. Os he estado observando todo el tiempo.

El hombre carnero se sirvió whisky sobre los cubitos de hielo medio derretidos y echó un trago sin remover.

—Y por la tarde la chica salió sola.

—¿También viste cómo se iba?

—No es que la viera: fue un servidor quien la echó.

—¿La echaste?

—Sí, me asomé por la puerta de la cocina y le dije que era mejor que se marchara.

—¿Por qué?

El hombre carnero se calló, enfurruñado. Seguramente la manera de preguntarle por qué no había sido la adecuada. Me di por vencido, pero mientras pensaba la siguiente pregunta, una luz distinta fue tiñendo paulatinamente su mirada.

—La chica volvió al Hotel Delfín —dijo el hombre carnero.

—¿Te lo dijo ella?

—No me dijo nada. Simplemente volvió al Hotel Delfín.

—¿Cómo lo sabes?

El hombre carnero no contestó. Posó las manos sobre las rodillas y, en silencio, clavó la vista en el vaso sobre la mesa.

—¿Así que ha vuelto al hotel? —dije yo.

—Sí. El Hotel Delfín es un buen hotel. Huele a oveja —comentó el hombre carnero.

Los dos nos callamos. Me fijé en que la piel de carnero que llevaba estaba sucísima; y la lana, apelmazada y grasienta.

—¿Dejó algún recado cuando se fue?

—No. —El hombre carnero sacudió la cabeza—. No dijo nada y un servidor tampoco le preguntó.

—O sea, que le dijiste que era mejor que se marchara y ella se marchó sin más, ¿no?

—Eso es. Le dije que era mejor que se marchara porque ella quería marcharse.

—Pues si vino, fue porque ella quiso.

—¡Mentira! —gritó el hombre carnero—. La mujer quería marcharse. Pero se sentía muy confusa. Por eso la eché. Eras tú quien la confundía. —Se levantó y dio un manotazo sobre la mesa. El vaso de whisky se desplazó unos cinco centímetros a un lado.

El hombre carnero permaneció en la misma posición durante un rato hasta que por fin se atenuó el brillo de sus ojos y se sentó sin fuerzas en el sofá.

—Eras tú quien la confundía —dijo el hombre carnero, esta vez más calmado—. Eso no puede ser. No te enteras de nada. Tú solo piensas en ti mismo.

—¿Quieres decir que ella nunca debió haber venido?

—Eso es. La chica no debió haber venido. Tú solo piensas en ti mismo.

Arrellanado en el sofá, le di un sorbo al whisky.

—Pero, bueno, ahora ya está. De todos modos, se ha terminado —dijo el hombre carnero.

—¿Que se ha terminado?

—Jamás volverás a verla.

—¿Porque no he pensado más que en mí mismo?

—Eso es. Porque no has pensado más que en ti mismo. Tienes lo que te mereces.

El hombre carnero se levantó, se acercó a la pesada ventana, la levantó de golpe con un solo brazo e inspiró el aire del exterior. Tenía una fuerza impresionante.

—En días soleados como este hay que abrir las ventanas —dijo. Acto seguido, recorrió medio salón, se detuvo frente a la librería e inspeccionó de brazos cruzados los lomos de los libros. Del traje le salía un pequeño rabo por el trasero. De espaldas parecía un carnero de verdad de pie sobre las dos patas de atrás.

—Estoy buscando a un amigo —dije yo.

—¿Ah, sí? —dijo el hombre carnero, sin aparente interés y siempre dándome la espalda.

—Se supone que vivió aquí una temporada hasta hace justo una semana.

—Ni idea.

Se plantó frente a la chimenea y barajó las cartas que había sobre la repisa.

—También estoy buscando un carnero que tiene el símbolo de una estrella en el lomo —dije yo.

—No me suena de nada —dijo el hombre carnero.

No obstante, era evidente que sabía algo acerca del Rata y del carnero. Su indiferencia resultaba demasiado forzada. Respondía demasiado rápido y con un tono poco natural.

En un cambio de estrategia, bostecé, fingiendo que había perdido todo interés en él, y hojeé el libro que estaba sobre la mesa. El hombre carnero se inquietó un poco y volvió al sofá. Allí estuvo un rato callado, observándome leer.

—¿Leer es divertido? —me preguntó.

—Sí —respondí conciso.

Luego, el hombre carnero estuvo refunfuñando durante otro rato. Yo seguí leyendo sin darle importancia.

—Siento haberte gritado hace un momento —dijo el hombre carnero en voz baja—. ¿Sabes? A veces el lado ovino y el lado humano chocan entre sí. No lo hago con mala intención. Además, como tú también sueltas cosas ofensivas...

—No tiene importancia —dije yo.

—Lamento que jamás puedas volver a ver a esa mujer. Pero no es culpa de un servidor.

—Ya.

Saqué las tres cajetillas de Lark del bolsillo de la mochila y se las di al hombre carnero. Él pareció un poco sorprendido.

—Gracias. Es la primera vez que veo esta marca. ¿A ti no te hacen falta?

—He dejado de fumar —dije yo.

—Me parece muy bien —asintió él con gesto serio—. Es malo para la salud.

El hombre carnero se guardó con sumo cuidado las cajetillas en los bolsillos de los brazos, que quedaron tan hinchados que se podía distinguir las cuatro esquinas de las cajetillas.

—Tengo que ver a mi amigo como sea. Por eso he venido desde tan lejos.

El hombre carnero asintió.

—Lo mismo pasa con el carnero.

El hombre carnero asintió de nuevo.

—¿No sabrás algo de ellos?

El hombre carnero negó con la cabeza, consternado. Sus orejas falsas temblaron. Sin embargo, esta negación fue mucho menos rotunda que la anterior.

—Este es un buen lugar —dijo cambiando de tema—. El paisaje es bonito, se respira aire fresco. Seguro que a ti también te gusta.

—Sí, es un buen lugar —convine.

—Y en invierno es todavía mejor. Todo se pone blanco y se hiela. Los animales hibernan y no viene nadie.

—¿Andas siempre por aquí?

—Sí.

Decidí no preguntarle nada más. El hombre carnero era igual que un animal. Cuando tú te acercabas, él reculaba; cuando tú reculabas, él se acercaba. Si siempre andaba por allí, podía tomarme las cosas con calma. Disponía de tiempo para sonsacarle información.

Con la mano izquierda, el hombre carnero empezó a tirar, una por una, de las puntas del guante negro que llevaba en la mano derecha, empezando por el pulgar. Fue tirando hasta que el guante salió de golpe y dejó a la vista una mano negruzca y reseca. Era pequeña, pero gruesa, y tenía una cicatriz de una vieja quemadura que se extendía desde el nacimiento del dedo pulgar hasta el centro del dorso de la mano.

Se quedó mirando fijamente el dorso de su mano, le dio la vuelta y observó la palma. Era un gesto idéntico al que solía hacer el Rata. Pero no podían ser la misma persona. Había una diferencia de más de veinte centímetros de altura.

—¿Vas a quedarte para siempre? —me preguntó el hombre carnero.

—No, me marcharé cuando encuentre a mi amigo o al carnero. A eso he venido.

—Aquí en invierno se está muy bien —insistió—. Todo es blanco y resplandeciente. Y todo se congela.

El hombre carnero se rió entre dientes, y las fosas nasales se le hincharon. Cada vez que abría la boca, asomaban unos dientes sucios. Le faltaban dos incisivos. El ritmo al que pensaba el hombre carnero era un tanto desigual, y daba la sensación de que el aire de la sala estuviese dilatándose y contrayéndose.

—Tengo que irme —dijo de repente—. Gracias por los cigarrillos.

Yo guardé silencio y asentí con la cabeza.

—Ojalá encuentres rápido a tu amigo y al carnero.

—Sí —dije yo—. Si descubres cualquier cosa, me avisarás, ¿no?

Por un momento, el hombre carnero pareció incómodo.

—Sí, claro. Te avisaré.

Me dieron ganas de reírme, pero contuve la risa. Era evidente que al hombre carnero se le daba mal mentir.

Tras ponerse el guante, se levantó del sofá.

—Volveré. No sé dentro de cuántos días, pero volveré. —Entonces una sombra de duda asomó en sus ojos—. ¿No te estaré molestando?

—¡Qué va! —Sacudí la cabeza a toda prisa—. Será un placer volver a verte.

—Entonces vendré —dijo el hombre carnero. Y cerró la puerta tras de sí. Estuvo a punto de pillarse el rabo.

Al mirar por los huecos de la persiana, vi cómo el hombre carnero se paraba delante del buzón, igual que cuando llegó, y observaba fijamente la caja blanca desconchada. Luego se sacudió varias veces dentro del atuendo de carnero hasta que se sintió a gusto, y atravesó la pradera a paso ligero en dirección al bosque del este. Las orejas, que se le proyectaban hacia los lados, subían y bajaban como los trampolines de una piscina. A medida que se alejaba iba transformándose en un punto blanco borroso hasta que, al final, acabó desapareciendo entre los troncos de abedules de la misma tonalidad.

Aun después de haber desaparecido, seguí con la mirada fija en la pradera y el bosque de abedules. Cuanto más los miraba, más incierto me parecía el hecho de que el hombre carnero hubiese estado en la misma estancia que yo hasta hacía un rato.

Pero la botella de whisky y las colillas de Seven Stars seguían en la mesa, y en el sofá de enfrente quedaban restos de lana de carnero. La comparé con la lana que había encontrado en el asiento de atrás del Land Cruiser. Coincidían.

Cuando el hombre carnero se marchó, me fui a la cocina y, para poner mi cabeza en orden, comencé a preparar una hamburguesa. Piqué la cebolla fina y la sofreí en la sartén mientras descongelé la ternera que había sacado del congelador; acto seguido la piqué con la hoja mediana de la picadora.

La cocina era más bien sobria, pero disponía de más enseres y condimentos de lo indispensable. Si el camino estuviera asfaltado y en condiciones, se habría podido abrir un restaurante de montaña. No estaría mal comer con las ventanas abiertas de par en par y disfrutar de las vistas de un rebaño de ovejas y del cielo azul. Las familias podrían jugar con las ovejas en el prado; y las parejas, pasear por el bosque de abedules. Seguro que se llenaría.

El Rata llevaría el negocio y yo cocinaría. El hombre carnero probablemente también podría hacer algo. Un atuendo estrafalario como aquel encajaría a la perfección en un restaurante de montaña. Y el pastor, con el sentido práctico que tiene, podría cuidar de las ovejas. Al menos debería haber una persona con los pies en la tierra. También necesitaríamos al perro. Seguro que hasta el profesor Ovino vendría a visitarnos.

Estuve absorto pensando en todo aquello mientras removía la cebolla con la espátula de madera.

A medida que pensaba, la idea de que quizás había perdido para siempre a mi novia, la de las orejas fabulosas, comenzó a ganar peso. Puede que el hombre carnero tuviese razón: quizá debía subir a la montaña solo. Quizá... Sacudí la cabeza y decidí seguir pensando en el restaurante.

Si Jay trabajase en él, muchas cosas saldrían bien, sin duda. Todo debería girar en torno a él. En torno al perdón, a la compasión y a la aceptación.

Mientras la cebolla se enfriaba, me senté al lado de la ventana y contemplé otra vez la pradera.

8
El pasadizo especial del viento

Los tres días siguientes fueron muy tranquilos. No pasó nada. El hombre carnero no se dejó ver. Cociné, comí, leí, bebí whisky al atardecer y dormí. Por la mañana me levanté a las seis, corrí por la pradera dando una vuelta con forma de media luna y luego me duché y me afeité.

Por la mañana, el aire en la pradera era cada vez más fresco. Las hojas rojizas de los abedules eran cada vez más escasas y el viento de principios de invierno se colaba entre las ramas secas y soplaba por el altiplano hacia el sudeste. Oía claramente su silbido cuando, en plena carrera, me detenía en el centro del prado. Era como si quisiera pregonar que ya no había vuelta atrás. El breve otoño se había ido.

Por culpa del tabaco y del sedentarismo, en los tres primeros días había engordado dos kilos, de los cuales conseguí eliminar uno corriendo. Era un incordio no poder fumar, pero no me quedaba más remedio que aguantarme, porque no había ningún sitio donde comprarlo en treinta kilómetros a la redonda. Cada vez que me entraban ganas de fumar, pensaba en ella y en sus orejas. Me parecía que los cigarrillos eran insignificantes comparados con todo lo que había perdido. Lo cual era del todo cierto.

Al disponer de tanto tiempo libre me dediqué a cocinar. Incluso preparé rosbif en el horno. Descongelé un salmón, lo despiecé y lo mariné. Como no tenía suficiente verdura, busqué plantas silvestres de aspecto comestible en la pradera y las preparé cocidas con *katsuobushi* rallado.

También hice un encurtido de col sencillo. Dispuse además unos cuantos aperitivos para picar con las bebidas alcohólicas cuando viniese el hombre carnero. Aunque al final no apareció.

La mayor parte de la tarde me la pasaba contemplando la pradera. Cuando la miraba durante mucho tiempo, me asaltaba la ilusión de que alguien emergía de pronto de entre los abedules y se dirigía hacia mí a campo través. Por lo general, era el hombre carnero, pero otras veces era el Rata o mi novia. En ocasiones, el carnero de la estrella.

Pero al final no apareció nadie. Tan solo la brisa que soplaba sobre el prado. Era como si la pradera constituyese un pasadizo especial para el viento. Corría sobre la hierba sin volverse, como apremiado por la responsabilidad de tener que cumplir con una misión importante.

Al séptimo día, nevó por primera vez desde mi llegada al altiplano. Por la mañana no había hecho viento, lo cual era extraño, y el cielo estaba cubierto con unas pesadas nubes de color plomizo. Me duché al volver de correr, y estaba escuchando un disco mientras me tomaba un café cuando comenzó a nevar. La nieve era dura y deforme. Cada vez que chocaba contra la ventana sonaba un *plof*. Luego empezó a soplar algo de viento y los copos se precipitaban a toda velocidad contra el suelo trazando unas líneas con una inclinación de treinta grados. Al principio, cuando todavía caían dispersas, aquellas líneas de nieve recordaban el papel de envolver de un centro comercial, pero luego, cuando empezó a nevar sin parar, todo se cubrió de blanco y no se distinguían ni las montañas ni el bosque. Aquella era realmente nieve del norte, no como las enternecedoras nevadas que caían de vez en cuando en Tokio. Lo cubría todo, congelaba las entrañas mismas de la tierra.

Al poco rato de quedarme mirando fijamente la nieve, me dolieron ojos. Corrí la cortina y leí un libro al calor de la estufa de queroseno. El disco se terminó y, cuando la aguja del tocadiscos automático volvió a su sitio, todo se sumió en un silencio aterrador. Era como si toda forma de vida se hubiese extinguido. Dejé el libro y, sin ninguna razón en particular, me puse a caminar por la casa siguiendo un orden. Fui del salón a la cocina, inspeccioné el trastero, el baño, el aseo, el sótano, abrí las puertas de las habitaciones del piso de arriba. No había nadie. El silencio empapaba cada rincón como si fuese aceite. En función del tamaño del cuarto, el matiz del silencio variaba un poco. Me hallaba solo y sentí que jamás había estado tan solo en mi vida. Durante los dos primeros días sentí unas ganas tremendas de fumar, pero no tenía tabaco, por supuesto.

Para compensar, bebía whisky a palo seco. Si me pasaba así todo el invierno, seguramente acabaría alcoholizado. Aunque en la casa no había suficiente cantidad de alcohol para ello. Tres botellas de whisky, una de coñac y doce cajas de latas de cerveza, eso era todo. Puede que al Rata se le hubiese pasado por la cabeza lo mismo que a mí.

¿Seguiría bebiendo mi socio? ¿Habría conseguido reconvertir la empresa y volver a ser una pequeña agencia de traducción como deseaba? Seguramente sí. Y le iría bastante bien sin mí. En cualquier caso, ambos estábamos entrando en la misma etapa: después de seis años habíamos vuelto al punto de partida.

Poco después del mediodía, paró de nevar. Lo hizo de forma tan repentina como cuando empezó. Los nubarrones se deshacían aquí y allá como arcilla; el sol se colaba por las fisuras y se movía por la pradera convertido en un grandioso haz de luz. Eran unas vistas espectaculares.

Fuera, fragmentos de nieve apelmazada se extendían sobre la tierra como pequeños caramelos de azúcar. Cada uno se aferraba a su sitio como si se negasen a derretirse. Pero cuando el reloj dio las tres, la nieve ya prácticamente se había derretido. La tierra estaba mojada y el sol a punto de ponerse envolvía la pradera con su luz suave. Liberados, los pájaros se echaron a cantar.

♀

Después de cenar, tomé prestados de la habitación del Rata la novela de Conrad y un libro titulado *La cocción del pan* y me senté a leer en el sofá del salón. Cuando llevaba leído un tercio de la novela, me topé con que el Rata había metido un recorte de periódico cuadrado, de unos diez centímetros de lado, a modo de marcapáginas. La fecha no constaba, pero por la tonalidad de la impresión supe que era relativamente reciente. El artículo contenía información local: en un hotel de Sapporo se iba a celebrar un simposio sobre el envejecimiento demográfico, y cerca de Asahikawa tendría lugar una carrera de relevos de larga distancia. También se informaba acerca de una conferencia sobre la crisis en Oriente Medio. Nada que pudiese despertar mi interés o el del Rata. En la parte de atrás figuraba un anuncio por palabras. Cerré el libro con un bostezo, calenté en la cocina lo que quedaba de café y me lo bebí.

Hacía tanto tiempo que no leía un periódico que me di cuenta de que había estado aislado del mundo una semana entera. Allí no había radio, ni televisión, ni periódicos ni revistas. En ese mismo momento, un misil nuclear podría estar destruyendo Tokio o una epidemia podría estar causando estragos en el mundo. Los marcianos podrían haber invadido Australia. Sea como fuere, no había forma de enterarse. Habría podido ir al garaje y escuchar la radio del

Land Cruiser, pero tampoco me apetecía. Si podía vivir en la inopia, quería decir que no había necesidad de saber nada, aparte de que ya tenía bastantes motivos de preocupación.

Sin embargo, algo me inquietaba. Sentía como si hubiera tenido algo delante de los ojos y no me hubiera dado cuenta porque estaba absorto en mis pensamientos. Con todo, tenía grabado en las retinas el recuerdo inconsciente de que se me había pasado algo... Tras dejar la taza de café en el fregadero, regresé al salón y volví a echarle un vistazo al recorte de periódico. Lo que buscaba estaba en la parte de atrás.

> RATA, LLÁMAME
> ¡URGENTE!
> DOLPHIN HOTEL 406

Volví a meter el trozo de papel entre las páginas del libro y me repantigué en medio del sofá.

El Rata sabía que yo lo estaba buscando. La duda que me asaltaba era cómo habría encontrado el anuncio. Tal vez lo había descubierto por casualidad en una visita al pueblo. O puede que hubiese estado leyendo todos los periódicos durante semanas en busca de algo.

El caso era que no se había puesto en contacto conmigo (a lo mejor yo ya había dejado el Hotel Delfín cuando él tuvo el anuncio en sus manos; o quizá la línea telefónica ya estaba muerta cuando intentó llamarme).

No, no era eso. No era que el Rata no hubiera podido llamarme, sino que no quiso hacerlo. Si sabía que yo estaba en el Hotel Delfín, podría haberse imaginado que en algún momento vendría a verlo; y si me hubiera querido ver, me habría esperado o, al menos, habría dejado una nota.

En resumen, por algún motivo, el Rata no quería que

nos viésemos. Sin embargo, no me estaba rechazando. Si no hubiera querido dejarme entrar, tenía a su disposición varias formas de mantenerme fuera. Al fin y al cabo, la casa era suya.

Mientras me debatía entre las dos proposiciones, observé cómo el minutero del reloj daba lentamente una vuelta a la esfera. Aún después de haberse completado la vuelta, no logré dilucidar el porqué de esas dos proposiciones.

El hombre carnero sabía algo. Eso estaba claro. Era imposible que, habiendo detectado enseguida mi llegada, no supiese nada del Rata, que había estado viviendo allí casi medio año.

Cuantas más vueltas le daba, más convencido estaba de que la manera de comportarse del hombre carnero respondía a la voluntad del Rata. Había hecho que mi novia se marchara y yo me quedara solo. La aparición del hombre carnero era, sin duda, un presagio. Algo se estaba cociendo a mi alrededor. Habían despejado la zona para algo que estaba a punto de ocurrir.

Apagué la luz, subí al piso de arriba, me metí en la cama y contemplé la luna, la nieve y el prado. La gélida luz de las estrellas asomaba entre las nubes. Abrí la ventana y olí la noche. Se oía el canto lejano de un pájaro mezclado con el susurro de las hojas de los árboles. Era un canto extraño, que tanto podía ser de un ave como de cualquier otra bestia. Y así se terminó mi séptimo día en la montaña.

Al despertarme, corrí por el prado, me di una ducha y desayuné. Hacía la misma mañana de siempre. El cielo estaba encapotado, como el día anterior, pero la temperatura había subido un poco. No tenía pinta de que fuese a llover.

Me puse unos vaqueros y un impermeable encima de un jersey y, calzado con unas zapatillas de deporte finas, crucé la pradera. Me adentré en el bosque del este por donde había desaparecido el hombre carnero y di una vuelta. No había ningún sendero marcado, ni huellas humanas. De vez en cuando me encontraba un viejo abedul derribado. El terreno era llano, pero en ciertas zonas había una zanja de un metro de ancho con aspecto de lecho seco o de trinchera. Serpenteaba varios kilómetros a lo largo del bosque. A veces profunda, otras superficial, en el fondo se amontonaba una capa de hojas muertas que llegaba a la altura del tobillo. Siguiendo la zanja se llegaba a un camino empinado como el espinazo de un caballo. A ambos lados, había un valle seco de laderas suaves. Un grueso pájaro de tonos ocres cruzó aleteando el camino y desapareció entre la maleza de la ladera. El rojo incendiario de las ericáceas salpicaba el bosque aquí y allá.

Tras una hora de caminata, perdí el sentido de la orientación. No era momento de ponerse a buscar al hombre carnero. Caminé a lo largo del valle seco hasta que oí ruido de agua y, cuando encontré el río, lo seguí curso abajo. Si no recordaba mal, tenía que llegar a una cascada cerca de la cual discurría el camino por el que habíamos pasado a la ida.

Después de unos diez minutos, oí la cascada. El torrente zigzagueaba, como empujado por las rocas, y aquí y allá se formaban remansos fríos como el hielo. En ellos no había peces, y las hojas secas trazaban círculos sobre la superficie del agua. Descendí la cascada de roca en roca y, tras subir por una resbaladiza cuesta, fui a parar al camino que conocía.

El hombre carnero me observaba sentado a un lado del puente. Llevaba a la espalda una gran bolsa de lona cargada de leña.

—Como sigas yendo de aquí para allá, acabarás topándote con un oso —dijo él—. Por esta zona hay uno medio perdido. Ayer por la tarde encontré unas huellas. Si aun así quieres seguir dando vueltas, ponte un cascabel en la cintura, como un servidor.

El hombre carnero hizo sonar el cascabel que llevaba sujeto con un imperdible a la cintura.

—Te estaba buscando —dije yo, tras tomar aliento.

—Haberme llamado entonces.

—Es que supuse que querrías que te encontrase por mí mismo y por eso no te dije nada.

El hombre carnero sacó un cigarrillo del bolsillo del brazo y se lo fumó con placer. Yo me senté a su lado.

—¿Vives por aquí?

—Sí —dijo él—. Pero no se lo digas a nadie. No lo sabe nadie.

—Pero mi amigo te conoce, ¿no?

Silencio.

—Te lo pregunto porque para mí es importante.

Silencio.

—Si eres amigo de mi amigo, es como si nosotros fuéramos también amigos, ¿no crees?

—Bueno —dijo precavido el hombre carnero—. Supongo que es cierto.

—Si somos amigos, no deberías mentirme, ¿verdad?

—No —dijo molesto el hombre carnero.

—¿No podrías responderme, como amigos que somos?

El hombre carnero se lamió los labios con su lengua reseca.

—No puedo decir nada. Lo siento, pero es así. Hay cosas de las que no puedo hablar.

—¿Alguien te lo impide?

El hombre carnero se quedó callado como un muerto. El viento agitó las hojas secas.

—¿Y a ti qué te importa? —dijo él por lo bajo. Me miró fijamente a los ojos—. No sabes nada de esta tierra, ¿cierto?

—No, no sé nada.

—Escucha, este no es un sitio como cualquier otro. Que te quede claro.

—Pero el otro día me dijiste que es un buen lugar.

—Lo es, para un servidor —dijo el hombre carnero—. Este es el único lugar en el que este servidor puede vivir. Si me echasen de aquí, no tendría a donde ir.

El hombre carnero permaneció callado. Parecía que iba a ser imposible sacarle más información. Yo me quedé mirando la bolsa de la leña.

—¿Con eso te calientas durante el invierno?

El hombre carnero asintió en silencio.

—Pues no he visto humo.

—Todavía no la he encendido. Espero a que la nieve cuaje. De todos modos, aunque la nieve cuajara y un servidor hiciera una hoguera, no verías el humo. Hay una forma especial de quemar la madera.

Dicho eso, esbozó una sonrisa de orgullo.

—¿Cuándo empieza a cuajar la nieve?

El hombre carnero miró primero al cielo y luego a mí.

—Este año está cayendo antes de lo habitual. En unos diez días, supongo.

—¿En diez días los caminos se congelarán?

—Eso creo. Nadie podrá subir o bajar. Es una buena época.

—¿Has vivido siempre aquí?

—Siempre —dijo el hombre carnero—. Toda la vida.

—¿De qué te alimentas?

—De *fuki, zenmai,* frutos de los árboles, pájaros, pequeños peces y, a veces, incluso cangrejos.

—¿No pasas frío?

—Si no hiciera frío, no sería invierno.

—Si necesitas cualquier cosa, puedo compartirla contigo.

—Gracias, pero de momento no necesito nada.

El hombre carnero se levantó de repente y echó a caminar en dirección a la pradera. Yo me levanté también y lo seguí.

—¿Por qué vives aquí escondido?

—Te vas a reír de mí —dijo él.

—No lo creo —dije yo. No imaginaba de qué se suponía que me iba a reír.

—¿No se lo contarás a nadie?

—No, a nadie.

—Porque no he querido ir a la guerra.

Seguimos caminando sin decir nada durante un rato. Mientras paseábamos, uno al lado del otro, el hombre carnero iba moviendo la cabeza a la altura de mi hombro.

—¿La guerra contra quién? —le pregunté.

—No lo sé. —El hombre carnero carraspeó—. La cuestión es que no quiero ir a la guerra y por eso he decidido ser un carnero. Y como carnero que soy, de aquí no me muevo.

—¿Naciste en Jūnitaki?

—Sí. Pero no se lo digas a nadie.

—De acuerdo —dije yo—. ¿No te gusta el pueblo?

—¿El pueblo de abajo?

—Sí.

—No, no me gusta. Hay demasiados soldados, ¿sabes? —El hombre carnero carraspeó una vez más—. ¿Tú de dónde vienes?

—De Tokio.

—¿Has oído hablar de la guerra?

—No.

El hombre carnero pareció perder todo el interés en mí. No hablamos hasta llegar a la pradera.

—¿Quieres pasar por la casa? —le pregunté.

—Tengo que hacer preparativos para el invierno —contestó—. Estoy muy ocupado. La próxima vez.

—Es que me gustaría ver a mi amigo —dije yo—. Hay un motivo por el que tengo que verlo como sea antes de que pase otra semana más.

Apesadumbrado, el hombre carnero sacudió la cabeza. Le temblaron las orejas.

—Lo lamento, pero como te he dicho, un servidor no puede hacer nada.

—Si al menos pudieras darle el recado.

—Vale —dijo el hombre carnero.

—Muchas gracias —dije yo.

Y nos despedimos.

—No te olvides del cascabel cuando salgas —me dijo el hombre carnero en el último momento.

Yo regresé a la casa y él desapareció por el bosque del este, igual que la última vez. Entre nosotros se extendía la pradera verde y silente, teñida de colores invernales.

Esa tarde hice pan. El nivel del libro que había encontrado en la habitación del Rata, *La cocción del pan*, resultó muy asequible, tal y como rezaba la portada: «Si sabes leer, tú también puedes hacer pan sin esfuerzo». Siguiendo las instrucciones del libro, conseguí hacer pan realmente sin esfuerzo. El aroma a pan horneado inundó la casa y caldeó el ambiente. Para ser la primera vez, no sabía mal. En la cocina había harina de trigo y levadura de sobra, así que, si finalmente me veía obligado a pasar allí el invierno, al menos no tendría que preocuparme por el pan. También había arroz y espaguetis en abundancia.

Al anochecer, cené pan, ensalada y huevos fritos con jamón; de postre, me tomé una lata de melocotón en almíbar.

A la mañana siguiente, cocí arroz y preparé un pilaf con salmón en conserva, algas y setas.

Al mediodía me tomé un trozo del pastel de queso que había en el congelador y me bebí un té con leche cargado.

A las tres, regué helado de avellana con Cointreau y me lo comí.

Por la noche, preparé unos muslos de pollo al horno y me tomé una lata de sopa Campbell.

ζ

Estaba volviendo a coger peso.

ζ

Poco antes del mediodía del noveno día, mientras observaba los volúmenes de la librería, descubrí que alguien había estado leyendo un libro antiguo recientemente. Era el único que no tenía polvo encima y el lomo sobresalía un poco.

Lo saqué del estante y lo hojeé sentado en el sofá. Se titulaba *Genealogía del panasianismo* y había sido publicado durante la guerra. La calidad del papel era ínfima y cada vez que pasaba una página olía a moho. Debido a la época en que había sido escrito, el contenido era poco objetivo, tendencioso y tan aburrido que a la tercera página te entraban ganas de bostezar; y, sin embargo, de vez en cuando había alguna palabra censurada. No contenía ni un solo párrafo dedicado al «incidente del 26 de febrero», el intento de golpe de Estado ese día de 1936 por parte de varios oficiales jóvenes.

Pasaba las hojas sin detenerme demasiado cuando, de pronto, vi una nota blanca hacia el final del libro. Después de haber estado hojeando tantas páginas viejas y amarillentas, aquel trozo de papel blanco me pareció un milagro. En el extremo derecho de la página marcada por la hoja blanca había un apéndice. En él figuraban los nombres, el año de nacimiento y el domicilio de panasianistas, unos famosos y otros no. Recorriendo la lista con la mirada de arriba abajo, di con el nombre del maestro más o menos por la mitad. El maestro que había estado poseído por el carnero y me había llevado hasta allí. Su lugar de residencia era Hokkaidō, en el distrito de Jūnitaki.

Me quedé anonadado, con el libro apoyado sobre las rodillas. Pasó un buen rato hasta que las palabras tomaron forma dentro de mi cabeza. Me sentía como si me hubieran golpeado con algo en el cogote.

Debería haberme dado cuenta. Desde el primer momento. Debería haberlo grabado en la mente en el mismo instante en que oí que el maestro provenía de una pobre familia campesina de Hokkaidō. No importaba con qué argucias había intentado borrar su pasado; tenía que haber algún medio de indagarlo. Seguro que el secretario vestido de negro me habría hecho el favor.

No, te equivocas.

Sacudí la cabeza.

Era impensable que todavía no lo hubiese indagado. No era un tipo tan incauto. Él había comprobado todas las posibilidades, por insignificantes que fuesen. Del mismo modo que lo había hecho en lo que atañe a mis reacciones y forma de comportarme.

Él ya estaba al corriente de todo.

No podía ser de otra manera. Y, sin embargo, se había molestado en convencerme, o amenazarme, y enviarme a este lugar. ¿Por qué? Él mismo hubiera podido hacer cualquier cosa con mucha más eficiencia que yo. Aun suponiendo que por alguna razón tuviera que utilizarme, podría haberme indicado el lugar desde el primer momento.

Cuando se me pasó la turbación, me sentí muy irritado. Todo me resultaba grotesco y equivocado. El Rata sabía algo. Y el hombre vestido de negro también. Yo era el único que estaba en medio de todo y no se enteraba de nada. Todos mis pensamientos habían estado mal encaminados, todas mis acciones habían sido desacertadas. Bien es verdad que quizá mi vida siempre había sido así. En ese sentido, seguramente no podía reprocharle nada a nadie. Pero al menos no deberían haberse aprovechado de mí de tal modo. Lo que habían utilizado, exprimido y machacado eran las ultimísimas gotas de lo que quedaba de mí.

Tenía ganas de abandonarlo todo y descender de inmediato la montaña, pero no podía hacerlo. Estaba demasiado implicado para tirar la toalla. Lo más fácil habría sido llorar a moco tendido, pero me negaba a hacerlo. Tenía la impresión de que, más adelante, habría algo por lo que realmente merecería la pena llorar.

Fui a la cocina, volví con un vaso y una botella de whisky y me bebí unos cinco centímetros. No se me ocurrió otra cosa más que beber whisky.

9
Lo que refleja el espejo / Lo que no refleja el espejo

La mañana del décimo día decidí olvidarlo todo. Ya había perdido todo lo que podía perder.

Esa mañana, mientras corría por el prado, empezó a caer la segunda nevada. La aguanieve, húmeda y pegajosa, al principio se transformó en granizo y luego en nieve opaca. A diferencia de la primera nevada, más floja, esta era una nieve desagradable, de la que se adhiere al cuerpo. Dejé de correr a media carrera, volví a casa y abrí el grifo de la bañera para que se llenase. Mientras se llenaba, estuve sentado frente a la estufa, pero mi cuerpo no entró en calor. Aquel frío húmedo me había calado hasta la médula. Fui incapaz de mover los dedos aun después de haberme quitado los guantes, y las orejas me dolían tanto que parecía que iban a desprenderse en cualquier momento. Tenía todo el cuerpo áspero como papel de pésima calidad.

Después de tomarme un baño caliente durante media hora y de beber un té con unas gotas de coñac, empecé a sentirme mucho mejor; durante dos horas me estuvieron dando escalofríos de forma intermitente. Así era el invierno en la montaña.

Siguió nevando hasta el atardecer y la pradera se cubrió de blanco. Cuando la oscuridad nocturna lo envolvió todo, paró de nevar y volvió a caer un profundo silencio semejante a la niebla. Yo estaba completamente desprotegido ante él. Puse el tocadiscos en modo de repetición automática y escuché veintiséis veces *White Christmas* de Bing Crosby.

Naturalmente, la nieve no duró. Todavía faltaba un poco para que la tierra se congelase, tal como había predicho el hombre carnero. Al día siguiente, el cielo estaba seco y despejado, los rayos de sol salieron al fin y derritieron lentamente la nieve. El blanco de la pradera fue desapareciendo y las placas de nieve que quedaban reflejaban el sol con una luz cegadora. La nieve acumulada sobre el tejado se deslizó pendiente abajo en grandes trozos compactos y se estrelló contra el suelo. Al otro lado de la ventana caían gotas del deshielo. Todo resplandecía diáfano. Las puntas de las hojas del roble brillaban como si tuviesen gotitas de agua adheridas.

Hundí las manos en los bolsillos y, de pie junto a la ventana del salón, observé fijamente el paisaje. Todo transcurría ajeno a mí. Todo fluía ajeno a mi existencia; ajeno a la existencia de cualquiera. La nieve caía y se derretía.

Limpié la casa mientras oía cómo la nieve iba derritiéndose y desmoronándose. Tenía el cuerpo aletargado por culpa del frío, y como formalmente había invadido una casa ajena sin permiso, lo menos que podía hacer era limpiarla. Además, cocinar y limpiar nunca me habían disgustado.

No obstante, limpiar a fondo una casa tan grande me resultó mucho más arduo de lo que pensaba. Correr diez kilómetros era más llevadero. Después de pasar el plumero por cada rincón, limpié el polvo con una aspiradora y fregué ligeramente el piso de madera, me agaché y lo enceré. Iba todavía por la mitad y ya me había quedado sin aliento. Con todo, habría sido peor si no hubiese dejado de fumar. No tuve esa sensación desagradable de que me fallaba el resuello. Tras tomarme un descanso y beber zumo de uva fresco en la cocina, despaché lo que me quedaba de un tirón, antes del mediodía. Al abrir las cortinas, el efecto de la cera hizo que todas las habitaciones resplandeciesen. El añorado olor a tierra húmeda y el olor a cera se fundieron en una agradable fragancia.

Lavé y puse a secar fuera las seis bayetas que había usado

para encerar el suelo, herví agua en una olla y cocí espaguetis. Los preparé con vino blanco y salsa de soja, con una buena porción de huevas de pescado y mantequilla. Un almuerzo relajado y placentero como hacía tiempo que no tenía. Se oía el canto de un pico picapinos procedente del bosque.

Me comí todos los espaguetis, lavé los platos y proseguí con la limpieza. Fregué la bañera, el lavabo y el inodoro, di lustre a los muebles. No estaban muy sucios, porque el Rata los había cuidado, y bastó con echarles un poco de espray para que quedasen relucientes. Luego saqué una larga manguera al exterior de la casa y limpié el polvo acumulado por fuera en ventanas y persianas. Con aquello, el edificio quedó adecentado. Volví a entrar en la casa, pasé un paño a los cristales de las ventanas y di por terminada la limpieza. Las dos horas que quedaban hasta el anochecer me las pasé escuchando vinilos.

De noche, decidí ir a la habitación del Rata a por otro libro y me di cuenta de que el gran espejo de cuerpo entero que había al pie de las escaleras estaba muy sucio, así que le eché limpiacristales y pasé un paño. Pero, por más que lo frotaba, la suciedad no desaparecía. No entendí por qué el Rata lo había dejado sin limpiar. Llené un cubo de agua templada y, tras fregar la mugre adherida con un estropajo de nailon, lo repasé con un paño seco. El espejo estaba tan mugriento que el agua del cubo se volvió negra.

Parecía caro, con un sofisticado marco de madera, y se notaba a primera vista que era antiguo. Cuando terminé de limpiarlo, no quedó ni una sola mancha. Mi imagen se reflejaba perfectamente, de la cabeza a los pies, sin una sola mancha ni distorsiones. Durante un rato me quedé allí de pie, observando mi cuerpo. Nada había cambiado. Yo era yo y seguía teniendo la misma pose insulsa de siempre. Solo que la imagen del espejo era más nítida de lo necesario. Le faltaba la bidimensionalidad propia de las imágenes reflejadas en los espejos. Más que mirarme a mí mismo reflejado en el espejo, era como si yo fuese esa imagen especular y el yo plano estuviera observando al yo verdadero. Alcé la mano izquierda a la altura de mi rostro y me froté los labios con el dorso. El yo al otro lado del espejo ejecutó exactamente el mismo movimiento. Aunque a lo mejor era yo el que había repetido el gesto del yo que se hallaba en el espejo. A esas alturas, ya no estaba seguro de si realmente me había frotado los labios por voluntad propia.

Con la expresión «voluntad propia» en la mente, me agarré una oreja con los dedos pulgar e índice de la mano izquierda. El yo en el espejo hizo exactamente lo mismo. Parecía que él también seguía con la expresión «voluntad propia» en la mente.

Dándome por vencido, me aparté del espejo. Él hizo lo propio.

Al duodécimo día, cayó la tercera nevada. Cuando me desperté ya estaba nevando. Era una nieve tremendamente silenciosa. Ni dura, ni húmeda ni pegajosa. Caía del cielo revoloteando despacio y se derretía antes de llegar a cuajar. Era una nieve sigilosa similar al acto de cerrar suavemente los ojos.

Saqué la vieja guitarra del trastero, la afiné mal que bien y toqué viejas canciones. Cuando llegó el mediodía, estaba practicando mientras escuchaba *Air Mail Special* de Benny Goodman, así que metí unas gruesas lonchas de jamón entre dos rebanadas de pan casero, ya endurecido, y abrí una lata de cerveza.

Después de tocar la guitarra media hora, apareció el hombre carnero. La nieve seguía cayendo en silencio.

—Si te molesto, vuelvo más tarde —dijo el hombre con la puerta de la entrada abierta.

—No, pasa. Estaba aburrido —dije tras dejar la guitarra en el suelo.

Antes de entrar, el hombre carnero se quitó las botas y las limpió de barro igual que la última vez. La gruesa vestimenta de carnero le iba de maravilla bajo la nieve. Se sentó en el sofá enfrente de mí, con las manos sobre las rodillas, y no hizo ni el menor movimiento.

—¿Todavía no ha cuajado? —le pregunté.

—Todavía no —contestó él—. Hay dos tipos de nieve, la que cuaja y la que no cuaja, y esta es de la que no cuaja.

—Ajá.

—La que cuaja caerá la semana que viene.

—¿Te apetece una cerveza o algo?

—Gracias. Si puede ser, prefiero coñac.

Fui a la cocina, cogí coñac para él y una cerveza para mí y los llevé al salón junto con unos sándwiches de queso.

—Veo que has estado tocando la guitarra —dijo el hombre carnero, admirado—. A este servidor también le gusta la música, aunque no sepa tocar ningún instrumento.

—Yo tampoco sé. Hacía diez años que no tocaba.

—Da igual. ¿No podrías tocar un poco para mí?

Para que no se enfadase, toqué la melodía de *Air Mail Special* como mejor pude, y tras el primer estribillo y una parte improvisada, paré porque me había liado con el número de compases.

—¡Qué bueno eres! —El hombre carnero me halagó con total sinceridad—. Debe de ser divertido saber tocar un instrumento.

—Cuando tocas bien, sí. Pero para poder mejorar se necesita tener buen oído, y cuando tienes buen oído, acabas harto de cómo suena lo que tocas.

—¿En serio? —dijo el hombre carnero.

Se sirvió el coñac en el vaso y le dio unos sorbos. Yo abrí la lata y bebí a morro.

—No he podido darle el recado —dijo el hombre carnero.

Yo asentí en silencio.

—He venido solo para decírtelo.

Miré hacia el calendario colgado en la pared. Faltaban tres días para la fecha marcada con rotulador rojo. Pero a estas alturas ya no importaba.

—La situación ha cambiado —dije yo—. Estoy muy cabreado. Es la primera vez en mi vida que estoy tan cabreado.

El hombre carnero guardó silencio, con el vaso de coñac en la mano.

Yo agarré la guitarra y golpeé el fondo con todas mis fuerzas contra los ladrillos de la chimenea. El fondo se astilló con un estruendo disonante. El hombre carnero dio un bote en el sofá. Le temblaban las orejas.

—Yo también tengo derecho a cabrearme —dije. Era como si me dirigiese a mí mismo: Yo también tengo derecho a cabrearme.

—Siento no poder hacer nada por ti. Pero quiero que sepas algo: a un servidor le caes bien.

Durante un rato, ambos nos quedamos mirando la nieve. Era una nieve blanda, como si del cielo estuviesen cayendo jirones de nube.

Fui a la cocina a por otra cerveza. Al pasar por delante de las escaleras, me miré al espejo. Mi otro yo también se dirigía a coger otra cerveza. Nos miramos a los ojos y lanzamos un suspiro. Vivíamos en mundos diferentes y pensábamos lo mismo. Como Groucho y Harpo Marx en *Sopa de ganso*.

Se reflejaba el salón que tenía a mis espaldas. O, al menos, había un salón detrás de mi yo en el espejo. El salón que estaba detrás de mí y el que estaba detrás de él eran el mismo salón. El sofá, la alfombra, el reloj, los cuadros, la librería, todo era idéntico. Resultaba bastante acogedor, pese a su dudoso gusto. Sin embargo, había algo diferente. O tenía la impresión de que había algo diferente.

Saqué otra lata azul de Löwenbräu de la nevera, y cuando volvía con ella en la mano, escudriñé otra vez el salón del espejo y, luego, el salón de verdad. El hombre carnero seguía sentado en el sofá, mirando abstraído la nieve.

Quise comprobar la figura del hombre carnero en el espejo. Pero el hombre carnero no estaba. Tan solo había un tresillo en un salón desierto. En el mundo del espejo, yo estaba solo. Un escalofrío me recorrió la columna vertebral.

♀

—Tienes mal color —dijo el hombre carnero.

Yo me senté en el sofá y, sin decir nada, abrí la lata de cerveza y eché un trago.

—Debes de haberte resfriado. El invierno aquí es crudo para quien no está acostumbrado. Además, hay humedad en el aire. Hoy deberías acostarte pronto.

—No —dije yo—. Hoy no dormiré. Me quedaré esperando a mi amigo.

—¿Sabes si va a venir hoy?

—Sí, lo sé —dije—. Vendrá esta noche a las diez.

El hombre carnero me miró callado. Los ojos que asomaban tras el antifaz se veían inexpresivos.

—Haré las maletas esta noche y me marcharé mañana. Díselo si lo ves. Aunque supongo que no hará falta.

El hombre carnero asintió con la cabeza, como diciendo «de acuerdo».

—Te voy a echar de menos, aunque supongo que no

hay nada que hacer. Por cierto, ¿puedo llevarme el sándwich de queso?

—Claro.

El hombre carnero envolvió su sándwich con una servilleta, se lo metió en el bolsillo y se puso los guantes.

—Ojalá logres verlo —dijo al despedirse.

—Lo haré —dije yo.

El hombre carnero se marchó por la pradera hacia el este. Al rato, un velo de nieve lo envolvió por completo.

Yo me serví un par de centímetros de coñac en el vaso del hombre carnero y me lo bebí de un trago. Primero me calentó la garganta y después el estómago. Entonces, durante unos treinta segundos, mi cuerpo dejó de temblar. Dentro de mi cabeza resonaba amplificado el ruido del reloj de péndulo que marcaba el paso del tiempo.

Tal vez debería dormir.

Cogí una manta del piso de arriba y eché una cabezada en el sofá. Estaba exhausto como un niño que hubiese deambulado por un bosque durante tres días. En cuanto cerré los ojos, me quedé dormido.

Tuve una pesadilla. Una pesadilla tan horrible que no quiero ni acordarme de ella.

10
Y el tiempo corre

La oscuridad se me coló en los oídos como si fuera aceite. Alguien intentaba partir la Tierra congelada con un martillo gigante. El martillo dio ocho golpes certeros en el planeta. La Tierra no se partió. Tan solo se había agrietado un poco.

Las ocho, las ocho de la tarde.

Sacudí la cabeza y me desperté. Tenía el cuerpo entumecido, me dolía la cabeza. Era como si alguien me hubiera metido en una coctelera con hielo y la estuviese agitando a lo loco. No hay nada peor que despertarse a oscuras. Siempre me invade la sensación de que tengo que comenzar todo de cero. En el momento en que me despierto siento que estoy viviendo la vida de otra persona. Hasta que esa percepción y mi vida se acoplan pasa bastante tiempo. Es curioso contemplar tu vida como si fuera una vida ajena. El propio hecho de que alguien así esté vivo te resulta inexplicable.

Me lavé la cara en el grifo de la cocina y, de paso, me tomé dos vasos de agua. Estaba fría como el hielo y, aun así, no conseguí librarme del acaloramiento que tenía en el rostro. Volví a sentarme en el sofá y, poco a poco, recolecté pedazos de mi vida en medio de la sombra y el silencio. No conseguí juntar gran cosa, pero, al fin y al cabo, aquello era mi vida. Y, lentamente, estaba volviendo a ser yo mismo. Me cuesta explicar a los demás que yo soy yo. Además, seguro que a nadie le interesa.

Me sentí observado, pero no le di demasiada importancia. Suele pasar cuando uno está solo en medio de una sala tan grande.

Pensé en mis células. Como decía mi esposa, al final no hay nada que no se pierda. Incluso nosotros mismos. Hice presión con la palma de las manos en las mejillas. La cara que toqué en medio de la oscuridad no me pareció mi cara. Era el rostro de otra persona con la forma del mío. Empecé a dudar hasta de mi memoria. Los nombres de todas las cosas se derretían y se los tragaba la oscuridad.

En medio de la tiniebla sonó el toque de las ocho y media. Había parado de nevar, pero los nubarrones seguían cubriendo el cielo. La oscuridad era total. Yo, arrellanado en el sofá, estuve mordiéndome la uña del pulgar durante bastante rato. Ni siquiera veía con claridad mis propias manos. La sala estaba helada por culpa de haber apagado la estufa. Me arrebujé en la manta y me quedé mirando hacia lo hondo de la oscuridad. Me sentí como si estuviese agazapado en el fondo de un pozo.

Pasó el tiempo. Partículas de sombra trazaban figuras extrañas en mis retinas. Transcurrido un instante, esas formas se desmoronaban sin hacer ruido y surgían otras distintas. La oscuridad era el único elemento activo en aquel espacio estático como el mercurio.

Dejé de meditar y me entregué al fluir del tiempo. Este me arrastró. Una nueva oscuridad trazaba figuras nuevas.

El reloj dio las nueve. Cuando, pausadamente, las sombras acabaron de absorber la novena campanada, el silencio se coló en el hueco que esta había dejado.

—¿Podemos hablar? —dijo el Rata.

—Claro que sí —contesté.

11
Los moradores de las tinieblas

—Claro que sí —contesté.

—He llegado una hora más temprano de lo convenido —se disculpó el Rata.

—No pasa nada. Como ves, estaba ocioso.

El Rata sonrió tranquilamente. Se encontraba detrás de

mí. Daba la sensación de que estuviéramos sentados espalda contra espalda.

—Es como en los viejos tiempos —dijo el Rata.

—Me parece a mí que solo podemos pararnos a hablar en serio cuando a ambos nos sobra el tiempo —dije yo.

—Eso parece.

El Rata sonrió. Supe que había sonreído, aunque estuviésemos espalda con espalda, en medio de una oscuridad negra como el carbón. Se pueden captar muchas cosas con cualquier mínimo cambio que se produzca en el ambiente. Habíamos sido amigos. Pasó hace tanto tiempo que ya ni me acuerdo.

—Alguien dijo una vez que los amigos para pasar el rato son los amigos de verdad.

—¿No fuiste tú quien lo dijo?

—Veo que conservas el don de la intuición. Exacto.

Dejé escapar un suspiro.

—Pero la intuición me ha fallado estrepitosamente en todo este enredo. Me quiero morir. Y eso que me habéis proporcionado muchas pistas...

—Qué se le va a hacer. Lo has hecho bastante bien.

Nos callamos. El Rata debía de estar mirando fijamente sus manos.

—Te he metido en un buen lío —dijo él—. Lo siento, de veras. Pero era la única solución. No podía dejarlo en manos de nadie más. Eso ya te lo dije en la carta.

—Quiero que me cuentes más. No me convence nada de lo que he vivido.

—Por supuesto —dijo el Rata—. Te lo contaré. Pero antes bebamos unas cervezas.

Cuando hice ademán de levantarme, el Rata me detuvo.

—Las cojo yo —dijo—, que para eso es mi casa.

Yo estuve cerrando y abriendo los ojos mientras oía cómo el Rata caminaba por la oscuridad con paso resuelto hasta la cocina y sacaba una brazada de cervezas de la nevera. La tonalidad de la oscuridad del salón y la de la oscuridad que veía al cerrar los ojos eran ligeramente diferentes.

El Rata volvió y dejó unas cuantas cervezas sobre la mesa. Yo cogí una a tientas, le quité la anilla y me bebí la mitad.

—Cuando no se ve, no parece cerveza —dije.

—Lo siento, pero tiene que ser a oscuras.

Estuvimos bebiendo un rato en silencio.

—Bien —dijo el Rata, y carraspeó.

Puse la lata vacía sobre la mesa y, arrebujado en la manta, esperé a que empezase a hablar. Sin embargo, las palabras no llegaban. Solo se oyó cómo, en la oscuridad, el Rata agitaba la lata a los lados para comprobar cuánta cantidad de cerveza quedaba. Era una manía suya.

—Bien —repitió el Rata. Y, tras beberse de un trago lo que quedaba, volvió a poner la lata sobre la mesa dando un golpe—. Empecemos, primero, con la razón por la que vine a este sitio. ¿Te parece bien?

No contesté. El Rata prosiguió tras comprobar que yo no tenía intención de responder.

—Mi padre compró este terreno en 1953. Cuando yo tenía cinco años. Desconozco por qué tuvo que comprar un terreno en un lugar así. Supongo que lo consiguió barato a través de alguna conexión con el ejército estadounidense. Como puedes ver, el sitio está muy mal comunicado y, fuera del verano, como la nieve cuaje una vez, se vuelve inaccesible. Al parecer, las fuerzas de ocupación pretendían arreglar la carretera y usar la zona como estación de radar o algo parecido, pero al final, tras considerar los gastos y el esfuerzo que acarrearía, desistieron. Por otro lado, el pueblo es pobre y tampoco puede permitirse hacer trabajos en la carretera. Además, aunque la arreglasen, no les valdría de nada. Ese es el motivo por el que estas tierras están abandonadas.

—¿El profesor Ovino no quería regresar?

—El profesor Ovino vive desde hace mucho tiempo inmerso en sus recuerdos. No quiere regresar a ninguna parte.

—Supongo que tienes razón —dije yo.

—Bebe más cerveza —me dijo el Rata.

Contesté que no me apetecía. Por culpa de haber apagado la estufa, tenía el cuerpo congelado hasta los huesos. El Rata tiró de la anilla y se bebió su cerveza.

—A mi padre le encantó este sitio, arregló él solo varios caminos y compró también la casa. Me imagino que le costaría bastante dinero. Pero, gracias a ello, basta con tener un coche para poder llevar aquí una vida normal, al menos en verano. Dispone de calefacción, inodoro, ducha y un generador de electricidad de fabricación casera para emergencias. No tengo ni idea de cómo se las arreglaba el profesor Ovino para vivir aquí. —El Rata hizo un ruido a medio camino entre un suspiro y un eructo—. De 1955 a 1963, pasamos todos los veranos aquí. Mis padres, mi hermana, yo, y la chica que nos ayudaba con las pequeñas tareas. Ahora que lo pienso, fue la mejor época de mi vida. En verano se llenaba de ovejas, porque prestábamos los pastizales al pueblo, como en la actualidad. Estaba plagado de ovejas. Por eso todos mis recuerdos del verano están asociados a ellas.

Yo no sabía cómo era tener una casa de campo. Seguramente jamás lo sabría.

—Pero, a mediados de los sesenta, mi familia dejó prácticamente de venir. Entre otras cosas, porque teníamos otra casa de campo más cerca de nuestro hogar, mi hermana se había casado, yo no me llevaba muy bien con mi familia y la empresa de mi padre pasó por una mala racha. En fin, por eso estas tierras volvieron a quedar descuidadas. La última vez que vine fue en 1967. Lo hice solo. Pasé un mes aquí por mi cuenta.

El Rata se calló un momento como si estuviese recordando algo.

—¿No te sentiste solo? —le pregunté.

—Qué va. Si hubiera podido, me habría gustado quedarme para siempre. Pero no fue posible, porque esta casa pertenece a mi padre. No quería vivir a sus expensas.

—¿Ahora también?

—Así es —dijo el Rata—. Por eso, este era el único sitio al que no quería venir. Pero cuando, por casualidad, vi la fotografía en el vestíbulo del Hotel Delfín de Sapporo, sentí ganas de venir a echar un vistazo. Por razones sentimentales más que nada. ¿A ti no te pasa?

—Sí —contesté, y recordé la zona de costa enterrada.

—Y fue entonces cuando oí hablar del profesor Ovino. Lo del carnero que se le apareció en sueños con el signo de una estrella en el lomo. Sabes de qué va, ¿no?

—Sí.

—Te resumiré el resto —dijo el Rata—: cuando oí la historia, de pronto me entraron ganas de pasar aquí el invierno. No conseguí desprenderme de ese impulso. Lo de mi padre y el resto me importaban un comino. De modo que me equipé y vine a la montaña. Era como si alguien me atrajera con un reclamo.

—Y te encontraste al carnero, ¿no?

—Exacto —dijo el Rata.

—Me resulta duro contarte lo que pasó después —dijo el Rata—. Tengo la impresión de que no entenderás lo duro que es, te lo cuente como te lo cuente. —El Rata chafó la segunda lata de cerveza vacía entre las manos—. ¿No podrías hacerme preguntas tú? Supongo que más o menos ya estás enterado.

Asentí en silencio.

—¿Te importa que las preguntas vayan desordenadas?

—No.

—Tú estás muerto, ¿verdad?

El Rata tardó muchísimo tiempo en responder. Quizá solo fuesen unos segundos, pero a mí me resultó un silencio eterno. Tenía la boca seca.

—Así es —dijo con tranquilidad—. Estoy muerto.

12
El Rata da cuerda al reloj

—Me colgué de la viga de la cocina —dijo el Rata—. El hombre carnero me enterró junto al garaje. Morir fue menos traumático de lo que parece, si es eso lo que te preocupa. Pero la verdad es que eso es lo de menos.

—¿Cuándo pasó?

—Una semana antes de tu llegada.

—En ese momento, ¿le diste cuerda al reloj?

El Rata se rió.

—Resulta curioso. La última cosa que hice al final de mis treinta años de vida fue darle cuerda a un reloj. ¿Qué sentido tiene que una persona que va a morir le dé cuerda a un reloj? Es extraño.

Al dejar de hablar, todo se quedó en silencio; solo se oía el reloj. La nieve absorbía el resto de los sonidos. Era como si nos hubieran abandonado a los dos en medio del espacio.

—¿Y si...?

—Olvídalo —me interrumpió el Rata—. No hay «y si» que valga. Deberías saberlo, ¿o no?

Sacudí la cabeza. No, no lo sabía.

—Aunque hubieras venido una semana antes, yo habría muerto igualmente. Tal vez nos habríamos visto en una época un poco más cálida y luminosa, pero sería lo mismo: no quitaría el hecho de que yo tuviera que morir. Solo que habría sido más duro. Seguro que mucho más de lo que habría podido soportar.

—¿Por qué tenías que morir?

Se oyó cómo se frotaba las manos en la oscuridad.

—No me apetece mucho hablar de ello. Al final, voy a acabar intentando justificarme a mí mismo. No hay nada más patético que un muerto autojustificándose, ¿no te parece?

—Pero si no me lo cuentas, no lo entenderé.

—Bebe más cerveza.

—Está fría —dije yo.

—Ya no tanto.

Tiré de la anilla con manos temblorosas y eché un trago. Ciertamente no estaba tan fría.

—Te lo diré en pocas palabras. Pero prométeme que no se lo contarás a nadie.

—Aunque lo contara, ¿quién me creería?

—En eso tienes razón —dijo el Rata riéndose—. Seguro que nadie te creería, porque es bastante absurdo.

El reloj dio las nueve y media.

—¿Te importa que pare el reloj? —preguntó el Rata—. Hace mucho ruido.

—Claro que no. Es tu reloj.

El Rata se levantó, abrió la puertecilla y paró el péndulo. Todo el sonido y todo el tiempo se esfumaron de la faz de la tierra.

—Lo que pasó, en resumidas cuentas, fue que me morí con el carnero dentro de mí —dijo el Rata—. Esperé a que el carnero se quedara dormido, até una soga a la viga de la cocina y me colgué. Al bicho no le dio tiempo a escapar.

—¿En serio tenías que hacer eso?

—Sí, tenía que hacerlo. Porque si hubiera tardado un poco más, el carnero se habría apoderado de mí por completo. Era mi última oportunidad.

El Rata volvió a frotarse las manos.

—Quería verte en un momento en que estuviera en plenas facultades. Con todos mis recuerdos y mi debilidad. Por eso te envié la fotografía, a modo de clave cifrada. Pensé que, si el azar te guiaba hasta esta tierra, lograría salvarme.

—¿Y te has salvado?

—Sí —respondió el Rata con tranquilidad.

♀

—El punto clave ha sido la debilidad —dijo el Rata—. Todo empieza por ahí. Me imagino que no entenderás a qué me refiero.

—Todos somos débiles.

—Generalizando —dijo el Rata, e hizo crujir los dedos varias veces—. Generalizar no lleva a ninguna parte. Yo te estoy hablando de un caso particular.

Guardé silencio.

—La debilidad significa que el cuerpo se descompone por dentro. Es como la gangrena. Llevo sintiéndolo desde la adolescencia. Por eso siempre estoy de mal humor. ¿Entiendes qué significa que algo se pudra en tu interior y que tú te estés dando cuenta de ello?

Yo me quedé callado, arrebujado en la manta.

—Supongo que no lo entiendes —prosiguió el Rata—, porque a ti no te pasa. El caso es que en eso consiste la debilidad. Es como una enfermedad genética. Por mucho que uno sepa, nunca se podrá curar por sus propios medios. No es algo que desaparezca de buenas a primeras. Tan solo va a peor.

—¿Debilidad frente a qué?

—Frente a todo. Debilidad moral, debilidad de conciencia y debilidad frente a la propia existencia.

Me reí. Esta vez conseguí reírme como es debido.

—Vamos, no me vengas con esas: en ese sentido todos somos débiles.

—Deja de generalizar. Ya te lo he dicho. Por supuesto que todos los seres humanos tenemos nuestras debilidades. Pero la debilidad genuina es tan poco frecuente como la fortaleza de verdad. Tú no sabes lo que es esa debilidad que hace que la oscuridad te arrastre sin descanso. Es algo que existe de verdad. No se puede despachar todo a golpe de generalizaciones.

Yo me quedé callado.

—Ese es el motivo por el que me largué de la ciudad. No quería que los demás vieran cómo caía aún más bajo. Tú incluido. Deambulando solo por una tierra desconocida, al menos no molestaría a nadie. Si al final... —Dicho eso, el Rata se sumió por un instante en aquel oscuro silencio—. Si al final no conseguí escapar a la sombra del carnero fue por culpa de esa debilidad. Tenía las manos atadas. Y aunque hubieras venido en ese preciso momento, no habría habido solución. Lo mismo habría ocurrido si hubiera decidido marcharme de la montaña. Habría vuelto otra vez. La debilidad consiste en eso.

—¿Qué quería el carnero de ti?

—Todo. Todo, de principio a fin. Mi cuerpo, mis recuerdos, mi debilidad, mis contradicciones... Al carnero le encantan esas cosas. Tiene un montón de tentáculos, ¿sabes?, los introdujo en los orificios de mis orejas y mi nariz y me exprimió como si sorbiera por una pajita. Solo pensarlo, ¿no te entran escalofríos?

—¿A cambio de qué?

—De algo tan fabuloso que creo que no me merezco. Y eso que el carnero no me lo mostró realmente. Tan solo vi una pequeña parte. Pero... —El Rata se calló. Luego, continuó—. Pero me dejó boquiabierto. Completamente anonadado. No soy capaz de explicarlo con palabras. Es un crisol que lo engulle todo. Tan bello que te ofusca y de una perversidad espantosa. Cuando te hundes en él, todo desaparece. La conciencia, los principios, los sentimientos, el dolor, todo desaparece. Se podría comparar al dinamismo del momento en que el origen de la vida surgió en un punto del universo.

—¿Y lo rechazaste?

—Así es. Todo quedó sepultado con mi cuerpo. Realizando una última acción, permanecerá enterrado para siempre.

—¿Una más?

—Sí, una más. Serás tú quien me haga el favor más tarde. Pero ahora dejemos ese tema a un lado.

Los dos bebimos cerveza al mismo tiempo. Poco a poco, fui entrando en calor.

—El trombo funciona como un látigo, ¿no? —le pregunté yo—. Permite al carnero manipular al huésped.

—Exacto. Cuando se forma, ya no puedes huir del carnero.

—¿A qué aspiraba el maestro?

—Se volvió loco. Seguramente no toleró la visión de ese crisol. El carnero se valió de él para crear una fuerte maquinaria de poder. Por eso se metió en su interior. Es decir, el maestro ha sido un objeto de usar y tirar. E, ideológicamente hablando, un cero a la izquierda.

—Y cuando el maestro muriera, te utilizaría a ti para tomar las riendas de esa maquinaria de poder.

—Eso es.

—¿Qué vendría después?

—Un reinado de ideas anárquicas. En él todo antagonismo quedaría unificado. En el centro estaríamos el carnero y yo.

—¿Por qué lo rechazaste?

El tiempo agonizaba. La nieve se acumulaba en silencio sobre él.

—Porque me gusta mi debilidad. Así como la pena y el sufrimiento. Porque me gusta la luz del verano, el olor del viento, el canto de las cigarras y demás. Me encantan todas esas cosas. Beber cerveza contigo y... —Al Rata se le atragantaron las palabras—. No lo sé.

Intenté decir algo, pero no encontré las palabras. Envuelto en la manta, me quedé mirando al corazón de la oscuridad.

—Me parece que hemos creado cosas completamente distintas a partir de los mismos ingredientes —dijo el Rata—. ¿Tú crees que el mundo va a mejor?

—¿Quién sabe lo que es bueno y lo que es malo?

El Rata se rió.

—Desde luego, si hubiera un país de las generalizaciones, tú serías el rey.

—Pero un rey desovinado.

—Desovinado, claro. —El Rata apuró de un trago la tercera cerveza y dejó la lata en el suelo—. Deberías marcharte de esta montaña lo antes posible. Antes de que la nieve lo bloquee todo. Me imagino que no querrás pasar aquí el invierno, ¿no? Es probable que cuaje en cuatro o cinco días, y entonces será muy peligroso recorrer las sendas congeladas.

—¿Tú qué vas a hacer?

El Rata se rió con ganas en medio de la oscuridad.

—Para mí ya no existe el *de aquí en adelante*. Desapareceré a lo largo de este invierno. No sé cuánto durará, pero, en cualquier caso, un invierno es un invierno. Me alegro de haber podido verte, aunque me hubiera gustado que fuese en una época más cálida y luminosa.

—Jay me dio recuerdos para ti.

—¿Podrías devolvérselos de mi parte?

—También estuve con ella.

—¿Cómo le va?

—Bien. Sigue trabajando en la misma empresa.

—Entonces, ¿todavía no se ha casado?

—No —contesté—. Ella quería preguntarte si se ha terminado o no.

—Se ha terminado —dijo el Rata—. No conseguí ponerle fin por mis propios medios, pero se ha terminado. Mi vida ha sido un sinsentido. De todos modos, recurriendo a una de esas generalizaciones que tanto te gustan, todas las vidas carecen de sentido. ¿verdad?

—Así es —dije yo—. Para acabar, tengo dos preguntas.

—Adelante.

—La primera es sobre el hombre carnero.

—Es un buen tipo.

—El hombre carnero que vino aquí eras tú, ¿verdad?

El Rata giró el cuello y lo hizo crujir.

—Sí. Tomé prestado su cuerpo. ¿Te diste cuenta?

—Al cabo de un rato —dije yo—. Al principio no.

—Sinceramente, me quedé de piedra cuando rompiste la guitarra. Era la primera vez que te veía tan cabreado, aparte de que esa fue la primera guitarra que compré. Me costó poco dinero, eso sí.

—Lo siento —me disculpé—. Solo pretendía desconcertarte para ver si así te desenmascaraba.

—No pasa nada. De todos modos, mañana todo se habrá acabado —sentenció el Rata—. Supongo que la otra pregunta tiene que ver con tu novia.

—Así es.

El Rata permaneció callado un buen rato. Oí cómo se frotaba las manos y luego suspiraba.

—A ser posible preferiría no hablar de ella, porque ha sido un factor imprevisto.

—¿Un factor imprevisto?

—Sí. Yo quería que esta fuese una fiesta privada. Ella se coló en medio. Nunca debimos implicarla en todo esto. Como sabrás, posee una gran facultad: la capacidad de atraer hacia sí diversas cosas. Pero no debería haber venido. Este lugar ha eclipsado sus poderes.

—¿Qué ha sido de ella?

—No le ha pasado nada. Está bien —dijo el Rata—. Aunque ya no podrá cautivarte más. Me da cierta pena.

—¿Por qué?

—Ha desaparecido. Algo ha desaparecido de su interior.

Yo me callé.

—Entiendo cómo te sientes —prosiguió el Rata—.

Pero tarde o temprano tenía que desaparecer. Lo mismo nos ha ocurrido a ti, a mí y a otras muchas mujeres.

Asentí con la cabeza.

—Es hora de que me vaya —dijo el Rata—. No puedo quedarme demasiado tiempo. Seguro que volveremos a vernos.

—Ojalá —dije yo.

—Espero que sea en verano, en un lugar un poco más luminoso —dijo el Rata—. Una última cosa: quiero que mañana a las nueve pongas en hora el reloj de péndulo y empalmes los cables que salen de la parte de atrás. Conecta el verde con el verde y el rojo con el rojo. Y quiero que a las nueve y media abandones la casa y bajes de la montaña. He quedado con alguien a las doce para tomar el té.

—De acuerdo.

—Ha sido un placer verte.

El silencio nos envolvió a los dos durante un instante.

—Adiós —dijo el Rata.

—Hasta la vista —dije yo.

Envuelto en la manta, permanecí con los ojos cerrados y agucé el oído. El Rata cruzó despacio la habitación y abrió la puerta, a cada paso que daba se oía un ruido seco. Un aire gélido se coló en el salón. No era viento, sino un aire frío estancado que invadió aquel espacio sin apremio.

Con la puerta abierta, el Rata se apostó en el umbral de la entrada durante un rato. Parecía estar observando no el paisaje de fuera, ni el interior de la casa, ni a mí, sino algo distinto. Era más bien como si contemplase el pomo de la puerta o la punta de sus zapatos. Acto seguido, cerró la puerta con un pequeño chasquido, como si hubiera cerrado la puerta del tiempo.

Solo perduró el silencio. Nada más que el silencio.

El cable verde y el cable rojo / Gaviotas congeladas

Poco después de que el Rata hubiera desaparecido comencé a tener unos escalofríos insoportables. Intenté vomitar varias veces en el lavabo, pero solo me salía un resuello forzado.

Subí al piso de arriba, me quité el jersey y me metí en la cama. Me vinieron oleadas de escalofríos y de fiebre que iban alternándose. Con cada oleada, el dormitorio se expandía y se contraía. Tanto la manta como la ropa interior estaban empapadas y, al enfriarse, sentí un frío oprimente.

—A las nueve dale cuerda al reloj —me susurró alguien al oído—. El cable verde con el verde... El rojo con el rojo... Abandona la casa a las nueve y media...

—No te preocupes —dijo el hombre carnero—. Saldrá bien.

—Las células se renuevan —dijo mi mujer. Sujetaba una combinación blanca de encaje en la mano derecha.

Inconscientemente, sacudí la cabeza unos diez centímetros a cada lado.

El cable rojo con el rojo... El verde con el verde...

—No te enteras de nada —dijo mi novia. Era cierto, no me enteraba de nada.

Se oyeron olas. Pesadas olas invernales. Un mar de color plomizo y olas blancas. Gaviotas congeladas.

Me hallo en la sala de exposiciones de un acuario cerrado herméticamente. Hay varios penes de ballena expuestos y hace un calor sofocante. Alguien debería abrir la ventana.

—Ni hablar —dijo el chófer—. Una vez abierta, ya no se puede cerrar. Si eso pasara, moriríamos todos.

Alguien abre la ventana. Hace un frío espantoso. Se oye el graznido de las gaviotas. Sus voces estridentes me rasgan la piel.

—¿Recuerdas el nombre del gato?

—*Sardina* —contesto.

—No, no es *Sardina* —dice el chófer—. Ha cambiado de nombre. Los nombres enseguida cambian. Seguro que ni siquiera sabes el tuyo.

Hace un frío espantoso. Además, ha aumentado el número de gaviotas.

—La mediocridad recorre un larguísimo trayecto —dijo el hombre de negro—. El cable verde con el rojo, y el rojo con el verde.

—¿Has oído hablar de la guerra? —preguntó el hombre carnero.

La orquesta de Benny Goodman empezó a tocar *Air Mail Special*. Charlie Christian acometió un largo solo. Llevaba un sombrero de color crema. Esa es la última imagen que recuerdo.

14
Segunda visita a la curva funesta

Los pájaros cantaban.

A través de los huecos de la persiana, la luz del sol incidía sobre la cama dibujando rayas. El reloj de pulsera, que había caído al suelo, marcaba las siete y treinta y cinco. La manta y la camisa estaban chorreando como si les hubieran tirado un cubo de agua encima.

Todavía tenía la mente ofuscada, pero la fiebre había desaparecido. Fuera, todo estaba nevado. La pradera brillaba plateada bajo la luz de una nueva mañana. El frío era agradable.

Bajé y me di una ducha caliente. Estaba muy pálido y, tras solo una noche, tenía las mejillas chupadas. Me embadurné la cara con el triple de espuma de afeitar de lo habitual y me afeité con esmero. Luego oriné tanto que ni yo me lo creía.

Al terminar de orinar, las fuerzas me flaquearon y, sin quitarme el albornoz, me tumbé un cuarto de hora en el sofá del salón.

Los pájaros seguían cantando. La nieve empezó a derretirse y las gotas caían de los aleros una tras otra. A veces, se oía a lo lejos un ruido agudo.

A las ocho y media me tomé dos vasos de zumo de uva y me comí una manzana sin pelar. Luego hice el equipaje. Decidí llevarme del sótano una botella de vino blanco, una chocolatina Hershey's grande y dos manzanas.

Al acabar de recoger, un aire melancólico invadió la casa. Muy pronto terminaría todo.

Tras cerciorarme de que mi reloj marcaba las nueve, di cuerda a los tres contrapesos del reloj de péndulo y coloqué las manecillas en las nueve. A continuación, lo aparté un poco de la pared y conecté los cuatro cables que sobresalían por detrás. El verde... con el verde. Y el rojo con el rojo.

Salían de cuatro agujeros abiertos en la madera con una barrena. Un par en la parte de arriba y otro par en la de abajo. Los cables estaban fijados al reloj con el mismo tipo de alambre que había en el *jeep*. Después de colocar de nuevo el reloj de péndulo en su sitio, me planté frente al espejo y me despedí de mí mismo.

—Ojalá todo vaya bien —le dije.

—Ojalá todo vaya bien —me dijo.

Me marché cruzando el prado por el medio, igual que cuando llegué. La nieve crujía a mi paso. Como no había ni una sola huella, la pradera parecía un lago plateado en un cráter. Al darme la vuelta, vi cómo mis pisadas avanzaban en fila hasta la casa. El rastro serpenteaba en exceso. No era fácil caminar recto.

Vista desde lejos, la casa parecía una criatura viva. Cuando retorcía el cuerpo, la nieve caía del tejado de la buhardilla. Un bloque de nieve se deslizó ruidosamente por la pendiente del tejado y reventó contra el suelo.

Yo seguí caminando a campo través. Pasé el extensísimo bosque de abedules, crucé el puente y fui dando toda una vuelta a lo largo de la montaña cónica hasta desembocar en la temida curva.

La nieve que la cubría no se había congelado del todo. Pero, aunque intentase pisar con firmeza, era incapaz de escapar a la desagradable sensación de estar siendo arrastrado hacia el fondo de un abismo. Recorrí la curva intentando agarrarme a la pared del barranco, que se caía a pedazos. Tenía las axilas empapadas de sudor. Como cuando de niño tenía pesadillas.

A mano derecha se veían las llanuras. También estaban cubiertas de nieve. Por el medio corría el río Jūnitaki con su deslumbrante brillo. Me pareció oír el silbido de una locomotora de vapor a lo lejos. Hacía un tiempo formidable.

Me tomé un respiro, volví a cargar con la mochila y descendí por una suave pendiente. Al dar la siguiente curva, me encontré un flamante *jeep* parado que no me sonaba de nada. Frente al vehículo estaba de pie el secretario vestido de negro.

15
El té de las doce

—Te estaba esperando —dijo el hombre de negro—. Aunque, bueno, solo han pasado veinte minutos.

—¿Cómo lo sabía?

—¿Por dónde ibas a pasar o a qué hora?

—La hora —dije, y descargué la mochila.

—¿Por qué crees que el maestro me contrató? ¿Por mi capacidad de esfuerzo? ¿Por mi cociente intelectual? ¿Por mi eficiencia? No. Lo hizo porque yo tenía una habilidad: la intuición. Tomando uno de los términos que os gustan a vosotros.

El hombre llevaba una parka beis, unos pantalones de esquí y unas Ray-Ban verdes.

—El maestro y yo teníamos varios puntos en común. Por ejemplo, en lo que se refiere a aspectos que trascienden lo racional, la lógica o la ética.

—¿*Teníamos*?

—El maestro falleció hace una semana. Fue un funeral extraordinario. Ahora mismo en Tokio hay un jaleo enorme por la elección de su sucesor. Una banda de mediocres corriendo de aquí para allá como locos. Una soberana pérdida de tiempo.

Yo solté un suspiro. El hombre sacó una cigarrera plateada del bolsillo de la chaqueta, cogió un cigarrillo sin filtro y lo encendió.

—¿Fumas?

—No —respondí.

—Lo has hecho muy bien. Mejor de lo que esperaba. Estoy sorprendido, francamente. Mi intención era ir proporcionándote pistas poco a poco en caso de que te estancaras. Me pareció extraordinario cómo conseguiste dar con el profesor Ovino. Si fuera posible, me gustaría que trabajaras a mis órdenes.

—¿Así que sabía desde el principio dónde estaba el sitio?

—Pues claro. ¿Quién te crees que soy?

—¿Puedo preguntarle algo?

—Naturalmente —dijo el hombre de buen humor—. Procura ser breve.

—¿Por qué no me señaló el sitio desde el principio?

—Porque quería que vinieras por iniciativa propia, por tu propia voluntad. Y quería que lo sacases a él de su guarida.

—¿De qué guarida?

—Me refiero a una guarida psicológica. Cuando a una persona la posee un carnero, se queda temporalmente en un estado de *shock*. Como cuando sufres cualquier tipo de enajenación mental. Tu papel era sacarlo de ahí. Pero para que él confiase en ti, tú tenías que ser como una hoja en blanco. ¿Qué? Sencillo, ¿eh?

—Ya.

—Es fácil si descubres el truco. Lo complicado es crear el programa. Ha de hacerse de manera manual, ya que los ordenadores no son capaces de calcular las derivas de los sentimientos humanos. Pero no hay mayor alegría que cuando te esfuerzas y el programa creado sale como esperabas.

Me encogí de hombros.

—Bueno —prosiguió el hombre—, la caza del carnero salvaje se acerca a su desenlace. Y gracias a mis cálculos y a tu ingenuidad, ya lo tengo en la palma de la mano. ¿No te parece?

—Eso parece —dije yo—. Lo está esperando allí arriba. Dijo que tomarían el té a las doce en punto.

El hombre y yo miramos a la vez nuestros relojes. Eran las diez y cuarenta.

—Tengo que marcharme —dijo el hombre—. No quiero hacerle esperar. Tú puedes bajar en el *jeep*. Aquí tienes tu recompensa.

El hombre sacó un cheque del bolsillo del pecho y me lo entregó. Yo lo guardé en el bolsillo sin mirar la cantidad.

—¿No lo compruebas?

—No creo que sea necesario.

Al hombre le hizo gracia.

—Ha sido un placer trabajar contigo. Por cierto, tu socio ha liquidado la empresa. Una pena. Tenía un gran porvenir. El sector publicitario va a crecer de ahora en adelante. Deberías montar algo tú solo.

—Está usted como una cabra —dije yo.

—Espero que volvamos a vernos —dijo el hombre. Y echó a andar por la curva en dirección al altiplano.

9

—*Sardina* está bien —dijo el chófer mientras conducía el *jeep*—. Está gordo como una pelota.

Yo iba sentado a su lado. Parecía una persona distinta al conductor de aquel coche monstruoso. Me contó bastantes cosas sobre el funeral del maestro y sobre cómo había cuidado del gato, pero yo apenas lo escuchaba.

El *jeep* llegó a la estación a las once y media. En el pueblo había un silencio sepulcral. Frente a la estación, un anciano retiraba con una pala la nieve de la glorieta. A su lado, un perro delgado sacudía la cola.

—Muchas gracias —dije al conductor.

—De nada —dijo él—. Por cierto, ¿ha probado a llamar al número de Dios?

—No, no he tenido tiempo.

—Es que, desde que murió el maestro, comunica. ¿Qué habrá podido pasar?

—Me imagino que andará ocupado —dije yo.

—Puede que sea eso —dijo el chófer—. ¡Cuídese!

—Adiós —me despedí.

9

El tren a Tokio salía a las doce en punto. En el andén no había ni un alma, y los pasajeros del tren éramos cuatro, yo incluido. De todos modos, me alivió poder ver a gente después de tanto tiempo. Al fin había regresado al mundo de los vivos. Aunque fuese un mundo tedioso y mediocre, aquel era mi mundo.

Mientras mordisqueaba la chocolatina, oí el silbido que anunciaba la partida. El tren empezó a rugir, pero entonces se oyó una explosión a lo lejos. Yo levanté con fuerza la ventanilla y asomé la cabeza. Transcurridos diez segundos se oyó una segunda explosión. El tren se puso en movimiento. Unos tres minutos más tarde, se vio una columna de humo negro que ascendía junto a la montaña cónica.

Estuve contemplando el humo durante media hora hasta que el tren tomó una curva a la derecha.

Epílogo

—Ya se ha acabado todo —dijo el profesor Ovino—. Se ha acabado todo.

—Sí —dije yo.

—Creo que debería darte las gracias.

—He perdido muchas cosas.

—Mentira. —El profesor Ovino sacudió la cabeza—. ¿No te das cuenta de que acabas de empezar a vivir?

—Ya, supongo que sí —dije yo.

Cuando salí de la sala, el profesor Ovino lloraba en silencio, desplomado sobre su escritorio. Yo le había arrebatado sus años perdidos. Nunca llegué a saber si había hecho lo correcto.

—Se marchó —dijo con aire compungido el gerente del Hotel Delfín—. No me dijo adónde iba. Creo que no se encontraba bien.

—No pasa nada —dije yo.

Recogí la maleta y me alojé en la misma habitación que la última vez. Desde la ventana se seguía viendo la misma oficina absurda. La que no estaba era la chica de los pechos grandes. Dos empleados jóvenes fumaban mientras trabajaban sentados a su escritorio. Uno leía cifras en voz alta y el otro dibujaba gráficos con una regla en una hoja muy grande. La empresa parecía otra, quizá porque ya no estaba la chica de los pechos grandes. Lo único que no había cambiado era que no tenía ni idea de a qué se dedicaban. A las seis, todos los empleados se marcharon y el edificio se quedó a oscuras.

Encendí la televisión y vi las noticias. No dijeron nada sobre la explosión en la montaña. ¡Claro! ¿Acaso no había sido el día anterior lo de la explosión? ¿Dónde demonios había pasado el día entero y qué había estado haciendo? Al intentar recordarlo me entró dolor de cabeza.

El caso era que había transcurrido un día.

Así me iría alejando, día a día, de mis recuerdos. Hasta que, en algún momento, volviese a oír una voz lejana en medio de aquella oscuridad negra como el carbón.

Apagué la televisión y me tumbé en la cama sin descalzarme. Luego, sumido en la soledad, observé el techo lleno de manchas. Las manchas me recordaron a esas personas que murieron hace una eternidad y de las que todo el mundo se ha olvidado.

Neones de diferentes colores cambiaban la tonalidad de la habitación. Por lo bajo se oía el ruido del reloj de pulsera. Me lo desabroché y lo lancé al suelo. Varios cláxones se solapaban suavemente. Intenté dormir, pero no pude. Sentía algo indescriptible en el pecho y era incapaz de conciliar el sueño.

Me puse el jersey y salí a la ciudad, entré en la primera discoteca que vi y me tomé tres whiskies dobles con hielo mientras escuchaba una sesión de música soul *non-stop*. Hizo que me sintiera un poco mejor. Necesitaba sentirme mejor. Todos esperaban de mí que me sintiera mejor.

Cuando regresé al hotel, el gerente de los tres dedos veía las últimas noticias sentado en el sofá alargado de recepción.

—Me marcho mañana a las nueve —dije yo.

—¿Regresa a Tokio?

—No —dije—. Antes tengo que acercarme a un sitio. Despiérteme a las ocho.

—De acuerdo —dijo él.

—Muchas gracias por todo.

—De nada. —Acto seguido, el gerente soltó un suspiro—. Mi padre no quiere comer. Si sigue así, acabará muriéndose.

—Es que lo ha pasado mal.

—Lo sé —dijo con aire triste el gerente—. Pero mi padre no me ha contado nada.

—Seguro que todo irá bien a partir de ahora —le dije—. Dele tiempo al tiempo.

Al día siguiente, almorcé en el avión. El avión hizo escala en Haneda. A mi izquierda, el mar no dejaba de resplandecer.

Jay pelaba patatas, como siempre. La nueva empleada, una chica joven, cambiaba el agua de los floreros o pasaba un paño por las mesas. Como había vuelto a la ciudad desde Hokkaidō, todavía se notaban trazas otoñales. La montaña que se veía desde la ventana del Jay's Bar tenía un bello color rojizo. Me senté a la barra antes de que el bar abriera y me tomé una cerveza. La cáscara de los cacahuetes producía un agradable crujido al abrirlos con una sola mano.

—No creas que es fácil conseguir unos cacahuetes que se partan tan bien —dijo Jay.

—¿Ah, no? —dije yo mientras los mordisqueaba.

—Por cierto, ¿todavía estás de vacaciones?

—He dejado el trabajo.

—¿Que lo has dejado?

—Es una larga historia.

Una vez que terminó de pelar todas las patatas, Jay las lavó en un gran colador y las escurrió.

—¿Y qué piensas hacer ahora?

—No lo sé. Aunque no sea gran cosa, entre la indemnización por el cese de actividad y la compra de los derechos de copropiedad recibiré algo de dinero. También tengo esto.

Saqué del bolsillo el cheque y se lo pasé a Jay sin comprobar la cantidad. Él se quedó mirándolo y sacudió la cabeza.

—Es un dineral, pero me huele a asunto turbio.

—Así es, en efecto.

—¿Otra larga historia?

Me reí.

—Lo dejo en tus manos. Métalo en la caja fuerte del local.

—¿Dónde ves tú una caja fuerte?

—Pues métalo en la caja registradora.

—Alquilaré una caja de seguridad en el banco —dijo Jay, preocupado—. ¿Y qué vas a hacer con este dinero?

—Oye, Jay, cambiar de local te habrá costado dinero, ¿no?

—Desde luego.

—¿Has pedido prestado?

—Claro que sí.

—¿Con este cheque basta para devolverlo?

—Incluso me darían la vuelta, pero...

—¿Por qué no nos pones al Rata y a mí de socios? No quiero dividendos ni intereses. Me basta con el nombre.

—Pero eso no estaría bien.

—Que sí, hombre, a cambio quiero que nos acojas aquí, en caso de que el Rata o yo nos veamos en algún aprieto.

—¿Acaso no lo he hecho siempre que ha pasado?

Lo miré fijamente a la cara, con el vaso de cerveza en la mano.

—Ya lo sé. Pero quiero que hagas lo que te digo.

Jay se rió y se metió el cheque en el bolsillo del delantal.

—Todavía me acuerdo de la primera vez que te emborrachaste. ¿Hace cuántos años de eso?

—Trece.

—Cómo pasa el tiempo, ¿eh?

Jay estuvo hablando del pasado durante media hora, algo poco habitual en él. Cuando empezaron a entrar clientes, me levanté.

—¡Pero si acabas de llegar! —dijo Jay.

—Los chicos bien educados nunca permanecen mucho tiempo en un sitio —dije yo.

—Has estado con el Rata, ¿verdad?

Respiré hondo, con ambas manos apoyadas en la barra.

—Sí.

—¿Esa es otra larga historia?

—La historia más larga que jamás hayas oído en tu vida.

—¿No podrías resumirla?

—Si la resumiese, dejaría de tener sentido.

—¿Estaba bien?

—Estaba bien. Tenía ganas de verte.

—No sé cuándo volveré a verlo.

—Lo harás. Ten en cuenta que es tu socio. Ese dinero lo hemos ganado él y yo.

—Me alegro un montón.

Me bajé del taburete de la barra y respiré el entrañable aire del local.

—Por cierto, como socio que soy, quiero que haya un *pinball* y una máquina de discos.

—Los tendré la próxima vez que vengas —dijo Jay.

Caminé a lo largo del río hasta la desembocadura, me senté en los últimos cincuenta metros de playa que quedaban y lloré durante dos horas. Era la primera vez en mi vida que lloraba tanto. Después, por fin conseguí levantarme. No sabía adónde podía ir, pero el caso es que me levanté y me limpié la arenilla del pantalón.

Se había hecho de noche y, al comenzar a andar, oí el rumor de las olas a mi espalda.